A las chicas les gustan las chicas

GRANTRAVESÍA

HAYLEY KIYOKO

A las chicas les gustan las chicas

GRANTRAVESÍA

Ésta es una obra de ficción. Los nombres, personajes, lugares
e incidentes son producto de la imaginación del autor, o se usan
de manera ficticia. Cualquier semejanza con personas (vivas
o muertas), acontecimientos o lugares reales es mera coincidencia.

A LAS CHICAS LES GUSTAN LAS CHICAS

Título original: *Girls Like Girls*

© 2023, Hayley Kiyoko
© 2023, Rhys Davies (por las ilustraciones de interiores)

Publicado según acuerdo con St. Martin's Publishing Group
en asociación con International Editors & Yáñez' Co., Barcelona

Traducción: Laura Lecuona

Ilustración de portada: Xènia Ferrer

D.R. © 2023, Editorial Océano de México, S.A. de C.V.
Guillermo Barroso 17-5, Col. Industrial Las Armas
Tlalnepantla de Baz, 54080, Estado de México
www.oceano.mx
www.grantravesia.com

Primera edición: 2023

ISBN: 978-607-557-750-0

IMPRESO EN MÉXICO / *PRINTED IN MEXICO*

Dedicado a cualquiera que alguna vez
se haya sentido un caso perdido y no creyó
que podría tener un final feliz. Tú vales.

Téngase en cuenta que en algunas partes de este libro se habla sobre el suicidio y se hacen alusiones (sin entrar en detalles) a él.

¿**T**e cuento un secreto?

Pensándolo bien... ¿cuándo ha respondido alguien que no a esa pregunta? Aunque estés segura de que acabarás sentenciada o algo así, hay una parte de ti que necesita responder que sí, ¿cierto? Una parte que, más que nada en el mundo, quiere saber.

Yo de secretos lo sé todo. De los buenos: regalos de Navidad, escapar de clases, cajas escondidas de Funfetti para hacer pasteles de cumpleaños. Y de los difíciles: los que te roen hasta que consiguen liberarse de ti en forma de grito. De los malos, que son, más que secretos, mentiras: *Estoy bien, Coley* (no estaba bien). *Llamaré a mi terapeuta* (no lo hizo). *Aquí voy a estar cuando regreses de la escuela* (mentirosa, mentirosa, mentirosa).

Alguna vez pensé que lo tenía controlado. Era como un juego de manos: los secretos de mamá y los míos, y nunca debían toparse. Pero todo se desmoronó.

Y ahora no tengo mamá y papá apenas tiene idea de lo que significa ser padre, y hay demasiadas cosas a punto de estallar dentro de mí. Secretos que, cuando te pones a discernirlos, parecen más bien verdades:

No soy como las otras chicas.

Y no, no lo digo de esa manera engañosa que usan los tipos cuando quieren halagarte. Por favor, tenme un poco de confianza.

Ves películas, escuchas un montón de canciones, lees historias de amor, y en todas te dicen cómo *se supone* que debe ser: La Chica tiene dos trenzas y es pecosa y muy dulce. Con tenis luminosos y jeans rotos, juega, brinca y gira en la acera. Nada le preocupa. Ninguna pregunta la atormenta. Nada de *¿Y si eres…?*

Así, la Chica crece. La Chica hace que el chico de al lado se tropiece cuando la ve, o que el jugador de futbol americano falle sus pases, o que el tímido nerd demuestre su valía (cuando las cosas se ponen intensas al cambiar de imagen, seamos realistas). Y entonces, la Chica toma del brazo a su chico, y son felices para siempre. El camino está tan gastado que quizá tenga una zanja en medio. Es el camino que supuestamente tienes que escoger. El que todo mundo espera que recorras.

Pero tú, la chica que no es como las otras chicas… tú bajas la mirada para ver el camino, y no es tan radiante y luminoso. Pensar en él no te hace sentir como lo describen en los cuentos o las canciones. Y no todas esas personas están mintiendo… lo que significa que hay un secreto que no te dices ni siquiera a ti. Esa sensación que no puedes, y tal vez tampoco quieres, nombrar.

Lo empujas, lo ignoras como si fuera una planta marchitándose. Pero eres tú la que se está encogiendo.

Y un día te das cuenta: no es que no seas como otras chicas. Es sólo que nunca has conocido a una chica como tú.

Pero luego, sí. Por fin, *la* conoces.

Y de pronto, todas las canciones tienen sentido.

DOS

Usuario de LJ: **SonyatSunrisex00x** [entrada pública]
Fecha: 8 de junio de 2006

[**Humor:** equis]
[**Música:** "SOS" - Rihanna]

Aburrida. Aburrida. Aburrida.

En este pueblo, nada cambia nunca. Salvo que creo que está volviéndose más caluroso. Tal vez esa película de Al Gore tiene razón.

Me he visto reducida a hablar del clima, corazones. ¡Alguien sálveme de este horrible destino! Díganme que mañana hay una fiesta, un plan, o que algo va a pasar. Necesito desesperadamente una distracción.

xoox
Sonya

Comentarios:

T0nofTrent0nnn:
Yo puedo distraerte cuando quieras.

SonyatSunrisexx00xx:
Agh, Trenton, no estaba pensando en eso.

SJbabayy:
Jajaja, Trenton, ¿nunca piensas en otra cosa?

SJbabayy:
¿Quieren ir mañana a ese club? Alex dijo que conoce a un tipo que nos puede meter de contrabando.

SonyatSunrisexxOOxx:
¡Sí! ¡Llama a Alex!

MadeYouBrooke23:
¿Trenton no les dijo? Se lo pedí cuando fuimos al estudio de perforaciones. ¡Vamos a ir al lago, bebé! Pero tengo que esperar a que mamá se vaya a trabajar porque sigue enojada por el piercing que me hice en el ombligo.

SJBabayy:
Espera. ¿Te hiciste el piercing en el ombligo y no me pediste que te acompañara?

SJBabayy:
¿Por qué estaba Trenton contigo?

SonyatSunrisexx00xx:

Sí, Brooke: ¿por qué estaba Trenton contigo?

MadeYouBrooke23:

Me ofreció un *ride* porque no podía usar el auto de mamá.
¿Recuerdan que les dije que es toda antiperforaciones? ¡Ya les
había contado! Raritos.

SonyatSunrisexx00x:

Lo que tú digas. Llama cuando llegues al lago.
Si quieres.

TRES

La cosa está así: yo no debería estar aquí. Bueno, nunca he sentido que deba estar en ningún lugar. Nunca soy lo suficientemente blanca, o lo suficientemente asiática. Nunca soy... lo suficiente.

Pero heme aquí, en un estúpido pueblo perdido en medio de la nada, en Oregón. Hay más árboles que gente.

Extraño el sonido de *la vida*, ¿sabes? Gente en la calle. Sirenas. Cláxones, voces, luces y el zumbido que viene con un montón de casas apiñadas en un espacio diminuto.

Pero aquí está tranquilo y amplio, y chirrían los grillos... o sea, en serio *chirrían*. Las sombras que los árboles proyectan por doquier lo vuelven todo más verde aún, hasta que quedas tan empapada del verdor que bien podrías ser un duende.

No tendría que estar aquí, pero lo estoy. Arrojada en medio del páramo de Oregón con mi padre. Y el problema no es que llevara tiempo sin verlo, sino que es un bueno para nada. Pero supongo que hay cosas que obligan a algunos buenos para nada a estar a la altura de las circunstancias. En este caso, las circunstancias son que no quedaba nadie más.

Mamá se había ido. Y eso se sentía muy real y muy falso al mismo tiempo.

Yo no quería mudarme aquí. Se lo dije a él muchas veces, en cuanto me di cuenta de quién era (me tomó diez segundos completos después de abrirle la puerta a este hombre crispado con el cabello gris y observarlo detenidamente tratando de ubicarlo).

Supongo que, en cierto sentido, *estaba* perdido. Perdido dentro de recuerdos borrosos que no pasan de mis tres años. Es un poco difícil no olvidar recuerdos tan distantes.

Y ahora no sólo debo recordar: debo vivir con eso. Con *él.* En la tierra de silencio y verdor sin transporte público.

Está, como dicen, jodido.

Sé que debería alegrarme de que Curtis no me haya abandonado del todo. Podría haber dejado que me metieran en el orfanatorio. Creo que debo estar contenta de que no lo haya hecho.

Un listón bastante bajo, si me lo preguntas, pero así es mi vida últimamente. No tengo más que migajas, y sigo luchando por ellas porque no hay nada más.

Curtis no sabe cómo ser un papá. Y aunque él lo averigua, yo ciertamente no sé cómo tener un papá, y a la mala aprendí que la única persona a la que puedes necesitar sin salir lastimada eres tú misma. Entonces, creo que estamos bastante fastidiados, los dos contando en secreto los días que faltan para cumplir dieciocho años y así poder largarme de aquí y que él se libre de mí.

Muy bajo el listón. ¿Es esto lo que mamá quería para mí? Dios... ¿a quién quiero engañar?

Ella no estaba pensando en mí. Tengo que decirme que ella *no* estaba pensando en mí, para nada. Si lo hubiera hecho (si mi nombre, mis ojos, mi sonrisa o alguna parte de mí hubiera penetrado por la neblina que se había asentado sobre ella), no lo habría hecho.

Pensar en mí la habría detenido (porque yo no estaba ahí para detenerla). Te dije que estaba luchando por las migajas.

Despierto antes de que suene la alarma, así que la apago y cubro mi cabeza con las cobijas, a pesar de que a las nueve de la mañana ya hace calor. Oigo a Curtis en la cocina, yendo de un lado a otro, preparándose para ir a trabajar mientras yo me escondo entre las cobijas. Está inquieto. *Un alma inquieta.* Así le decía mamá, cuando hablaba con ella sobre él, cuando era más chica y me interesaba. Cuando era más chica y pensaba *Tal vez él regrese.*

Ella sonreía al decirlo, pero de una extraña manera agridulce. Como si nunca hubiera sabido cómo debía sentirse con respecto a él. Me pregunto si alguna vez lo pudo averiguar.

¿Hubo claridad al final?

¿Arrepentimiento?

¿Algo penetró por la espesa niebla gris que la había envuelto a ella, y al departamento, y a nuestra vida, durante los meses anteriores a…?

No puedo ni pensar en eso. Si lo hago, pensaré en ese día y las semanas que le antecedieron, y eso me llevará a los meses en los que me decía a mí misma que todo estaba bien, aunque sabía que no lo estaba. Y todo eso desembocará en: *¿Por qué no fuiste mejor, Coley? ¿Por qué no fuiste más rápida? ¿Por qué no te diste cuenta de lo mal que estaba?*

Ninguna de las preguntas tiene una buena respuesta, o una respuesta fácil, de modo que seguiré huyendo de ellas, muchas gracias.

Curtis se va al trabajo, y ahora que la casa está vacía y no hay riesgo de un desayuno incómodo, salgo de las cobijas.

Llevo aquí más de una semana, pero no he sacado casi nada de las cajas. Si desempaco, entonces es permanente. Pero no es que esté engañándome. Sé que ya me quedé aquí atrapada. Sólo estoy retrasando un poco el momento de desempacar, aunque sea inevitable. Por eso dicen todo eso de la gente que niega lo inevitable. Es una condición humana o algo así.

Estoy actuando de manera perfectamente normal.

Él dejó un poco de café en la cafetera. Lo miro un momento, preguntándome si es una señal de reconciliación. Se quejó de mí a la segunda mañana de mi llegada, cuando me descubrió bebiéndolo. Como si fuera a atrofiar mi crecimiento o algo. Como si él tuviera algo que decir sobre lo que meto en mi cuerpo, después de todos esos años de hacer como si yo no existiera.

Si es una señal de reconciliación, me enoja todavía más que si tan sólo lo olvidó. Ya sé que debería estar *agradecida*... y creo que a él lo confunde un poco el hecho de que no lo esté. Ahí está otra vez ese listón bajo del que hablaba. Una hormiga podría saltarlo.

En el refrigerador hay una nota y un billete de veinte dólares abajo de un imán de plástico con forma de uvas: LOS DE LA MUDANZA ENCONTRARON TU BICICLETA. VE A HACER AMIGOS.

Guardo el billete y tiro la nota a la basura. Trato de no pensar en las innumerables notas que guardé en una lata metida en alguna de esas cajas que no he desempacado. A mamá le gustaba escribir notas para el refrigerador. Citas, letras de canciones, bromas y afirmaciones. A veces, cuando ella estaba deprimida, yo podía observar cómo iba recobrando el ánimo porque empezaba a llenar otra vez la puerta del refrigerador. Pero no era una ciencia segura.

17

No lo fue la última vez.

VE A HACER AMIGOS. Lo escribe como si fuera fácil. Como si yo tuviera algo en común con alguien ahí afuera. Tal vez… si allá alguna otra chica está retrasando alguna mierda inevitable, supongo. Pero eso no es precisamente algo que puedas preguntarle a alguien cuando lo conoces. Sería muy extraño.

Pienso en quedarme en casa todo el día, desafiando su nota. Pero Curtis sigue siendo para mí una incógnita y no sé cómo reaccionaría. No me ha gritado ni nada, pero nunca se sabe. Además de algunas anécdotas suyas de hace quince años, y que me consta que para él fue fácil soltarme. Es todo lo que sé.

Y quedarme en esta casa que en lugar de aire acondicionado tiene un simple ventilador es como estar en el infierno, así que agarro mi bici y salgo a rodar en ella. Podría quedarme afuera hasta tarde. No es que él pueda decir que se preocupa o que tengo una hora de llegada.

Estoy bastante segura de que ni siquiera se le ocurriría ponerme hora. Novato.

El barrio donde vive Curtis está raído en las orillas, pero trata de que no se note. Un poco como él. Las casas son viejas y están tan cuidadas como es posible cuando en realidad no puedes darte el lujo de hacerlo. En los jardines, pequeños y podados, el pasto está disparejo, como si hasta la tierra supiera que no sirve de nada y se hubiera rendido.

—¡Quiubo!

Qué raro saludo. Sólo miro a la mujer antes de pasar a su lado a toda prisa.

—¡Claro! —exclamo por encima del hombro como una estúpida. Pero, en serio, ¿quién dice *quiubo*? ¿Es esto lo que puedo esperar? Eso *apestaría*. La escuela va a apestar. Por ahora, me salva el verano, pero no creo que Curtis me vaya a dejar zafarme en el último año.

Salgo del barrio y cruzo el gran puente de piedra que no tiene carril de bicicletas ni acera, así que el autobús que viene atrás de mí piensa que es útil tocar el claxon cada pocos segundos, a pesar de que voy lo más rápido que puedo. Al final, el tipo me rebasa, pero no sin enseñarme el dedo medio. Un bonito espectáculo de amabilidad pueblerina.

Mientras pedaleo por las vías del ferrocarril, pienso en tratar de treparme a un tren y dejar que me lleve a lo desconocido. Es algo que mamá habría hecho en su día, apuesto a que sí. Ir de polizona o como se diga (quizás hay una mejor palabra para eso). Mamá era intrépida. Sin duda, alguien que se treparía en un tren y dejaría atrás todo lo conocido.

Ella y yo siempre habíamos sido un equipo. Pero resultó que estábamos jugando un juego que yo no entendía y las dos terminamos perdiendo. Parece que lo único que hago es perder cosas.

Por fin alcanzo a vislumbrar algo de civilización y ya no nada más un montón de casas andrajosas y árboles. Hace mucho calor, el horizonte titila cuando descubro el centro comercial y lo hace parecer casi mágico, en vez de simplemente un lugar con aire acondicionado. Pedaleo hacia el estacionamiento con el sudor escurriendo por mi espalda. Hay un restaurante chino, un centro de bronceado que se llama Besada por el Sol (su logo es un repulsivo sol besucón)… y ahí está: una sala de arcade con un gran letrero: TENEMOS AIRE ACONDICIONADO. Al lado, hay algunas tiendas cerradas con tablas y unos tipos pasando el tope en patineta. Supongo que en esta tierra de árboles y carreteras de dos carriles aprovechas cualquier cuadro de concreto que encuentras.

Me bajo de la bici balanceando la pierna y la empujo hacia un poste cerca de la sala de juegos: un sitio perfecto para ponerle la cadena. ¿En Oregón se les pone cadena a las bicis? ¿O la gente aquí no roba? No, por supuesto que no: la gente roba en todas partes.

Rechinidos. Me estremezco con el ruido de unas llantas de auto avanzando demasiado rápido y demasiado cerca; me echo atrás tan rápido que caigo, raspo mis codos en el pavimento, la bicicleta se desploma traqueteando encima de mí y el pedal se clava en mi muslo mientras una miniván viene hacia mí a toda velocidad.

No reviví toda mi vida en un instante. Sólo dije *Ay* y luego *¡Carajo!* y luego...

Nada.

Estoy apretando los párpados. No me doy cuenta hasta que no siento el impacto. Me tengo que obligar a abrir los ojos; la cara y el cuerpo están encogidos, preparados para el choque.

—¡Santo cielo!

—¡Dios mío...! *¡Trenton!* —dice una voz de chica.

—¿Qué! ¡¿Qué?! ¡Ella salió de la nada!

—¡Eres un idiota! —añade la chica bruscamente, y yo, en mi aturdimiento, no puedo sino estar de acuerdo: Trenton *es* un idiota.

Haciendo una mueca de dolor, me empujo con los codos raspados. Cuando por fin puedo ver al conductor que estuvo a punto de matarme, ¿qué hace él? Me sonríe, como si con eso fuera a cautivarme. Hay otro chico en el asiento delantero, pero él no está sonriendo: se ve tan traumatizado como yo me siento.

—¡Trent! No lo puedo creer —grita la chica por la ventana, y luego la puerta se desliza y ella sale del vehículo. Lleva una blusa de rayas y pantalones por arriba del tobillo. Se mueve con una elegancia natural. Hay chicas que se ven bien sin importar cómo se vistan. Tiene la piel bronceada, piernas largas, cabello oscuro que le roza los hombros. Se lo acomoda detrás de las orejas y viene corriendo hacia mí. Sigo la pista de sus movimientos y me engancho en el color de sus uñas: violeta, ese tono curioso entre morado y azul.

Estoy jadeando más ahora que cuando estaba tirada en el piso, segura de que me iban a aplastar.

Sus ojos oscuros —infinitos, interminables, intrépidos— se topan con los míos y es como recibir un golpe en todo mi ser. Un cataclismo en los sentidos.

No puedo enfocar el plano general, no puedo adquirir perspectiva.

No puedo ver nada más que a *ella*.

CUATRO

—¿Estás… mmm… bien? —pregunta la chica.

Es bonita de un modo que nadie se atrevería a negar. Con algunas chicas es a cara o cruz. No creas que estoy siendo una idiota. Yo definitivamente caigo en la categoría "algunas chicas". No bonita, sino linda a secas, ¿sabes? Es como es. Soy realista.

Pero esta chica… Ella es hermosa. Una belleza para irse de espaldas, para olvidarte de todo y perder la concentración al verla.

Me está mirando a mí y tengo que reaccionar y responderle, pero estoy paralizada. El imbécil conductor está ahí parado, riéndose como si el hecho de que mi bicicleta esté tirada fuera lo más divertido del mundo.

—¿Hola? —la chica, impaciente, pasa la mano frente a mi cara.

—Sí, estoy bien —respondo con el ceño fruncido.

Voltea a ver al chico alto y agita la mano como para decirle que se calle, pero cuando se vuelve hacia mí, parece que está sonriendo por sus payasadas.

Enfurruñada, agarro mi bici y me voy a encadenarla. Regreso a la realidad, porque hasta este momento he tenido un día de mierda. Creo que ese idiota podría haberme atropellado *de verdad*, en vez de haber estado sólo a punto de hacerlo. Hoy los listones bajos se están luciendo.

—¡Saliste de la nada! —exclama el chico mientras me alejo furiosa hacia la sala de arcade, y odio sentir las mejillas calientes y peleo contra el impulso de hacerle un gesto con la mano. En vez de eso, encadeno mi bici en uno de los postes de acero y me escabullo, tratando de no hacer caso de las palpitaciones en mi estómago. Como eso no funciona, me digo que esa sensación se debe a la experiencia de haber estado a punto de morir.

La adrenalina te hace sentir toda clase de cosas. Sólo necesito tranquilizarme y dejar que se enfríen las emociones.

Pero va a ser difícil, porque el "aire acondicionado" del que alardeaba la sala de arcade en su letrero exterior no es más que un ventilador destartalado que ni siquiera oscila. Fabuloso. Estaría más fresca en casa.

Con todo, se siente una brisa. A estas alturas, cualquier cosa es buena antes de regresar en la bici.

El resto de la sala de arcade está poco iluminada, pero los juegos (en tres grandes hileras de maquinitas) resplandecen. Hay futbolitos, atrás de ellos mesas de hockey de aire, y a mi derecha una pequeña área de comida con mesas de formica desportilladas y apretujadas. Me planto frente al ventilador y cierro los ojos, tratando de encontrar un poco de tranquilidad.

—Hey, a ese tipo del club estuvo a punto de darle un derrame cerebral —se jacta una voz a mi derecha—. ¡Qué fácil lo dejamos atrás! Y SJ, *¡pum!*, que se cae —ríe ruidosamente. Trato de ignorarlo.

—Tienes que pararle a tu mierda, Trenton —alguien, el otro chico, lo regaña—: casi me provocas un ataque de asma.

Uno de mis ojos se abre de golpe

—¿Y si SJ se hubiera lastimado?

Ésa es la voz de *ella*. ¿Cómo puedo saberlo si pronunció apenas unas cuantas palabras?

—No vi que te detuvieras por SJ, Sonya —dice Trenton con sorna.

El ventilador prácticamente no enfría nada, así que abanico con el dobladillo de mi blusa, tratando de propiciar el flujo de aire. Pero qué calor hace.

—¡Hey!

El idiota que no sabe manejar ya habló tanto que reconozco también su voz, así que no volteo.

—Hey, bombón, ven acá.

Diría que es como un perro con un hueso, pero un perro sí sabe obedecer órdenes. Los chicos como él no.

—Déjala en paz —dice el otro tipo.

—¡Sólo estoy siendo amable! Ven, ven para acá.

Veo por encima del hombro y noto que el otro chico le tapa la boca a Trenton con la mano y se agacha. En quien me concentro es en ella: la llamó Sonya. Está sentada entre los dos chicos en una de las mesas de formica, y cuando levanta la mirada, yo camino. Trenton hace un ruido de satisfacción, como si estuviera yendo hacia él, pero ella hace un gesto con la boca que me hace pensar que sabe la verdad.

—¿Querías algo? —le pregunto a Trenton, pero antes de que pueda responder, las puertas de la sala se abren de golpe con tal dramatismo que las destartaladas mesas vibran. Una chica de flequillo y coletas con raspones sanguinolentos en las rodillas se acerca cojeando.

—¿Qué carajos les pasa? —les dice a los tres que están sentados antes de dejarse caer en la silla vacía junto a la que estoy parada—. No puedo creer que me hayan dejado sola con ese gorila enfurecido. Si me quedan cicatrices en las rodillas, ustedes tendrán que pagar la cirugía plástica.

—Cálmate —dice Trenton riendo—. ¿Por qué no me traes una coca?

La chica de coletas le da un manotazo a Trenton. Me parece casi admirable cómo se contiene; yo le habría dado un puñetazo.

—Me caí por *tu* culpa, imbécil. *Tú* me traes a *mí* una coca. Y un pretzel. Merezco carbohidratos.

—Lo siento, bebé —le dice Sonya pasándole el brazo por el cuello para tranquilizarla—. Los chicos me hicieron salir corriendo; no tuve más remedio.

—Nunca estás de mi lado —refunfuña la de las coletas, y luego su mirada se posa en mí, parada ahí como una perdedora y fisgona. El desdén de su mirada calienta mis mejillas justo cuando empezaban a enfriarse—. ¿Y ésta quién es? —pregunta acurrucándose en Sonya.

—La chica a la que casi maté —dice Trenton con ojos brillantes—. Aunque, si lo miras de otro modo, es la chica a la que le salvé la vida pisando los frenos *justo* en el momento debido. Mamá estaría tan orgullosa de mí.

No me molesto en responder. Debería irme, pero por alguna razón no consigo que mis pies se muevan.

—SJ, ¿Brooke ya te dijo algo del lago? —pregunta Sonya.

—Todavía no —su mirada vuelve a posarse en mí—. ¿Y entonces tú eres…?

—Coley.

—¿Y qué pasa contigo? —pregunta SJ—. ¿Simplemente no hablas?

—Sí hablo —digo.

—¿No has oído que la gente más inteligente es la callada, porque escucha? —suelta el otro chico. El agradable, que automáticamente me cae mejor porque no es Trenton.

—Ay, fabuloso —dice Trenton desdeñoso—. Otra chica lista, justo lo que necesitamos —se inclina hacia delante con una sonrisa llena de lujuria—. Apuesto a que eres buena para escuchar, Coley.

—Bueno, como dices puras tonterías, es un trabajo fácil —le respondo.

—¡Dios mío! —exclama SJ y Sonya empieza a reírse con ella. Los chicos se quedan con la boca abierta. Pero SJ deja de ponerme atención—. Brooke ya me contestó. Hoy vamos al lado norte del lago.

—Genial —dice Trenton poniéndose de pie, y es como si fuera el rey o algo así, porque todos los demás siguen su ejemplo. Yo doy un paso atrás, alejándome de Sonya, mientras ella arrastra la silla y se levanta.

Pasan a mi lado como si yo ni siquiera estuviera ahí, pero mientras salen por la puerta, ella voltea hacia mí una última vez y yo no puedo evitarlo. La sigo.

El calor sigue siendo agobiante cuando salgo. Me agacho para desencadenar la bici y trato de no hacer caso del grupo que se dirige a la miniván, a la que Trenton ya se subió.

—¡Hey! ¡Coley!

Miro por encima del hombro. Ella está subiéndose a la miniván mientras Trenton, en el asiento del conductor, pone cara de pocos amigos.

—Vamos a ver a unos amigos en el lago —continúa Sonya.

—Okey —digo.

Ella pone los ojos en blanco y me truena los dedos en actitud grosera y prepotente.

Mi estómago colapsa como si estuviera en una montaña rusa, cuando al tronido de dedos le sigue:

—Y bueno, ¿vas a venir con nosotros?

En mi mente, es como una pantalla dividida; las opciones: la casa de Curtis, que no-es-un-hogar, o esta chica.

Cualquier cosa es mejor que Curtis.

—Sí, ya voy.

CINCO

Sonya saca las llaves del auto.

—Alex, vete adelante. Yo me voy atrás con Coley.

Ella sale, abre la puerta de atrás y me hace un gesto con la mano para que me acerque. Voy antes de que empiece a chasquearme los dedos otra vez, porque no estoy segura de si debe gustarme esa sensación que me provoca en el estómago. *Mandona.* ¿Es eso lo que es?

Así habría calificado a SJ antes de que Sonya se portara tan impaciente conmigo. Ahora me pregunto: ¿estuve a punto de ser atropellada por la versión veraniega de la mesa de los chicos populares? ¿Qué estoy haciendo aquí? Debería decirle que tengo que irme. Eso es exactamente lo que voy a hacer. En cuanto le dé la vuelta a la van, voy a decirlo: "Acabo de recordar que tengo que ir a otro lado". Tómatelo con calma y simplemente… móntate en la bici y vete de aquí antes de que se complique más. Nadie me quiere aquí, excepto ella.

¿Qué es lo que me clava los pies al suelo cuando me sonríe?

—Hay mucho espacio —dice agachándose y tomando los radios de la rueda, y es como si yo la mirara para memorizarla y absorber cada detalle. Esas uñas color violeta, no del todo morado, no del todo azul: un color con signo de interrogación para una chica con signo de interrogación.

—Cuidado —le advierto cuando la llanta gira hacia delante.

—La tengo —levanta la parte delantera de mi bici amarilla y yo tomo la llanta trasera para meterla.

—¡Apúrense! —dice Trenton desde adelante.

—Podría haber ido en bici —añado, mientras ella cierra la puerta de atrás.

Ríe.

—¿Alguna vez has ido al lago?

Niego con la cabeza.

—Acabo de mudarme.

—Eso explica por qué nunca te había visto —dice—. El lago está como a media hora en bici. Hace demasiado calor para eso. Vamos.

Sonya se trepa en el asiento trasero y yo hago lo mismo; un olor rancio a marihuana y totopos me golpea la nariz. SJ está en el asiento de en medio, tipo capitán, con los chicos en frente, y cuando nos abrochamos los cinturones se gira para hablar con nosotras.

—Entonces, ¿acabas de mudarte, Coley?

Sonya hace un gesto displicente con la mano.

—Eso ya no es noticia. Coley ya me puso al corriente.

SJ pone los ojos en blanco.

—¡Sólo estaba haciendo una pregunta! ¿Dónde vivías antes?

—San Diego.

—Una ciudad de verdad —suspira Sonya con envidia.

—Bueno, tampoco es Los Ángeles o Nueva York —se burla SJ.

—Definitivamente, no lo es —contesto, y me mira parpadeando, desconcertada de que haya estado de acuerdo con ella.

—¿La extrañas? —pregunta Sonya.

La respuesta preparada es *no*. La verdad es mucho más complicada.

—Definitivamente esto es diferente —es lo que digo al fin, pero es como si ella pudiera leer entre líneas, porque se desliza un poco más hacia mí y me da una palmadita en la pierna. Se me seca la boca por completo con el contacto de su mano.

—En muy poco tiempo te haremos sentir como en casa —añade—. Tienes suerte de habernos encontrado.

—¿Suerte de que casi me atropellan? —pregunto con sequedad.

—¡Hey! Te estoy haciendo un favor, transportándote a ti y a tu sucia bicicleta en mi van —exclama Trenton desde el asiento delantero. El estómago se me retuerce un poco; no me había dado cuenta de que podía oírnos desde el otro extremo. Levanto la mirada y ahí está, viéndome por el espejo retrovisor. Tiene ojos de caleidoscopio; no en el sentido de la canción de los Beatles, sino porque parecen comprender... pero entonces un pequeño cambio les da una expresión pícara y brillante con una fiebre que se podría desbordar.

—Por favor, no le hagas caso, te lo suplico —me dice Alex juntando las palmas.

—Debería botarlos a todos en el acotamiento —refunfuña Trenton.

—Vuélveme a dejar abandonada y me aseguraré de que te aplaste un auto —revira SJ.

Tengo que agachar la cabeza para no toser; estoy ahogándome de la risa. Las SJ del mundo definitivamente no son partidarias de chicas como yo, y esta SJ no me estaba dando ninguna razón para pensar que pudiera ser distinta, pero a veces el humor malicioso es universal.

—Eso es, SJ, díselo —exclama Sonya echando la espalda hacia atrás y estirando los brazos. Acomoda los dedos sobre el respaldo de mi asiento, con las uñas violeta resaltando sobre la felpa bermellón desteñida.

—No empieces con tus porras de *girl-power*, Sonya —dice Trenton mientras entra en un estacionamiento rodeado de, adivinaste, más pinos. ¿Existe otra clase de árbol en este pueblo?

Sonya no responde. Tamborilea los dedos sobre el asiento, marcando pequeños crescendos de irritación. Mientras los chicos bajan, me pregunto si no le dolerá la lengua de tanto mordérsela para contenerse.

—Vamos, Sonya, necesitamos encontrar a Brooke —pide SJ cuando nos bajamos de la van en tropel.

—Ve, ve —le digo cuando noto que vacila, y SJ resopla con frustración—. Sólo tengo que encadenar la bici.

—Nadie va a robarse esa porquería —replica SJ riendo.

—SJ —la reprende Sonya, sacudiendo la cabeza.

—Dios mío —dice SJ disgustada. Yo miro fijamente el pavimento—. Vamos. Tus *amigos* están esperándote, Sonya.

Le toma la mano y la jala hacia la vereda entre los árboles. Yo regreso a la miniván y abro la cajuela trasera para sacar mi bicicleta. No me importa si ella me está viendo. No me importa.

Encadeno la bici a uno de los postes de luz y avanzo entre los árboles tras ellos. Todo está más oscuro bajo las copas, hasta que la vereda desemboca en un claro.

Mis ojos se enganchan en ella instantáneamente, aunque ya está en la orilla. Lejos de mí, pero la habría encontrado aunque estuviera del otro lado del lago. Ríe de algo que dice SJ, echando la cabeza hacia atrás, y el sol brilla sobre ella como si fuera una película de los ochenta sobre un campamento o algo así.

Combina bien con este lugar, con chicos armando alboroto en el agua, chicas en bikini tomando el sol sobre toallas extendidas en la playa rocosa, una fogata crepitando, hieleras llenas de latas de cerveza sudadas sobre las mesas de picnic.

Yo no combino. Para nada. Ay, pero ¿por qué vine? Ella ni siquiera me esperó. Debería irme de aquí.

—¡Hey, Coley!

Mierda. Veo a mi derecha. Alex me hace gestos con la mano, sentado sobre la mesa cerca de las hieleras. Por lo menos, tiene una lata de pastillas Altoids abierta con papel de arroz y marihuana haciendo equilibrio sobre su rodilla. Si fumo algo, a lo mejor puedo manejar la situación.

Ya no puedo huir, así que voy con él. Alex no tiene el aura de fraternidad universitaria de Trenton y me pregunto cómo combina él en todo esto. Todos los grupos de amigos son como un sube y baja: siempre hay uno que extiende la mano para equilibrarlos a todos. Cuando me siento junto a Alex y sonríe, afable y guapo (seguro que hay chicas embobadas con su oscura cabellera), me pregunto si es él quien estabiliza todo.

Trato de no mirar hacia atrás con demasiado descaro, sólo un rápido vistazo, pero Sonya ni siquiera está viendo adonde estamos. Está pateando una pelota rayada para que lo intercepte una de sus amigas, quizá la Brooke que mencionaron en la sala de arcade. Es como si yo no existiera.

—Me estaba preguntando si te habrías perdido en el bosque —dice Alex.

—El sendero estaba muy despejado —contesto, girándome un poco hacia la mesa de picnic para que el agua no quede a mis espaldas y pueda ver con más discreción hacia el lago. En dirección a ella.

—Sólo asegúrate de mantenerte alerta. Hay osos —los ojos le brillan un poco al decir esto, lo que me deja ver que está bromeando, así que le sigo el juego.

—Ah, sí, tuve que combatir con tres de ellos cuando venía para acá, y con mis propias manos.

Ríe de mi chiste malo.

Por el rabillo del ojo miro a Sonya echar la pelota de playa al agua de una patada y quitarse la camiseta para saltar al lago. La estela blanca de su chapuzón brilla contra el rojo de su bikini. Siento mariposas en el estómago, mientras ella desaparece bajo el agua y vuelve a la superficie resplandeciendo cual sirena, y entonces tengo que mirar a otro lado porque de lo contrario me voy a poner tan colorada como su traje de baño.

—¿Estás viviendo en el pueblo? —pregunta Alex.

—Sí.

—Entonces, no tienes que temer la violencia de los osos. En las zonas alejadas hay que tener más cuidado; mi ex tiene que guardar su basura bajo llave.

—Te soy honesta: eso suena aterrador. En cuanto a fauna silvestre, en San Diego las ratas y las cucarachas eran mi principal pesadilla.

—Espérate a que veas a los ciempiés del bosque.

—¡Agh! —Me estremezco de sólo pensarlo—. Todas esas patitas me dan escalofríos.

—Me pasa lo mismo —pasa un poco de la yerba desmenuzada de la lata al papel doblado y lo enrolla con toda facilidad; se ve que tiene práctica. Me lo extiende—. Siento que te debo uno de éstos, tomando en cuenta que casi te atropellamos.

—Estoy totalmente de acuerdo con esa lógica —contesto, tomando el cigarro y guardándomelo en el bolsillo—. Gracias.

—De nada. Dime si necesitas que te ayude a conseguir más. Sólo yerba, eso sí. No juego con ninguna otra cosa.

—Genial. No me meto ninguna otra cosa.

—*Straight edge*, ¿eh?

Me hace reír. Algo en él hace que me relaje.

Veo por el rabillo del ojo que Sonya se exprime el cabello a la orilla del lago mientras platica con SJ. Se está riendo de algo que ella dijo, haciendo aspavientos en respuesta, y la otra chica se carcajea con ganas. Sonya le pasa un brazo por el cuello, le planta un beso exagerado en la coronilla y luego se aleja un poco fingiendo que se desvanece. SJ la atrapa antes de que caiga de nuevo en el agua.

Qué melodramática.

Quiero saberlo todo sobre ella.

—¡Espero que no te hayamos asustado mucho en el estacionamiento! —dice Alex de todo corazón—. Trenton es...

Decir su nombre lo invoca, lo juro, porque en ese momento llega dando brincos con tres chicos atrás de él. Como si fuera un perro, sacude su empapada cabellera hacia Alex. El agua sale volando por todos lados y Alex da un grito arrojándose para cubrir sus cosas con su cuerpo.

—¡Qué te pasa, Trenton! ¡Mis papeles!

Trenton sólo ríe.

—¿No vas a nadar? —me pregunta Trenton y señala hacia el lago con un gesto de su aún mojada cabeza.

—Nop —digo subrayando un poco la *p*, con la esperanza de que entienda la indirecta.

Pero no la capta. En lo absoluto.

—¿Qué pasa? —pregunta—. ¿No te puedes mojar?

Su insinuación me provoca un nudo en la garganta.

—Santo Dios, Trenton —dice Alex con un gruñido.

Pero Trenton sólo ríe.

—No te preocupes, puedo ayudarte con eso.

Antes de que pueda siquiera pensar en responderle con brusquedad, se agacha y *va* por mí. Me gana en estatura por al menos treinta centímetros; me levanta como si fuera un saco de harina y me echa sobre su hombro.

Carajos, *odio* a los tipos como él. A los hombres les parece que es divertido cargarte cuando ellos quieren. Creen que es comiquísimo que te retuerzas tratando de liberarte; piensan que es una excusa para tocar partes tuyas que no deberían.

Malditos sean. No debes tocar *ninguna* parte de nadie a menos que esa persona lo quiera. No es tan difícil de entender.

—¿Podrías bajarme? No traigo puesto un traje de baño —digo, tratando de hablar en tono tranquilo, porque cuando estuvo a punto de atropellarme se rio en lugar de asustarse: es esa clase de persona. Quiere que me moleste. Y estoy molesta, pero me estoy esforzando por no caer en su juego de mierda.

Mi cabello se balancea de atrás para adelante mientras Trenton va trotando hacia la playa, riéndose como loco, agarrándome fuerte. Me sube la sangre a la cabeza y me planteo seriamente bajarle el traje de baño en ese mismo instante en venganza, pero ya está metiéndose al agua y las puntas de mi cabello se arrastran en la superficie, y no es cierto que haya peces que muerden, ¿verdad? Es algo que yo misma me inventé. Estamos en Oregón, no en Australia, donde toda vida silvestre te quiere matar.

Gira y da vueltas en el agua y empiezo a ver puntitos negros bailando frente a mis ojos: la súbita subida de sangre a la cabeza, combinada con las vueltas, me está mareando tanto que me cuesta mucho defenderme. Sacudo brazos y piernas tratando de quedar en posición vertical, y el desplazamiento de mi peso lo hace tropezarse y girar. Los dos nos sumergimos torpemente en el agua con gran estrépito. Está turbia y no se parece nada a estar en una alberca, pero mojarme de golpe basta para despejar el mareo. Para cuando logro ponerme de pie, detesto básicamente todo, en especial cuando veo a Sonya con el agua hasta los tobillos, el cabello echado hacia atrás, mirándome fijamente, y se me ocurre la idea más absurda en el momento en que se cruzan nuestras miradas y ella frunce el ceño. *¿Estabas saliendo para venir por mí?*

—¡¿Qué carajos te pasa?! —pregunta Trenton justo frente a mí, bloqueándome la vista de Sonya. Me echa agua con sus manotas rollizas—. ¡Sólo estaba jugando! ¡No te iba a lanzar!

Finalmente, cedo a la tentación y le hago una seña obscena. No merece una sola palabra más. Ninguno de ellos. Salgo del agua y camino frente a todos, hacia mi bicicleta. Maldito sea todo esto y malditos sean todos ellos. Maldito Curtis y sus jodidos consejos de "hacer amigos". ¿Qué amigos? ¿Por qué querría yo ser amiga de esta gente, aparte de porque *viven aquí*?

Qué horrible razón para ser amigos: la proximidad.

Este sitio nunca será mi hogar. Y ahora, me van a molestar en la escuela porque no solté risitas tontas cuando un tipo me cargó para lanzarme al agua al estilo cavernícola.

—¡Hey! ¡Espera!

Sigo caminando, aunque es la voz de Sonya. La puedo ver de reojo mientras cruzo el estacionamiento. Se está poniendo la blusa de rayas encima del bikini, pero no se detiene para abotonarla, y yo trato de concentrarme en cómo trae amarradas las tiras rojas del traje de baño alrededor del cuello, en ninguna otra cosa.

—¿Estás bien?

Llego a mi bicicleta y tomo el manubrio. Cada vez que me muevo, mis zapatos chapotean; sólo espero que sea lodo y no esas asquerosas algas.

—Trenton puede ser un imbécil a veces —dice con una sonrisita avergonzada que me revuelve el estómago—, pero te juro que es un buen tipo. Lo conozco de toda la vida.

—Estoy segura de que es un buen tipo —añado, y el sarcasmo escurre por mis palabras más rápido que el agua de mi cabello.

—¡Hey! —me dice frunciendo el ceño, con las cejas formando una V—, no te enojes conmigo. Vine hasta acá para cerciorarme de que estuvieras bien.

—¿Hasta acá? O sea, ¿viniste por el sendero, cruzaste el estacionamiento y llegaste a la carretera?

Esa V se hace más profunda. Una parte de mí quiere seguir a la ofensiva, ver qué tanto más puede fruncir el ceño, porque parece el tipo de chica que no está hecha para eso, y cuando lo frunce se ve más tierna que enojada. No es un gesto grave y solemne.

Pero por hoy… ya estoy harta. El cabello me gotea por la espalda y gracias a Dios esta mañana me puse una camiseta gris en vez de una blanca, o Trenton quizás habría insistido en que me quedara.

—Mira, no conozco ni a tus amigos ni a ti. Aquí no conozco a nadie. Y luego tú sólo... —cierro la boca. Dios, estoy tan cansada. Mojada, cansada *y harta*—. Lo que hizo estuvo jodido. Y luego, no detenerlo... más que jodido.

Pone los ojos en blanco.

—Tú viniste con nosotros al lago.

—¡Ustedes me invitaron! —respondo con brusquedad—. No los conozco. Empiezo a preguntarme si me interesa siquiera. Ese tipo es un idiota.

Y de pronto, su rostro se alisa; ya no hay ceño fruncido.

—Mira, yo no sé lo que pasó allá atrás con Trenton y contigo, pero lo único que *yo* hice fue venir a ver si estabas bien.

—¿Por qué no trataste de detenerlo?

Vuelve el ceño fruncido, para desaparecer de su rostro un segundo después, como un fallo técnico en un video. Ocurre tan rápido que casi pienso que lo imaginé, pero en ese momento dice, ahora con mayor suavidad:

—No supe cómo...

Es como gasolina en un fuego que lleva meses ardiendo.

—Entonces, ¿tú sólo le sigues la corriente en lo que sea que él quiera?

—¡¿Qué?! *¡No!* —dice superponiendo sus palabras a las mías.

—... siempre y cuando puedas formar parte de esto. Siempre tienes que ser el centro de atención, hasta cuando tu *buen tipo* actúa como basura.

—¡Vaya! —exclama—. Estás siendo muy dura. Eso no es cierto.

—Entonces, ¿qué es lo que pasó allá? —pregunto, extendiendo el brazo hacia el lago y mirándola fijamente. Ella me había pedido que viniera, platicó conmigo todo el camino y luego me dejó botada como si yo no fuera lo bastante simpática para mantener su interés. No debería doler tanto y tan rápido, pero así me siento.

—Yo... —ya no está esforzándose por no fruncir el ceño. Logré que se enojara o que no supiera qué contestar, no sé bien cuál de las dos cosas... pero a estas alturas no estoy segura de que me importe.

—No tengo energía para la gente que sale con excusas —digo optando por soltar bravuconadas, pero suena poco convincente y me voy de ahí indignada. Al menos pienso que parezco un poco ruda, pero mi corazón late con fuerza y se siente como si se fuera a salir de mi pecho de un brinco cuando ella grita:

—¿Quién carajos te crees que eres?

Viene siguiéndome. Es una sensación que nunca había tenido, porque cuando un tipo te sigue da miedo, no emoción, pero esto es...

Es como si pudiera contar cada pulsación de la sangre en mis venas.

—No tienes ningún derecho de juzgarme —añade, hecha una furia detrás de mí mientras yo sigo caminando, mareada con el acaloramiento de sus palabras, incapaz de salir huyendo de ella porque entonces se *daría cuenta*.

¿Se daría cuenta de *qué*, Coley? *Yo* misma no lo sé.

—O sea, ¿qué carajos? ¿Quién te crees que eres? ¡No eres más que una mezquina y malhumorada *cabrona*! —con la última palabra, me toma del hombro y me da la vuelta.

Es como si todo el calor se concentrara en mi cara y estuviera a punto de salir por mis ojos en forma de lágrimas. No puedo correr ni respirar; lo único que de verdad *puedo* hacer es taparme la cara con las manos, cosa que es *humillante*.

—Hey —su voz vuelve a cambiar y vuelve a sonar amable, como antes—. Hey, ¿estás bien?

¿Cuántas veces me ha preguntado eso el día de hoy? ¿Alguna vez le he respondido con honestidad?

Me da un abrazo antes de que pueda yo pensar en posibles consecuencias, y de repente todo está *tibio*. No caliente: tibio. Es como sumergirse en una bañera con agua a la temperatura perfecta.

—Lamento mucho haber dicho eso —me dice Sonya al oído... y yo no sabía que una persona pudiera *estremecerse* así. La sensación baja por mi espina dorsal hasta las piernas y se arremolina sobre mis pies. Nunca mis pies habían tenido ninguna sensación, más que cuando les ha caído algo encima.

—No es... no es sobre lo que dijiste... Es sólo que... —me quedo sin palabras cuando me aprieta la cintura con las manos.

—¿Podemos empezar de nuevo? —me pregunta al oído, y pienso que así es como me voy a morir: aquí en la carretera, hecha pedazos tras los escalofríos. Pero en eso retrocede y estamos lo suficientemente cerca para que yo pueda por fin ver bien sus ojos, cafés con tintineos dorados por la luz que se derrama en la carretera. Se aleja unos pasos y más tarde voy a tener que pensar en la manera como sus dedos se quedan horas en la parte externa de mis hombros. Sonríe ladeando la cabeza—. Vas a tener que dejar que me redima. Soy... una estúpida, sencillamente. Es la verdad. Tomo pésimas decisiones, pregúntale a quien quieras.

—Estoy bien —digo—. Y no es cierto.

—¿Qué no es cierto?

—Que seas estúpida. Tal vez sepas fingir muy bien que lo eres, pero eso es lo que hacen las chicas inteligentes cuando quieren salirse con la suya. Y parece que tú te sales mucho con la tuya.

Su sonrisa, al escucharme, se curva más del lado derecho que del izquierdo. Deja traslucir algo que no es lindo, sino real.

—¿Eso te convierte *a ti* en una chica inteligente, Coley?

—Creía que eso ya lo habíamos abordado en la sala de arcade —replico—. Hasta el buen tipo de Trenton cree que soy inteligente. Muy a su pesar.

Exhala y parece que está a punto de reír, pero se reprime. Me emociona un poco tenerla atenta a lo que digo.

—Eres muy seria —dice, a pesar de que acabo de hacer una broma. Pero era como pedirle cuentas de su comportamiento.

Empiezo a notar que nadie hace eso.

—Seria, ¿eh?

—Muy intensa —replica, echando el labio inferior hacia fuera para fingir una expresión enfadada, que se añade a su ceño fruncido en un remedo de mí.

Levanto una ceja.

—¡No es algo malo! —dice a toda prisa—. Es diferente. Por aquí todo el mundo... es que... todo el mundo conoce a todo el mundo, ¿ves?

—No, no veo.

—Ajá —exclama, como si la idea le resultara extraña—. No me estás ayudando mucho que digamos.

—No me había dado cuenta de que tenía que ayudarte.

Ríe.

—¡Agh! Quiero hacer que *tú* rías.

—Podrías empezar siendo simpática.

Jadea y lanza sus brazos al pecho como si la hubiera herido.

—¡Y *tú* podrías empezar relajándote un poco!

Y finalmente me hace reír, pues esta chica es todo lo contrario a relajada.

—¡Ja! ¿Viste? Hacer teatro sirvió de algo.

—No me estaba riendo de tu supuesto desmayo —le digo riendo de nuevo.

—Entonces, ¿de qué?

Esbozo una sonrisita de satisfacción y me quedo callada. Es fascinante observar su impaciencia: prácticamente vibra por el hecho de que se le niegue algo.

Estás acostumbrada a salirte con la tuya, pienso mientras ella se muerde el labio, y luego me quedo un segundo entero sin pensar en nada, por culpa de esa hendidura que se le hace con la presión de los dientes.

—No. ¡En serio! ¡Dime! —se lanza frente a mí cuando empujo mi bicicleta.

—No soportas el silencio, ¿verdad? —le pregunto—. Ni siquiera cuando alguien se está despidiendo de ti.

—Y yo que estaba tratando de alegrarte —dice Sonya con una mueca.

—Creo que, más que estar preocupada sobre mi grado de felicidad, tienes miedo de no caerme bien —le digo—. Y es curioso, porque nunca dije que tú *no* me cayeras bien. Sólo dije la verdad sobre tu novio.

—¡No es mi…! —se indigna en el acto, se acalora, se le corta la respiración hasta que las palabras se precipitan por su boca.

—Lo que tú digas —la interrumpo, en parte porque no soportaría oír una explicación. Sólo proteges a un chico como Trenton si has cometido el error de besuquearte con él muchas veces. Mis dedos aprietan el manubrio de la bici de sólo pensarlo—. En serio, ya me tengo que ir. Vivo hasta la avenida Cliff's Edge. Curtis... o sea, papá, ya me debe estar esperando.

Sé que se dio cuenta de mi desliz porque ladea la cabeza como si estuviera archivando la información para más tarde.

—Agh, está bien, puedes irte, supongo —dice, como si tuviera voz y voto en el asunto. Vaya princesa—. Pero tienes que darme tu número de teléfono para que podamos volver a salir.

Meto la mano en mis bolsillos mojados para sacar mi teléfono con tapa y se lo extiendo; gotea sobre el asfalto que nos separa.

—Mi teléfono está fuera de servicio por el momento.

Hace un gesto de dolor.

—¿Y qué tal una pluma?

—¿Una pluma?

—Sí, ya sabes, un instrumento de escritura, con lo que la gente de la antigüedad solía escribir, antes de que existieran los celulares y las computadoras.

—¿Doy la impresión de tener una pluma? —pregunto señalando mi ropa mojada.

—Francamente, Coley, me estás obligando a hacer yo todo el trabajo y no estoy acostumbrada —dice con un suspiro, pero saca una pluma del bolsillo trasero de sus pantalones cortos, como si la hubiera puesto ahí sólo para este momento—. ¡Brazo!

—¿Qué?

Pone los ojos en blanco y me toma el brazo; las puntas de sus dedos rodean mi muñeca como si eso no fuera algo monumental. Pero lo es, ¿cierto? El tacto de su piel es una descarga que da vida a todo dentro de mí, como si hubiera llegado la primavera y yo hubiera estado hibernando en una cueva de negación con una roca de duelo tapando la entrada.

Presiona la Sharpie contra mi brazo y mi piel se eriza mientras escribe su nombre de usuario y número de AIM, con cuidado y muy despacio; mi mano está a dos o tres centímetros de la zona con aspecto suave de su estómago, donde se abre su blusa, y si no me suelta me voy a poner muy roja.

—¡Listo! Llámame desde tu casa. Seamos anticuadas.

Miro los números tratando de respirar hondo para que se me vaya este nudo en el pecho y para comprenderlo, al mismo tiempo.

—Me lo podrías haber dado en un papel —¿ésta es mi voz? ¿Así de ronca? ¿Es esto lo que me ha hecho con unas cuantas sonrisas y un puñado de minutos peleándonos y un poco de tinta garabateada en mi brazo como si fuera mi corazón?

Esta vez, ríe echando la cabeza atrás.

—¡Se llama *romance*, queridaaa! —trina, y esa palabra se arremolina en mi cabeza cuando me manda un beso exagerado y regresa al lago.

Me abro camino hacia la carretera sintiendo un alegre burbujeo dentro de mí, pero la idea de ir a casa y enfrentarme a Curtis y todas mis cajas y los recordatorios de una vida que quedó atrás aniquilada toda esa efervescencia.

—Hey, Coley —grita ella desde la carretera.

Es como si el sol lloviera sobre mí. Como si ella supiera que necesitaba otro empuje. Una excusa más para volverme hacia ella.

—¿Olvidaste algo?

Niega con la cabeza rebotando sobre los talones.

—¿Me prometes que me vas a llamar?

Cubro con la mano los números, preciosas barras sobre mi piel. El feliz burbujeo ha vuelto y es como si nunca fuera a irse, así de fuerte lo siento en mi interior.

—¡Lo prometo! —le grito.

Mi promesa hace eco en los árboles. Y sólo cuando el último eco se apaga se da la media vuelta y se va.

SEIS

Usuario de LJ: SonyatSunrisex00x [entrada privada]
Fecha: 9 de junio de 2006

[**Humor:** curiosa]
[**Música:** "Portions for Foxes" - Rilo Kiley]

En las ciudades pequeñas nada cambia nunca... hasta que un día sí. Incluso una pequeña onda en el agua se siente como oleada.

Hoy conocí a una chica.

Hoy estuve a punto de atropellar a una chica. Bueno, no yo, sino Trenton. Yo habría sido una mera cómplice si lo hubiera hecho y se hubiera dado a la fuga.

Dios, Trenton sí es de los que se darían a la fuga, ¿cierto?

No termina de captar el mensaje sobre la ruptura y todo eso. Pasó toda la tarde tratando de desatarme el bikini.

Siempre tiene que salirse con la suya. Tal vez sería más fácil ceder durante el verano o algo así. Pero, por otro lado, siempre peleamos. Estoy harta de pleitos.

Brooke dice que tengo suerte y SJ dice que estoy mejor que la mayoría de las chicas de la escuela.

Pero, Dios, ¿es normal que sea tan difícil?

Coley. ¿Será diminutivo de Nicole? No tiene aspecto de Nicole. Tiene aspecto de Coley, eso sí; así debe verse una Coley. Es decir, sin tonterías, directa, un poco mordaz y punzante. Parece que si la tocaras podría salirte sangre. Jeans rasgados y una gargantilla que es como un trozo de encaje en el cuello. Agh. Celosa. La última vez que me puse una gargantilla, mamá me dijo que hacía que el cuello se me viera gordo. Debí decirle que no me importaba, pero lo que hice fue quitármela.

Esta chica usa una gargantilla y es como un reto. *Agárrame. A ver si te atreves.*

En un sentido, fue un golpe de suerte que Trenton estuviera a punto de atropellarla. De otro modo, no la habría conocido y ella quizás habría acabado sin nadie genial con quien pasar el tiempo cuando empiece la escuela. La estoy salvando de tener que almorzar con los rechazados o, peor aún, completamente sola.

Y ella es tan sólo...

Ella no es aburrida.

—Sonya

SIETE

Cuando entro en la casa, empapada y chapoteando, quiero evitar a Curtis, pero no tengo suerte: salió temprano del trabajo y ahí está, en la sala.

Se ve preocupado y tenso y eso me pone nerviosa porque todavía no averiguo qué clase de tipo es.

La mayor parte de mi vida, Curtis fue un tipo con chamarra de piel en una foto en blanco y negro (la única que mamá conservó para mostrarme), enigmático, indiferente y distante, como un hombre en un anuncio o algo así. Un cigarro le colgaba de los labios sonrientes y miraba a la cámara como si amara a quien estaba detrás de ella.

Estaba congelado en mi memoria en blanco y negro, con esa bonita chamarra de cuero vintage. Una idea, más que una persona. Y ahora es una persona para mí, y a lo mejor soy una persona para él; ya no somos posibilidades el uno para el otro, y eso me fastidia. No quiero saber qué hacer con eso. No creo poder amarlo. No sé *cómo*. No lo conozco.

Se levanta del sofá, asimilando que estoy ahí. Mi cabello sigue empapado y mis zapatos van a tardar todo un día en secarse.

—¿Qué te pasó? —pregunta preocupado.

—Me di un chapuzón en el lago —digo, caminando frente a la hilera de guitarras colgadas en el pasillo, chapoteando a cada paso.

—¡Espera un momento! —exclama, yendo tras de mí—. Coley, ¿estás bien?

Me doy la media vuelta tratando de no sentirme humillada por haber fracasado estrepitosamente.

—Hice lo que me dijiste: encontrar amigos. Ahora tengo que ir a bañarme, ¿está bien?

Antes de que él pueda farfullar una respuesta, me meto al baño y cierro la puerta de golpe para que se dé cuenta de que quiero estar sola. Al menos, mientras esté ahí dentro no me va a molestar.

Abro la regadera y el vapor del agua lentamente llena el cuarto al quitarme las botas mojadas y los calcetines, y luego lentamente me deshago de los jeans. El roce de la mezclilla mojada es una experiencia que no le deseo ni a mi peor enemigo. Bueno, tal vez a Trenton sí. Si él está viviendo este mismo problema del roce de la mezclilla, significa que hay algo de justicia en el mundo. Desafortunadamente, no tengo mucha fe en que así sea.

Me quito la camiseta y en ese momento me doy cuenta, ahí parada en brasier y calzones, en un baño que evidentemente es de un hombre. La mancha de tinta en mi brazo.

—¡Oh no! ¡No, no! —Me quedo viendo mi brazo. El número de teléfono y nombre de usuaria que escribió Sonya ya no son más que tinta corriendo por mi piel. Mi brazo debió haber rozado mi ropa mojada al caminar.

—¡Carajo! —muevo el brazo hacia la luz, tratando de descifrar los números emborronados, pero no es más que tinta negra volviéndose gris a lo largo de mi piel.

Me siento en la orilla de la tina; el nudo en el estómago se aprieta y se vuelve insoportable.

—Carajo —digo otra vez, nomás por decirlo, porque si no lo hago tal vez llore.

Y qué cosa tan estúpida, ¿verdad? Ya haré amistades en agosto, cuando empiece la escuela. O puedo seguir estando sola. No necesito...

No necesito nada ni a nadie.

Ya no.

Definitivamente no.

A la mañana siguiente, al despertar, lo primero que veo es el cuaderno, que sigue sobre mi estómago. Cuatro páginas llenas de números garabateados y posibles nombres de usuaria, tratando de recordar lo que Sonya me escribió en el brazo.

Así que, como se verá, no me rendí después de haberlo embarrado todo accidentalmente. Doy lástima, ¿verdad?

Sólo que...

No sé.

Fue como olvidar por un segundo. Como ver que no todo es una mierda. Me refiero a haber hablado con ella.

Y no quiero olvidarlo todo. No quiero olvidar a mamá.

Tienes que olvidar algunas cosas para poder seguir adelante; de otro modo, te persiguen. Nunca antes lo entendí. Si lo hubiera entendido, a lo mejor habría ayudado más a mamá. Pero ahora lo entiendo. Entiendo los pensamientos de los que no puedes huir, y estoy tratando de aprender a vivir con ellos, pero qué difícil es.

Todo ha sido muy difícil desde ese día.

—¿Coley?

Me sobresalto con el golpe en la puerta y el cuaderno que tengo en la mano se cae en el desorden de cobijas cuando Curtis abre y se asoma.

—¿Ya te levantaste?

—Obviamente —digo, apuntando a mi yo despierto. No se da cuenta, ¿verdad? No se da cuenta de que estuve a punto de desmoronarme aquí mismo, envuelta en el edredón que me compró mamá cuando yo tenía trece años. No me conoce lo suficiente para ver las señales. Nunca se tomó la molestia de intentar conocerme.

—Preparé café, por si quieres.

Lo miro con el ceño fruncido.

—Pensaba que iba a atrofiarme el crecimiento.

—Supongo que ya terminaste de crecer, como dijiste —responde encogiéndose de hombros, y se va. Lentamente me levanto de la cama y me cambio; alcanzo a oírlo ir de un lado a otro de la cocina. Cuando el reloj da más de las nueve y sigue sin irse al trabajo, me doy cuenta de que debió haberse tomado un día libre.

Mi necesidad de cafeína supera mi necesidad de que me dejen sola, así que voy a la cocina y me sirvo una taza de café. Él sorbe el suyo recargado en la encimera.

—¿Qué planeas hacer hoy? —pregunta.

—Mmm…

—Porque podríamos…

Oh, no, la temida primera persona del plural. No, no podríamos, no somos un *nosotros*. Está él y estoy yo, y nada más.

—Pues pensaba desempacar —lo interrumpo. Lo que sea para evitar que termine de decir cuál era su plan para *nosotros*.

—¿Te ayudo? —ofrece.

La idea de que revise mis cosas me provoca un escalofrío. Niego con la cabeza.

—No, no, gracias. Yo lo hago. Sólo... —veo alrededor de la cocina hasta que mi mirada se posa en la bolsa de papas sobre la encimera. La tomo—. Sólo necesito algo de comer. Ya sabes, para mantenerme con energía.

Antes de que pueda responder, salgo de la cocina a toda prisa, con el café en una mano y las papas con sal y vinagre en la otra. Ni siquiera me gusta este sabor, ¿qué diablos estoy pensando? Pero ahora me tengo que aguantar y hacer lo que dije que iba a hacer. Debí decirle que iba a salir o algo... Como si hubiera algún lugar adónde ir o algo que hacer. Podría haberlo, si no hubiera arruinado el número de Sonya. Siento un hueco en el estómago cada vez que pienso en eso, por muchas veces que me diga que no tiene importancia.

Me encierro en mi cuarto y cierro las cortinas para que se sienta todavía más como una pequeña cueva. El sol que entra por las ventanas parece fuera de lugar mientras desempaco una vida a la que nunca volveré.

La primera caja que levanto está pesada, así que deben ser mis libros. No sé por qué traje mis viejos libros de texto. A lo mejor porque la idea de deshacerme de algo mientras echaba mi vida en quince cajas resultaba demasiado fuerte. Ahora parece estúpido. ¿Para qué necesitaría mi viejo libro de historia?

Hago a un lado los libros de texto y pongo la pila de novelas de misterio sobre mi tocador. Hay unos bloques de hormigón en el patio. Si consigo unas tablas o algo, podría fabricarme un pequeño librero. No le quiero pedir nada a Curtis si no es indispensable. Tengo que recordar que no es buena gente, como él quisiera hacerme creer. No se hizo presente hasta que había pasado lo peor, y eso es lo que necesito esperar: recibir algo únicamente en los peores momentos.

Agarro la segunda caja, mucho menos pesada, del montón que ocupa la mitad de mi cuarto y le quito la cinta. A ésta, de hecho, le había escrito ROPA en un costado.

He estado viviendo con la ropa que lancé a mi maleta, así que es agradable ver el resto de mis cosas. La coneja miniatura con kimono rosa que me dio mi abuela.

Mi par favorito de Converse negros, mi camiseta Henley tres tallas más grande pero más suave que nada, y todas mis camisetas sin mangas, que vienen muy bien aquí porque hace tanto calor como en el sur de California, y por si fuera poco, bochornoso. Saco algunas camisas de dormir, y es en ese momento cuando la veo, metida entre un par de pijamas y una sudadera con capucha: una chamarra de mezclilla, una Levi's clásica, con la tela desgastada hasta adquirir el grado perfecto de harapienta por una mujer que amó y vivió intensamente en ella.

Eso es lo que siempre me decía. *Tienes que amar y vivir intensamente, Coley.*

Tiro de la chamarra hacia mí y presiono la tela contra mi mejilla. El aceite de rosa —tenue, pero presente— llena mis sentidos y los ojos me arden cuando me siento en el suelo y la estrecho contra mí como la estreché a ella en el suelo del departamento, tratando de contenerlo todo.

Hay cosas que tienes que olvidar para seguir adelante, pero no sé cómo hacer todo eso sin olvidarla también a ella.

En medio del ardor de garganta y ojos, respiro hondo y aflojo los dedos con que tenía agarrada la chamarra para ponérmela. Tengo que doblarle los puños (mamá era mucho más alta que yo), pero cuando termino, la chamarra me ciñe como en un abrazo.

Me apoyo en el tocador, envuelta en recuerdos. Sé que algún día se apagará el olor a rosas, pero el dolor de haberla perdido, no. Quiero ser una chica que está a la altura de las circunstancias, que vive el lema de su madre... ése que ella no pudo encarnar.

¿Pero cómo puedes amar y vivir intensamente cuando lo único que sientes es dolor?

OCHO

Usuario de LJ: SonyatSunrisex00x [entrada pública]
Fecha: 10 de junio de 2006

[**Humor**: de los mil diablos]
[**Música**: "It's My Life" – No Doubt]

Hoy me tocó hacer de niñera con mi hermanita. Es el castigo que se le ocurrió a mi madre porque llegué tarde a casa por la fiesta de @MadeyouBrooke23 en el lago. ¡Valió la pena!

Además: corromper a mi hermanita para que se convierta en una mini-yo en lugar de una mini-mamá parece ser un uso muy fructífero de mi tiempo.

¿Cuánto apuestan a que en la alacena tenemos los ingredientes para preparar unos s'mores? ¡Sólo esperemos que Emma no incendie la casa cuando los hornee!

xoox
Sonya

Comentarios:

SJbabayy:
Eres terrible, nena. Me encanta.

SonyatSunrisex00x:
Mamá estaría de acuerdo contigo.

SJbabayy:
Pero eres SU nena terrible.

SonyatSunrisex00x:
Jaja. ¿Puedes recordárselo cuando se enoje porque obtuve A y no A+?

SJbabayy:
¡Tus calificaciones son muy buenas! Lo que yo daría por obtener una A en la clase de Anderson. Pasé apenas con C.

SonyatSunrisex00x:
Muy bueno no es perfecto, como mamá me recuerda a cada rato.

SJbabayy:
Aaaay. Ajá. <3

Usuario de LJ: SonyatSunrisex00x [entrada privada]
Fecha: 10 de junio de 2006

[**Humor**: enojada]
[**Música**: "Escape" – Enrique Iglesias]

Ni creas que estuve esperando todo el día y toda la noche a que Coley me mandara un mensaje ni nada. No soy patética ni nada por el estilo. Pero puse un mensaje de estado para ser amable y como para darle la bienvenida a la ciudad y cosas así. Pero nada. Ni siquiera un mensaje en la máquina.

¿Quién se cree que es, ignorándome así?

A lo mejor no me está ignorando, a lo mejor simplemente se le olvidó.

Agh, yo no soy alguien que se pueda olvidar. Soy más bien todo lo contrario.

¿Cierto?

¿No tengo aquí con ella alguna oportunidad? ¡Soy buena amiga cuando me dejan serlo!

Pero... es que... ¿qué carajos?

O sea, yo soy la que sabe en qué calle vive. Quizá podría ir y buscar su bicicleta en los jardines.

Pero puede ser que eso me hiciera ver demasiado interesada. Si de verdad está ignorándome, sería totalmente humillante.

Así que no lo voy a hacer.

Pero...

¿Y si sólo lo olvidó?

Porque daba la impresión de necesitar una amiga. No nada más porque estuviera con el agua escurriéndole y en ese momento diera un poco de lástima.

Se aferró a mí como si nadie la hubiera abrazado en no sé cuánto tiempo y eso fue como... Carajo, ¿cómo fue eso? No es que mamá me abrace mucho, pero al menos Emma se acurruca en mí y así.

Creo que Coley puede necesitarme. Ya sabes, como amiga. Y yo soy buena amiga. SJ sin duda diría que soy buena amiga si se lo preguntara. Brooke... bueno, Brooke tiene sus propios problemas. Principalmente, eso de que está enamorada de mi exnovio. En fin, qué más da.

Mañana iré a la avenida Cliff's Edge, listo. Va a estar bien.

—Sonya

NUEVE

Es como si no pudiera huir de él. Curtis está ahí *otra vez* a la mañana siguiente, yendo de aquí para allá por la casa como si fuera su dueño. ¡Ya sé que lo es! ¡Ya lo sé! Pero no sabía que pasara *tanto tiempo* en ella. ¿Tiene un trabajo? Ni siquiera tengo mucha claridad sobre lo que hace, pero seguro que tiene que ir a algún lugar para hacerlo, ¿cierto?

Ayer desempaqué todo, así que hoy no tengo ni siquiera eso como pretexto para evadirlo. Fue malísima idea; debí haber dejado la mitad para hoy, por si acaso.

Creía que tendría la casa para mí más tiempo, como tenía para mí el departamento con mamá en los días buenos, cuando se iba a trabajar y a ver amigas y hasta a citas con galanes a veces. Pero los días buenos se fueron haciendo más y más esporádicos y ella pasaba cada vez más tiempo en su cuarto. En los días malos era como si el piso estuviera hecho de cáscaras de huevo sobre las que debía caminar de puntitas, esforzándome por no hacer ni una grieta. Las cosas más pequeñas podían hacerla pedazos. Pero supongo que es justamente eso, ¿no? A ella esas cosas no le parecían pequeñas. Para nada.

Ojalá yo hubiera entendido eso. Ojalá hubiera sabido actuar mejor.

Pero no fue así. Y ahora estoy aquí con Curtis, y el piso se siente otra vez como si estuviera lleno de cáscaras de huevo. Misma sensación, diferente progenitor. Me hace preguntarme: ¿seré yo?

Dado que necesito café, entro a la cocina arrastrando los pies. De regreso, paso por la sala y él me mira desde el sofá.

—Podría prepararte algo de desayunar —ofrece cuando ve la taza de café en mi mano.

Tras haber probado varias de sus cenas, no creo que el desayuno resulte ser su habilidad secreta.

—Con el café está bien —le digo—. Nunca como mucho en la mañana.

—Ah. Quizás eso lo heredaste de mí.

Me sorprendo tanto que me atraganto con el café.

—Mmm, sí, puede ser.

—¿Quieres ver lo que estoy haciendo? —pregunta señalando un montón de cajas de plástico con separadores sobre la mesita de centro. Al acercarme veo que adentro de una hay gemas y en la otra joyería terminada.

—¿Qué es eso?

—Mi trabajo.

—¿Tú las hiciste? —me inclino hacia delante, curiosa muy a mi pesar. ¿Hace *joyería*? Pero ni siquiera usa collares ni nada. No lo conozco tan bien… o no lo conozco nada, pero te puedo asegurar que Curtis no es del tipo que se pone pulseras de turquesa.

—Empecé a diseñar joyería para pagar las cuentas cuando hacía música. Me tropecé con ella cuando a un amigo mío le vendieron unas piedras a buen precio. Aprendí por mi cuenta lo básico y afilé mi técnica con los años. Mis primeras piezas eran horriblemente rudimentarias —ríe al recordarlo, y en ese momento mi corazón da un vuelco, porque es la primera vez que lo he visto sonreír... y su sonrisa es idéntica a la mía. Todo el mundo siempre me ha dicho que me parezco más a mi mamá: los mismos ojos y los mismos pómulos marcados, la nariz pequeña y el abundante cabello lacio. Pero tengo frente a mí la sonrisa de Curtis y es *mi* sonrisa, y es como si me la hubiera robado, esto que pensaba que era mío y de nadie más.

—Están bonitas —digo en voz baja, aunque a duras penas puedo verlas. ¿Es *esto* lo que estuvo haciendo todos estos años en lugar de ser mi padre? ¿Abrillantando gemas y fundiendo plata como si fuera un herrero o algo así? Esto podría haberlo hecho en cualquier lugar. Pudo haberse quedado en San Diego, aunque no quisiera quedarse con mamá.

Pero no, eligió quedarse en un pueblo de Oregón en medio de la nada... ¿Y este lugar y unos minerales eran más importantes?

—Puedes tocarlas —me dice, con tanto entusiasmo que lo hago sólo para darle gusto, aunque me siento entumecida—. Ahora tengo un taller de herrería en la cochera. Podría enseñarte.

Tomo el collar más cercano, un delicado dije al que tengo que darle la vuelta, y la cadena se mete entre mis dedos y me provoca un levísimo cosquilleo. Siento que mi estómago se hunde, como si estuviera echándome un clavado desde una azotea hacia una alberca muy bajita.

—Ese diseño lo he estado haciendo desde el principio —me explica mientras paso un dedo sobre la intrincada trama de hojas grabadas en plata que rodea el ojo de tigre.

Mis dedos reconocen las protuberancias y muescas de las hojas. Podría dibujarlas con los ojos cerrados. Mamá usaba un

dije de ojo de tigre igualito a éste cuando yo era niña. Yo solía tomarlo cuando ella me arrullaba, un talismán para mantener a los monstruos a raya. En algún momento de mi niñez, dejó de usarlo. Supongo que ambas pensamos que los monstruos se habían ido para siempre. La siguiente vez que lo vi fue en la bolsa de artículos personales que me dio el médico forense. Lo llevaba puesto cuando se...

Suelto el dije. Cae al suelo repiqueteando.

—¡Ups! —dice Curtis agachándose para recogerlo.

Me levanto de un brinco.

—Me tengo que ir.

—Coley...

Pero ya estoy corriendo por el pasillo, desesperada por meterme a mi cuarto antes de que él me detenga. Azoto la puerta. Cuánto desearía poder cerrarla con llave. Pero no me sigue. Gracias a Dios no me sigue.

El joyero de mamá está en mi tocador, junto a las novelas. Es una pequeña caja de cedro con una rosa grabada en la tapa. Me tiemblan las manos cuando la abro, y ahí está: la bolsa de plástico que me dieron. Adentro está el anillo de topacio de mi abuela, las arracadas de mi mamá y el collar que Curtis debió de hacerle cuando aún estaban enamorados.

Los vuelco en la palma de mi mano preguntándome si significa algo. Tiene que significar algo, ¿no? Que haya elegido usar el collar de él ese día. Parece algo que debería decirle a Curtis, pero no puedo siquiera imaginarlo, así que reprimo ese pensamiento.

Suena el timbre justo en el momento en que estoy devolviendo las joyas a la caja de madera y dejo que se mezcle con mis gargantillas de tatuaje y las pequeñas arracadas de oro blanco que me dio mamá cuando tenía trece años y por fin me dejó perforarme las orejas.

Me dejo caer en la cama sin hacer caso de las voces en la sala hasta que me doy cuenta de que la persona con la que está hablando Curtis es una mujer. Entonces, me da demasiada curiosidad y no puedo detenerme. Si es algo así como una novia y no me lo ha contado, me voy a enojar. Con bastantes cosas tengo que lidiar para que una aspirante a madrastra esté metiendo las narices en mis asuntos como ha estado haciendo él. Camino por el pasillo y las voces se van haciendo más claras. Cuando ella ríe, sé que es Sonya. Su risa ya está grabada en mi memoria como si fuera un conocimiento fundamental. Como el dije de ojo de tigre y las manos de mi madre quitándome el cabello de la cara después de haber tenido una pesadilla.

El corazón me late con fuerza; la sangre me corre a toda prisa mientras doy vuelta en la esquina y la veo riéndose con lo que dijo Curtis.

Se gira y me ve ahí; su sonrisa se ensancha.

—¡Ahí estás! —dice, como si hubiera tenido yo que estar ahí todo el tiempo. A lo mejor así era. Se siente así, al menos.

—Las voy a dejar que platiquen un poco —dice Curtis.

—Tu papá hace una joyería increíble —me dice Sonya.

—Gusto en conocerte, Sonya —Curtis sale de la sala sin ninguna prisa. ¿La única manera de deshacerse de él es traer amigas? ¿Es una especie de psicología invertida de su parte? ¿O estoy dándole muchas vueltas? El tipo pasa todo el tiempo trabajando, tocando guitarra o haciendo joyería, así que manipular tal vez no sea una de sus prioridades. La amatista, las plumillas de guitarra y asegurarse de que la hija olvidada que le endilgaron no vaya a hacer un berrinche tal vez lo sean.

—Él es agradable —dice Sonya.

—Sí. Mmm. ¿Qué haces aquí?

Baja la vista, se agacha y recoge un collar que tiene trozos de alguna piedra azul ensartados y que cuelgan como témpanos de la cadena de plata.

—No me mandaste un mensaje —dice sin dejar de ver el collar sobre la palma de su mano—. Me lo prometiste.

—Estaba empapada, Sonya.

Finalmente me voltea a ver, con el ceño fruncido.

—¿Mi ropa? Estaba empapada gracias a Trenton, ¿te acuerdas? La tinta estaba toda corrida para cuando llegué a la casa. No se leía lo que escribiste y se me olvidaron los números.

—Oh —dice.

Nos quedamos en silencio viéndonos fijamente y ella se sonroja.

Suelta una risa temblorosa —no la que yo había memorizado, sino una diferente. Me pregunto cuántas habrá, cuánto tiempo me tomaría aprendérmelas todas. ¿Semanas? ¿Meses? ¿Toda una vida?

—Bueno, *yo* sí cumplo con mis promesas, a diferencia de usted, señorita Coley.

No río del chiste, sólo la observo.

—Lo tendré presente.

Suelta otra risita.

—Eres una niña mimada.

64

—Mmm —es probable que aún no sepa mucho sobre ella, pero sé que la gente se rinde ante ella. Estoy segurísima de que una de las razones por las que está en mi sala es porque yo no lo hice.

Sonya toca la orilla de su camiseta a rayas.

—Entonces... ¿qué quieres hacer?

Me encojo de hombros y me dejo caer sobre el sofá beige. Es feo pero cómodo, eso se lo reconozco a Curtis.

—Tú eres la que vino —digo.

—Porque dijimos que volveríamos a hacer algo juntas, ¿te acuerdas? Yo cumplo mis promesas.

—¿Y? —extiendo los brazos para abarcar el sofá y moviendo los pies para mayor énfasis. El brillo en sus ojos... es cómico. Es como pinchar con el dedo a un gatito muy enojado, pero suave y esponjoso—. Estamos haciendo algo ahora mismo, ¿o no?

—Holgazanear en la casa no es hacer algo. No sin algo de beber —insiste Sonya—. Ven —me dice chasqueándome los dedos.

Pongo los ojos en blanco y me levanto.

—Uno de estos días le vas a chasquear los dedos a la persona equivocada.

Ríe.

—Bueno, con toda seguridad esa persona no eres tú, así que estamos bien, ¿cierto?

—Voy a empezar a decirte Chasqui —le digo burlona mientras pasamos de la sala al porche.

—No despiertes a la fiera, Coley —me advierte.

—*Groar* —estrujo las manos para formar unas pequeñas zarpas y araño el aire; la nariz se le arruga cuando ríe: esa risa auténtica y sin igual que ya le conocía.

—¡Eres una maldita idiota! —dice agachándose a levantar la bici rosa que dejó recargada en el árbol, frente a la mía.

—Yo creo que en eso nos parecemos.

Da un grito ahogado; me subo a mi bici y empiezo a andar antes de que pueda contestar. Me voy riendo socarronamente. Ella da alaridos y va tras de mí, pedaleando furiosa.

—¡Ni siquiera sabes adónde vamos, Coley!

—¡Entonces, alcánzame!

Voy a toda velocidad por la calle; el viento forma nudos en mi cabello y lo voy a lamentar más tarde, pero en ese momento no me importa. Lo único que me importa es que ella está riendo y viene tras de mí.

DIEZ

—El plan es sencillo —explica Sonya mientras doblamos la esquina en la calle Oak y aparece ante nosotras el 7-Eleven.

—Esta tienda siempre tiene personal insuficiente. Yo distraigo al cajero, tú agarras la botella. Entramos y salimos. No habrá problemas.

—¿Haces mucho esto? —pregunto para aparentar indiferencia, pero siento que el estómago se me encoge un poco. Nunca he robado nada. Ni siquiera recuerdo haber robado dulces cuando era niña.

Se encoge de hombros.

—Es un poco difícil conseguir identificaciones falsas en una ciudad donde todos conocen a todos.

—¿Por eso tus amigos y tú estaban huyendo de ese club el día que los conocí?

Sonríe con suficiencia.

—Lograron que el gorila los dejara pasar, pero el barman no les creyó. Nunca le vuelvo a creer a Alex cuando diga que consiguió una identificación convincente, déjame decirte. SJ sigue un poco molesta conmigo por haberla dejado atrás.

—Bueno, yo también lo estaría.

—Auch —dice Sonya, haciendo una mueca—. Mala.

—Que te abandonen apesta —digo, y siento escalofríos en cuanto lo digo. Es demasiado cierto.

—Ay, ¿alguien te abandonó a ti? —pregunta jovial y de manera casi sarcástica.

Como no respondo (no puedo, no quiero, no aquí, tal vez nunca), ladea la cabeza y se sonroja.

—Carajo —dice de pronto, al darse cuenta de que sí—. ¿Quién podría abandonarte a ti?

Lo dice tan en serio que me hace preguntarme...

Pero no. *No*. Sería una locura.

—Entonces, distraes al cajero y yo agarro la botella. Ya entendí. Es simple. Fácil. Vamos.

—Coley...

—Estoy bien —digo mientras recargo mi bicicleta en el poste de cemento con el letrero de 7-Eleven. No hago caso del sonido de preocupación que hace—. Tienes razón, sin algo de beber es como si no hiciéramos nada. Vamos.

Me alcanza en la puerta y se inclina para abrirla y dejarme pasar primero. Cuadra los hombros en el momento en que se arrastra hacia dentro; ella va directo al cajero y yo me meto al fondo.

Tengo las palmas sudadas a pesar de estar junto al aire frío de los refrigeradores de bebidas. Me las seco deprisa sobre los jeans. Si agarro una botella y se me resbala, estamos perdidas.

—Hey, disculpa... —oigo que Sonya le dice al cajero.

—¿En qué te puedo ayudar? —pregunta.

Abro el refrigerador y busco entre el vino y la cerveza. Mierda, no le pregunté qué quería. ¿Y si escojo mal? ¿Se burlará de mí?

—Esto es muy vergonzoso, pero ¿venden tampones? —la última palabra la dice casi en un susurro.

Agarro una botella de champaña y la escondo en mi chamarra mientras me dirijo al último pasillo.

—Están en el pasillo siete —le dice el cajero a Sonya, quien le hace ojitos, al decirle:

—¿Podrías mostrarme dónde está?

Mierda. En ese pasillo estoy yo. Podría dar marcha atrás y fingir que necesito urgentemente mirar los encendedores unos instantes antes de devolverlos a su lugar y caminar en dirección opuesta, lejos de Sonya y del cajero que se le acerca.

—¡Qué amable eres! —le dice a él, viéndome a mí de reojo.

Rápidamente me doy la media vuelta y me dirijo al pasillo cinco, concentrada en Sonya y no en adónde estoy yendo, y sólo por un golpe de suerte no choco con el letrero de PISO MOJADO.

Llevo la botella de champaña metida bajo el brazo apretándola contra mi costado. Estoy a punto de derraparme, pero me paro en seco frente a una chica que lleva un trapeador y los audífonos aplastándole el cabello decolorado, que lleva recogido en unos extraños moños por toda la cabeza que dejan expuestas sus raíces oscuras. Debería verse mal, pero, mientras más te fijas, por alguna razón a ella le queda bien. La placa anaranjada con su nombre dice BLAKE. Se me queda viendo, masticando chicle; su mirada perdida me hace preguntarme si habrá fumado marihuana al menos, si no es que algo más.

Carajo. ¿Por qué dejé que Sonya me convenciera de hacer esto?

—Sólo estaba buscando unos… —alrededor, alargando sin pensar la única mano que tengo libre; agarro una bolsa sin ver y la aprieto contra mí—. Ahí está.

—Mmm, *Flamin' Hot*.

—¿Qué?

—Son picantes —dice Blake señalando con la cabeza la bolsa que llevo.

Miro. Son unos Cheetos; está hablando de los Cheetos.

—Ajá —digo—. Como sea...

—Son ricos.

—Ajá —asiento. Paso a su lado y camino de regreso hacia el cajero, que ya volvió al mostrador después de ayudar a Sonya. Arrojo un billete de cinco dólares por los Cheetos y salgo a toda prisa sin esperar a que me den el cambio antes de que alguna otra cosa salga mal. Por unos instantes, mientras me dirijo al estacionamiento con una descarga de adrenalina que se siente como una montaña rusa debajo de mí, pienso que voy a vomitar. Y luego se pone peor, porque no la veo por ningún lado. No está apoyada en el letrero ni esperándome en la acera del otro lado de la calle. No la encuentro por ninguna parte.

Doy vueltas en círculo y el mundo gira más de lo que debería. Me dirijo al 7-Eleven, hacia los contenedores. ¿Acaba de...?

¿Quién podría abandonarte a ti?

—¡Buu!

Esta vez, estoy a punto de tirar la maldita champaña cuando se aparece de un brinco detrás del contenedor; suelta una carcajada desternillante cuando tropiezo hacia atrás.

—¡Tendrías que haber visto tu cara! —hasta se golpea los muslos, ríe tan fuerte.

—Vas a... —pero antes de que pueda decir algo más, me toma de la mano y me quedo sin palabras. Lo único que me queda es la tibieza de su piel junto a la mía, suave, lisa y con cierto aroma a cítricos.

—Vamos, tortuga —tira de mí más fuerte y no puedo resistirme. No sé cómo, y no quiero. Me siento radiante, siguiéndola atrás del 7-Eleven, al terreno que se funde con el pasto, y luego las sombras de los árboles se proyectan en mi piel mientras caminamos bajo las copas. Aquí los árboles son tan altos y frondosos que refrescan el aire a nuestro alrededor. Es como entrar en otro mundo. El aire se va enfriando y luego entibiando de nuevo cuando los árboles se abren para revelar una larga vía férrea.

—¿Qué? —digo, viendo fijamente las vías. Parecen mucho más grandes vistas de cerca. Cuando Sonya las pisa, voy detrás. Caminar sobre ellas es como tratar de equilibrarse en una viga.

—Sí hay trenes en San Diego —insiste Sonya.

—No en medio de los árboles como aquí.

—¿Dónde más las íbamos a poner? —pregunta caminando sobre los rieles, levantando los brazos con garbo, como bailarina, avanzando de puntitas por el metal y girando. Su cabello vuela como plumas de un cisne que despliega las alas, y yo quedo atrapada en la línea oscura que forma contra la luz dorada y azul.

—Entonces, ¿vamos a irnos en tren a algún lugar? —pregunto cuando extiende la mano imperiosamente para que le pase la champaña, y se la doy.

Saca el corcho con un resoplido y la champaña se derrama, burbujeante sobre sus dedos.

—Carajos —dice, llevándose la mano a la boca para lamerla, y la visión de su lengua rosada me hace bajar la mirada, tratando de respirar hasta que se vaya esta opresión en mi pecho, una sensación demasiado grande que no creo poder controlar.

—¿Quieres un poco? —pregunta—. Te la cambio.

Tomo la botella, con cuidado de que esta vez nuestros dedos no se rocen. No creo poderlo manejar. Me quita la bolsa de Cheetos.

Doy un trago, con la esperanza de que la sensación se calme. Pero no: sólo se suma al martillo que es mi corazón en mi caja torácica.

—Tu papá parece agradable —dice Sonya—, como con tipo de rockero creativo. Tiene muchísimos tatuajes. Mamá estaría horrorizada.

Sonríe con cierta satisfacción al decir esto último, como si quisiera horrorizar a su mamá aunque sea un poco.

—Supongo —doy otro trago.

—¿Supones que es agradable o supones que tiene tipo de rockero creativo?

—Las dos cosas.

Se detiene y aplana los pies sobre el riel para equilibrarse.

—¿Qué quieres decir?

—Curtis y yo… no nos conocemos muy bien que digamos.

—Ah —dice—. Entonces, ¿no era de los que te ven dos fines de semana al mes y la mitad de las vacaciones, como mi papá?

—No.

—¿Qué clase de papá era?

Bajo la mirada. Toda mi piel se acalora por la incomodidad.

—¿Me estás entrevistando o qué?

—Sólo tengo curiosidad. O sea, así es como se forman las amistades, ¿no? Se hacen preguntas unas a otras, se cuentan cosas. Yo te hablé de mi papá —toma la champaña y da un largo trago—. ¿O no quieres que seamos amigas? —pregunta cuando termina.

La miro fijamente, preguntándome qué carajos está haciendo.

—¿Qué? —pregunta, casi retorciéndose ante mi silencio—. No puedes verme así y...

—¿Y qué? —pregunto—. ¿No darte todo lo que pides?

Tuerce el gesto.

—No quiero sonar engreída ni nada, pero por lo general me doy cuenta cuando le caigo bien a la gente. Y tú...

—Yo...

—¡Tú eres un caos total! ¡Y estás metiéndome a mí también en un caos total! No sé cómo actuar cuando estás tú.

—Quizá lo mejor sea no actuar —sugiero—. Sé tú misma. Porque la mitad del tiempo se siente como si estuvieras fingiendo algo.

—¿Qué significa *eso*?

—Supongo que me da la sensación de que le dices a la gente lo que crees que quiere oír y no lo que verdaderamente piensas.

Suelta una risa nerviosa y se mueve el cabello.

—Me estás juzgando y ni siquiera me conoces.

—¿Cómo puedo conocerte si no dejas que nadie te vea?

Al oír esta pregunta entreabre los labios y sus ojos se abren enormes.

—Eso es... —no puede terminar la frase—. Vaya, Coley —dice en voz baja—. Podría decir lo mismo de ti —cuestiona finalmente.

Entonces, decido darle algo real.

—Curtis no era un papá de los que pasan contigo dos fines de semana al mes. Es más bien alguien a quien no veía desde que yo tenía tres años.

Arruga el entrecejo y se le forma esa pequeña V de compasión.

—Qué fuerte.

—Sí —asiento, temiendo la siguiente pregunta: ¿Por qué estoy con él si nunca había querido tener nada que ver conmigo?

Pero no la hace. Es casi como si supiera que es demasiado.

—Gracias por contarme —dice en son de paz, y añade—: Mis papás también se separaron cuando yo era niña. Al principio, era muy feo.

—¿Sólo al principio?

—Bueno, mamá conoció a mi padrastro y él hace que ella esté un poco más tranquila. Aquí las palabras clave son *un poco*. Y tuvieron a Emma, mi hermana. Tiene siete años. Es muy dulce. Pero mamá dice que eso se le va a quitar si yo sigo siendo su ídolo y su adoración.

Frunzo el ceño.

—Qué cruel.

Sonya se encoge de hombros.

—Yo no soy tan dulce.

—Fuiste dulce conmigo cuando estaba llorando —me pongo roja en cuanto esas palabras salen de mi boca. *¿Por qué, Coley, por qué tuviste que sacar eso a colación?*

—¿Eso crees? —pregunta Sonya con curiosidad—. Yo fui la que te hizo llorar.

Alargo la mano para que me dé la bolsa de Cheetos y esta vez nuestros dedos sí se rozan. En lugar de evitarlo, dejo que pase. Suaves escalofríos como susurros me recorren. ¿También ella lo siente? ¿Estoy loca? No creo.

—No eras tú —le digo—. Era… ese día completo —y era todavía más que eso: era este año completo, pero no voy a entrar ahí—. A menos que sea para ti una costumbre atropellar a la gente el día que la conoces —la bolsa de Cheetos cruje entre mis dedos—. ¿Ésa es tu costumbre el día que conoces a la gente?

—No, pero tú eres muy especial —responde con descaro, y no puedo evitar reírme. Ella me sonríe y, después de darme un golpe con la cadera, se va dando giros por el riel. El corazón me late tan fuerte que mi cuerpo entero vibra como si viniera un tren.

—Mierda, ¿qué hora es? —pregunta Sonya, tirando la botella de champaña y sacando el teléfono de su bolsillo.

—¿Tienes que llegar a algún lugar?

—Esta tarde tengo que cuidar a Emma.

—Ah, bien —digo, tratando de que no se me note la decepción—. Yo puedo irme sola a mi casa.

—¡No! ¡Ven conmigo!

Tras un breve silencio, digo:

—No, no pasa nada.

—¡No! Ven y acompáñame. Últimamente lo único que quiere hacer Emma es ver *La historia interminable* tres veces al día. Creo que a estas alturas ya me sé la película de memoria. Líbrame de ese destino cruel —junta las manos como si estuviera rogándome.

Pongo los ojos en blanco.

—Está bien, voy contigo.

ONCE

Cuando Sonya se detiene frente a la casa, intento ocultar mi sorpresa, pero qué barbaridad, su casa es *enorme*. Es como las que usan para los exteriores en las películas: un prístino y amplio jardín, pintura blanca perfecta y una puerta verde con una guirnalda de verano colgada.

Sonya deja caer su bicicleta con indiferencia sobre el pasto podado y sube por el camino de la entrada mientras yo corro para alcanzarla.

Por dentro es todavía más bonita: tiene una gran escalera y está salpicada de muebles, todos de madera y medio antiguos. Es la clase de muebles lujosos que no compras, sino que heredas. Hasta un candelabro hay en la sala.

—Sonya, ¿eres tú? —llama una voz de mujer desde otra habitación—. ¡Por fin! Siempre me haces llegar tarde —avanza por el pasillo y ve a Sonya—. ¿Qué es eso que llevas puesto? —da unas grandes zancadas, con sus altos tacones golpeando el piso de madera—. Te compro ropa preciosa y tú te pones esos andrajos... —se detiene cuando su mirada recae sobre mí, que estoy parada en el vestíbulo.

—Oh —en tan sólo un instante, el rostro de la mamá de Sonya cambia de expresión y pasa de decepcionada a muy sonriente—. ¿Quién es tu amiga?

—Ella es Coley.

—Mucho gusto, Coley. Yo soy Tracy. Qué bonita chamarra —me mira de arriba abajo como si en realidad pensara todo lo contrario de lo que está diciendo.

Dentro de los bolsillos de la chamarra de mi mamá, mis dedos se curvan.

—Gracias.

—Volveré tarde —le dice Tracy a Sonya—. Tu hermana está en el estudio. Hay dinero para la cena en el refrigerador. Adiós, chicas.

Toma su bolsa y sale a toda prisa de la casa.

—Va a una cosa de mujeres. Algo de beneficencia, creo —explica Sonya, haciéndome señas con el dedo para conducirme a la sala—. Mi padrastro no está en la ciudad, por eso me toca cuidar a Emma —se agacha frente a una vitrina con espejos que en la parte superior tiene un elegante decantador de cristal y algunas bebidas. Se quita un prendedor del cabello y lo mete en la cerradura de la vitrina.

—¿En verdad estás…? —no consigo terminar mi pregunta, porque ya abrió la vitrina con la facilidad de un experimentado cerrajero.

—Estoy llena de sorpresas —dice Sonya volviéndose, sonriente, a verme. Toma una botella de la repisa y vuelve a cerrar la vitrina.

—Éste no lo van a echar en falta. Es un vino de postre de ciruela que alguien les regaló hace mil años.

—Si tú lo dices.

—Sí, lo digo —añade, tomando dos copas de la parte superior de la vitrina—; ven, vamos al estudio a ver cómo está Emma.

Me lleva por la casa. Adonde voltee, hay algo elegante y frágil; me dan ganas de pegar los codos y jamás llevar una mochila porque seguramente tiraría algo de una mesa por accidente. El estudio es más bien una gigantesca sala de multimedios. En la pared, la televisión más grande que jamás haya visto en medio de unos sofás blancos afelpados llenos de cojines y cobijas. Hay una niña pequeña sentada frente a la tele, envuelta en una de las cobijas, viendo *La historia interminable*.

—Emma, saluda a mi amiga Coley —la alienta Sonya, sentándose en el sofá y sirviendo el vino. Me da una de las copas y me siento junto a ella.

—Hola, Emma.

—¡Hola! —dice Emma saludándome con la mano antes de volverse de nuevo a la película.

—¿Cuántas veces has visto eso hoy? —pregunta Sonya.

—Sólo ésta —contesta Emma.

—¿Estás diciéndome mentiras?

—Tal vez —dice con la cabeza gacha.

Sonya ríe.

—No te creí nada. ¡Tienes que aprender a mentir mejor!

Emma no responde; su atención ya está de vuelta en la pantalla.

—Enseñándole tus modos, ¿eh? —le pregunto a Sonya.

—Sólo preparándola para una vida con mamá —responde.

Me reclino hacia atrás en el sofá con la copa de cristal en la mano saboreando el vino. Es tan dulce que sólo puedo darle unos pequeños sorbitos; el sabor de la ciruela y las especias es casi abrumador. Cuando exhalo percibo su olor en el aire.

No sé cómo hacerlo. No sé cómo… ser. Tan sólo *ser*. Respirar aquí, a su lado, porque es como si fuera yo a salir volando de mi piel cada vez que se mueve, aunque sea un poco.

Ella no está sintiendo nada de lo que yo siento. Es imposible. Está concentrada en la pantalla, con la mano abierta sobre el sofá entre nosotras, como si ni siquiera pensara que es una tentación, un reto y un deseo ardiente.

Tamborilea con los dedos sobre la gamuza color crema del sofá, unos pequeños toquecitos en los que fijo la atención, en lugar de la tele. ¿Qué haría si alargara la mano y apaciguara su movimiento? ¿Respondería con calidez, como se portó conmigo antes del lago, y me tomaría la mano como si ya supiera cómo?

Quiero averiguarlo… lo quiero tanto que la boca se me seca. Paso el dedo por la orilla de mi gargantilla de tatuaje, que de pronto se siente demasiado apretada contra mi piel, y me recuerdo que tengo que respirar. Estoy siendo muy obvia. ¿Se dará cuenta? Dios mío, por favor, no dejes que se dé cuenta nunca.

En cuanto lo pienso, me ve. Sonríe, hunde la barbilla con gesto pícaro mientras sorbe el vino de ciruela, y de pronto lo único en que puedo pensar es *Por favor, por favor, deja que se dé cuenta*.

Por favor, deja que su mano roce la mía sobre el sofá.

Lo hace.

Por favor, deja que su meñique se enganche con el mío, una promesa tácita, sólo nosotras dos.

Se engancha.

Por favor, deja que se incline, con su cabellera oscura desbordante, los ojos descendiendo hacia nuestras manos como si estuviera metiéndose en mis pensamientos.

—Subamos a mi cuarto —susurra.

La sola idea, sábanas suaves, espacio sagrado... el lugar donde se quita todo... me hace ser demasiado consciente de todas las partes de mi cuerpo. Es un camaleón y yo quiero volver a ver sus verdaderos colores, no el acto que todo el mundo ve. Ya pude asomarme, así que ahora la reconoceré... si se muestra ante mí.

La sigo por la escalera curva y por el pasillo, y cuando abre una puerta del lado derecho tiene una sonrisa nerviosa.

—Es aquí —dice.

Entro. Es grande, como el resto de la casa, y no sé lo que esperaba. No la cama con dosel y el cubrecama rosa de bailarinas. Su escritorio en el rincón se ve más como ella: tiene plumas con borlas emplumadas y DVD guardados en una torre irregular. En el respaldo de la silla hay un par de zapatillas de ballet negras colgando de los listones y unas notas dobladas meticulosamente en triangulitos esparcidas por el escritorio.

Reconozco las notas: son como las que las chicas populares intercambiaban en mi última escuela, secretos llenando cada pliegue de papel. Yo no tendría la menor idea de cómo doblar uno... ¿será un requisito para ser la chica popular? ¿O nacen sabiendo ya estas cosas? Notas dobladas ideales para bolsillos poco profundos y maneras de sacudir el cabello que te dejan sin aliento y sonrisas que dicen *Me estoy fijando en ti*.

Me aparto del escritorio y me concentro en la otra pared. Hay en ella una estantería que llega al techo y está totalmente llena de trofeos.

—Agh —dice Sonya, arrojando el teléfono a la cama. Salta por el sobrecama rosa y me golpea en el muslo. Alcanzo a ver la nota en la pantalla:

—Qué estúpidos son los chicos, ¿verdad? —me pregunta Sonya viendo el teléfono. Me muerdo los labios sin saber qué decir, sin saber la respuesta, si debo asentir o no.

Se echa en la cama junto a mí, su cabellera se extiende por el edredón, unos mechones quedan tan cerca de mí que casi los puedo tocar. Contengo el impulso, a pesar de que me cosquillean los dedos y mil preguntas me rondan la cabeza. ¿Cómo sería acomodarle el cabello detrás de la oreja? ¿Se me atoraría el pulgar en la parte inferior de su pendiente? Son unas piedritas centelleantes; ahora que vi su casa, estoy segura de que son diamantes reales.

—¿Qué te parece mi cuarto, Coley?

—¿Tanto te importa mi opinión? —me acuesto a su lado en la cama y me pregunto si, en caso de que nuestros brazos se rocen, no pensará que fue a propósito.

—Tienes razón, yo todavía no conozco *tu* cuarto. A lo mejor tienes pésimo gusto. —no puede disimular la sonrisita de suficiencia.

—Tengo muy buen gusto, si quieres saberlo —digo—, pero hasta ayer mi cuarto estaba lleno de cajas y por el momento no hay nada más que un tocador desvencijado que me compró Curtis y un escritorio de metal que parece haber sido fabricado en los cincuenta.

—Tu papá debería esforzarse más en hacerte sentir bienvenida —dice Sonya frunciendo el ceño, volviendo la cabeza para verme a los ojos, y, mierda, estamos demasiado cerca aquí en la cama. No debería estar recostada así con ella.

—Curtis no sabe cómo ser "papá" —digo, y esto la hace arrugar el entrecejo toda enojada. Es dulce, en realidad. Eso pasa con la gente que ha tenido un buen papá o un buen padrastro, y parece que Sonya tiene a ambos. Para la gente así, gente que ha tenido a otras personas que la protejan, es difícil imaginar la vida sin una red.

—Pues debería *aprender* cómo serlo.

—La verdad es que no quiero hablar de eso —digo, y por suerte deja el tema por la paz. Yo prosigo—. Está bonito tu cuarto. Lleno de premios, ve tu pared llena de trofeos —me incorporo sobre los codos para mirar con atención la pared de oro y plata. Muchos de los trofeos tienen figuras de chicas bailando—. ¿Eres bailarina de ballet o algo así?

—Soy bailarina profesional —dice Sonya.

—¿Cuál es la diferencia?

Me arquea la ceja como si creyera que estoy siendo sarcástica.

—¡Lo pregunto en serio! —aclaro—. No lo sé.

—Bueno, para empezar significa que estoy ahí para ganar. Y gano… muy seguido —añade, sin falsa modestia—. Pero no soy bailarina de ballet. Practico diferentes tipos

—Entonces eres, digamos, multifacética.

—Nunca nadie me había dicho así —dice sonriendo.

—Suena más difícil que centrarte en un solo tipo de baile.

—Y en un sentido lo es. Algunas de las niñas con las que bailaba cuando era más chica terminaron metiéndose al ballet.

—Pero tú no.

—Mi mamá prefería esto —dice encogiéndose de hombros.

—¿Y tú?

Ríe. Con ese estallido nervioso, incómodo, que estoy empezando a conocer.

—Me gusta ser la mejor.

—¿Puedo ver?

Otra vez arruga el entrecejo. Es linda cuando se confunde.

—¿Quieres que baile?

—Nunca he visto baile de competencia —señalo sin dejar de poner cara seria—. ¿Cómo conoceré la diferencia entre baile profesional y baile normal si no me enseñas?

Tuerce la boca con escepticismo.

—Me estás tomando el pelo.

—A lo mejor un poco —digo con sonrisa burlona—, pero no significa que no quiera verte hacerlo. Ver cómo te ganaste toda esa pared de trofeos.

—Eres una niña mimada —exclama en respuesta sacándome la lengua como una auténtica niña mimada.

—¡Anda! —insisto, y estoy disfrutando fastidiarla—. Enséñame cómo girar —alzo los brazos para formar una pequeña luna sobre mi cabeza y ella se muere de risa mientras yo inclino la cabeza adelante y atrás.

—Está bien, haré uno de mis viejos solos, sólo para callarte.

—¡Gané! —digo, aplaudiendo.

La mirada que me dirige es de exasperación cariñosa y me hace sentir como si estuviera comiendo chocolate derretido, espeso y demasiado dulce, pegándose en todas partes.

—Era bonito este solo —continúa al remover su estuche de discos compactos en busca de la canción adecuada—. Acababa de aprender a hacer la triple vuelta y fue algo especial porque fui la primera de mi equipo en hacer eso.

—¿Hay equipos? —pregunto desconcertada.

—Es de competencia, Coley. ¿Contra quién crees que estaba compitiendo para ganar los trofeos?

—Claro.

Saca un disco de su caja, lo mete en su estéreo y presiona PLAY. Patea la pila de ropa sucia que está en el suelo para quitarla de en medio de su improvisada pista de baile. Empieza a sonar la música; unos suaves acordes de piano inundan el cuarto, y, con los ojos cerrados, su cuerpo se inmoviliza frente a mí.

—No puedo hacerlo si me vas a juzgar —insiste.

—No te voy a juzgar —le digo, y es la verdad. No sé nada de baile. Ni siquiera sabría decirle qué es un jeté. Lo único que en realidad quiero es verla a ella. Por eso estoy aquí. Por eso la dejo sacarme de mi casa para ir a robar en una tienda, ir a las vías de tren y luego venir para acá.

Empieza a moverse al ritmo de la música; su cuerpo se balancea y desciende mientras ella gira y da vueltas y levanta la pierna a una altura imposible. ¿Cómo diablos es tan flexible? Mis muslos gritan de sólo verla.

El cabello le azota toda la cara, su cabeza gira mientras alza los brazos y levanta la pierna anticipándose a la famosa triple vuelta. Gira una vez, dos veces...

Pum.

Golpea con el codo el costado de su estante y los trofeos traquetean; uno cae y se estrella contra el piso. Sonya se toma el brazo, aguantándose el dolor; hace una mueca y sus mejillas se ponen rojas.

—*Carajo* —farfulla; el rostro se le enciende aún más.

—¡Mierda!, ¿estás bien? —me paro de un brinco y me precipito hacia ella. Sin pensarlo, alargo la mano y tomo el brazo al que no le pasó nada para tirar de ella y ponerla a salvo de los trofeos, que se siguen bamboleando.

—Estoy bien —dice con una voz entrecortada que me indica lo contrario.

—Lo hiciste muy bien —insisto.

—Carajo —farfulla de nuevo—. Mi codo.

—¿Necesitas hielo?

Niega con la cabeza. Ese rojo de sus mejillas no se apaga, y lo único que puedo pensar es que quiero hacerla sentir mejor. Tomarle el cabello para que ya no se sienta humillada.

—Gracias, *campeona de baile profesional,* por mostrarme una danza tan competitiva. Ahora ya noto la diferencia entre esto y la danza normal.

—¡Hey! ¡Yo gané por esa canción!

Está funcionando.

—No tengo la menor duda de que ganaste.

Trata de contener la sonrisa.

—Si te vas a poner así, baila *tú.*

—¿Yo? —finjo dar un grito ahogado y me pongo una mano contra el pecho—. Pero yo no tengo ningún título o trofeo que defender. ¿Tienen títulos de baile de competencia? ¿Te ponen una banda? ¿Te nombran reina de algo?

Suelta una risita.

—Más te vale tener algo con qué respaldar tu burla.

—De acuerdo —digo, mordiendo el anzuelo—. Está bien, selecciona una canción —contoneo los hombros hacia ella—. Algo triste, doloroso y crudo.

—Entonces, ¿algo exactamente igual a ti?

—Finalmente muestras tus garras, ¿eh?

Da zarpazos al aire hacia mí con sus uñas color violeta y río, radiante. Sonya se agacha y toma el estuche de discos, los remueve y agarra uno con una sonrisa verdaderamente traviesa.

—Tengo la canción *perfecta* —lo mete en el tocadiscos y presiona PLAY. La muy dolorosa voz de Imogen Heap llena el cuarto y nos envuelve.

—Entonces —digo parada en medio del cuarto dirigiéndome a Sonya—, esto tiene su importancia, porque fui la primera de mi equipo de baile en levantar los brazos así —los lanzo hacia arriba de manera teatral y con las manos extendidas agito los dedos con ostentosa sensibilidad, lo que la hace doblarse de la risa. Todo su cuerpo se retuerce de alegría. Nunca, hasta ese momento, había entendido lo que es el triunfo.

—Y luego, cuando acuñé este movimiento en una competencia... —bajo las manos con un exagerado aleteo como de pájaro bebé que todavía no aprende bien a volar—, mis profesores literalmente lloraron con la grácil belleza de mi coreografía.

—Oh, por Dios, Coley, ¡para! ¡Nopuedorespirar! —grita, carcajeándose todavía más fuerte.

Me arrojo al piso y me resbalo un poco por la alfombra con las rodillas hacia ella, llevando mi mano al corazón.

—Se necesita un gran final.

Se tapa la boca con la mano, tratando de contener sus risitas histéricas, medio ebrias. Le da un ataque de hipo, con la mano todavía sobre la boca. Se balancea un poco con los ojos muy abiertos.

—Ahorita regreso —dice apresurada; se va tambaleando hacia la puerta abierta y sale corriendo del cuarto.

Mierda. La veo alejarse a galope tendido. Echo un vistazo a la botella de vino de ciruela en su tocador y de pronto me siento agradecida de no haber tomado más que unos sorbos. Me pongo de pie, me asomo afuera y veo hacia el final del pasillo preguntándome hacia dónde se fue. Me arriesgo y voy a la derecha.

—¿Sonya? —llamo suavemente, pero no hay respuesta.

A todo lo largo del pasillo hay retratos, una pared que es como una galería minuciosamente elegida, tan perfecta que parece salida de una revista. Preciosos retratos posados en blanco y negro de la familia de Sonya y un glamuroso retrato de estudio de los sesenta que debe de ser la abuela de Sonya, con los ojos delineados con trazos gruesos y con unas alitas, al estilo Elizabeth Taylor. Una serie de fotos de la mamá de Sonya y su padrastro el día de su boda, seguidos de fotos de ella embarazada y, después, fotos de Emma y Sonya de bebés. Toda la familia en Disneylandia, incluida la abuela de Sonya, ahora con el cabello plateado pero todavía con delineador. Y finalmente, algo que me deja ahí clavada unos momentos: un grupo de viejas fotos escolares de Sonya.

Es una línea del tiempo de ella, desde alumna de preescolar con coleta a perfecta campeona de baile profesional. La última foto debe ser reciente; se ve exactamente igual, aunque su cabello ahora está quizás un poco más largo. Está posando con la mirada fija, pero no viendo a la cámara, reclinada en un árbol, con ropa que no es *para nada* de su estilo: un suéter blanco en tejido trenzado y mezclilla oscura, con el cabello echado hacia atrás, sostenido nada menos que con una diadema. Se ve tranquila y meditabunda, pero distante. Sus ojos no brillan, como antes, cuando trataba de parar de reír sin lograrlo. El momento en que cedió, cuando se abrió y me dejó entrar... Creo que esa chica, *ésa*, era su verdadero yo. O a lo mejor sólo espero que lo sea.

Entonces, ¿por qué soy la única que lo vio? Sonya es como ese truco de cartas en el que quien las reparte pone tres cartas boca abajo. Vigila la de la izquierda. Reina de corazones. Barajea, barajea, distrae. ¿Ahora dónde quedó? Siempre escoges mal. Pero hoy, de alguna manera, elegí bien. La vi.

Y se fue corriendo.

¿Dónde está?

Me doy la vuelta, decidida a ir hacia el otro lado, y casi me tropiezo con Emma, que está ahí parada con una bolsa de papas.

—Hola.

Emma sólo se me queda viendo.

—¿Viste adónde fue tu hermana?

—Está en el baño —dice Emma señalando a sus espaldas.

—Gracias —me detengo—. ¿Necesitas ayuda o algo?

Emma niega con la cabeza.

—Bien.

Voy hacia donde señaló. La puerta está cerrada, la luz encendida. Toco ligeramente a la puerta.

—¿Sonya?

Primero silencio, y luego un débil "¿Sí?" atraviesa flotando la puerta.

—¿Estás bien?

Otra pausa.

—Sí, sólo que… me siento un poco mal. La combinación de champaña y Cheetos no fue buena idea.

—Y tal vez el vino no ayudó —agrego.

—El vino nunca me da náuseas —insiste, apagada y abatida—. Es sólo que… Lo siento.

—No lo sientas. Está bien —la tranquilizo—. ¿Necesitas algo?

—¡No! ¡No! —se precipita a decir, como si tuviera miedo de que entrara—. Todo está bien, puedo arreglármelas. Te escribo por AIM, ¿de acuerdo?

—Sí —respondo—. De acuerdo.

Me muerdo los labios. Dejarla ahí no me parece que esté bien. Dejé mi chamarra en su dormitorio, así que vuelvo para recogerla y durante unos instantes me quedo sola ahí, mirando fijamente todos esos trofeos, porque si no miro los trofeos voy a mirar la cama, y eso...

No vas a pensar en eso, Coley.

Paso la botella de agua de su tocador a la mesita junto a la cama, donde pueda verla. Hay un bloc de notas Post-it en la esquinera y la tomo, junto con una pluma de su escritorio. Garabateo:

Cuando vuelvo a pasar por el baño, estoy a punto de volver a tocar, pero oigo sus arcadas y no quiero molestarla, así que sólo paso la nota por debajo de la puerta y bajo por las escaleras.

—Adiós, Emma —le digo cuando paso por el estudio y la veo ahí sentada, viendo *La historia interminable* otra vez.

—Adiós —contesta.

He avanzado media cuadra con la bici cuando me doy cuenta de que todavía llevo en la mano el bloc de notas Post-it.

Lo meto en mi bolsillo y la mano me arde todo el camino a casa, como si tan sólo tocar algo suyo me calentara desde dentro.

DOCE

—¿**E**res tú, Coley? —pregunta Curtis en cuanto entro a la casa.

—No, es un ladrón, que está entrando a tu casa a robarte tus piedras preciosas —respondo.

Hay una pausa y siento un hueco en el estómago; me pregunto si no estaré yendo demasiado lejos, pero en eso oigo una risita proveniente de la sala.

—No son tan valiosas —dice—, pero quedaron unos sobrantes de la cena, por si quieres comer. No sabía a qué hora volverías.

Suspiro, camino por el pasillo y me paro en la entrada de la sala. Está sentado en el sofá viendo la tele.

—¿Me vas a poner una hora de llegada?

—No —dice con expresión horrorizada, y agrega—: ¿Debería? —Suena casi como si nos estuviera preguntando a los dos y no nada más a sí mismo. O a lo mejor se lo está preguntando a algún espíritu de la paternidad al que piensa que va a invocar para que lo ilumine. Hombre, ¿por qué no lees un libro? Sé que escriben libros sobre crianza de los hijos. Hay demasiados padres de mierda como para que eso no sea un gran negocio.

—Te compré un nuevo teléfono —dice, señalando al que está sobre la mesa de centro—. Asegúrate de que éste no se caiga en el lago, ¿sí?

—Gracias —lo tomo—. Te puedo reponer lo que costó.

—Coley, no —dice amablemente, tan amablemente que lo odio un poco por eso.

—Debería conseguir un trabajo —protesto—, poner mi parte.

—En agosto entrarás a una nueva escuela. En eso debes concentrarte.

—Ni siquiera sabes si soy buena en la escuela —farfullo.

—Podrías sentarte y platicármelo —propone, deslizándose un poco en el sofá y dando palmaditas en el asiento que queda junto a él, y por alguna razón yo me acerco. Pero cuando lo hago, su expresión cambia por completo y se queda boquiabierto.

—¿Qué? —pregunto viendo hacia atrás. No hay nada. ¿Será que hay algo en mi cara?

—Esa chamarra —dice, con la voz de pronto entrecortada.

—¿Qué? —vuelvo a decir, estrechando la chamarra contra mi pecho.

—¿De dónde la sacaste?

Me chupo los labios.

—Era de mamá.

No sé si he dicho esa palabra en voz alta desde que llegué. Se siente raro pronunciarla, como si se me hubiera olvidado cómo es decirla varias veces al día. ¿Olvidaré algún día cómo era tener una mamá?

—Sí, lo sé —dice, y se le empieza a dibujar una sonrisa en el rostro cansado, como cuando un rayo de sol pega sobre una acera estropeada—. Es que era mía y ella la tomó "prestada" hace unos años. Nunca me la devolvió. Siempre dijo que se le veía mejor a ella que a mí —ahora es una gran sonrisa, rebosante de recuerdos de los que yo no formo parte, y de pronto lo odio por tener tantas partes de ella que yo ya no tendré nunca. Esto debía ser *mío*. Mío y de ella. Una manera de aferrarme a ella tal como ella no pudo aferrarse a mí.

¿Y ahora tengo que compartirlo con él? Ya lo contaminó, y es como si lo supiera, porque se pasa la mano por la mandíbula con barba de tres días y dice:

—A ti se te ve muy bien.

—No tengo hambre —digo en respuesta y me pongo de pie—. Estoy cansadísima. Sólo voy a... —ni siquiera termino la frase; me voy corriendo a mi cuarto. Él no vale la pena. Nada de esto vale la pena. No es más que algo que hay que aguantar. Vivir con él y sobrevivir el siguiente año de preparatoria hasta cumplir dieciocho y poder largarme de aquí.

Y entonces, ¿qué? Una vocecita merodea por mi cabeza. ¿Entonces, qué? Entonces, estoy sola, sin nadie. Sin familia, sin amigos, sin ayuda. Nada.

Me acuesto en la cama; no hago ningún intento por contener las lágrimas mientras se desbordan por mis ojos. Tengo los dedos curvados en los puños de la chamarra. No me extraña que sea tan grande, si originalmente era de él.

Para bien o para mal, no pienso más que en mi familia, y la odio en vez de quererla. Porque no es real. Sé que eso que Curtis está tratando de formar no es real. Pensaba que mamá y yo éramos reales, pero ahora tengo mis dudas.

Pienso en esos retratos familiares en las paredes de Sonya. En que yo nunca tendré eso. ¿No tienes que saber cómo se siente una familia para formar una? Yo he sido parte de un dúo. Un dúo tremebundo, como bromeaba mi mamá. Nosotras contra el mundo. Pero no recuerdo haber formado parte de una unidad. Un padre, una madre, hijos, y una casa con fotos en las paredes que son la crónica de toda una vida. Todas esas ramas de una familia, para que de verdad sea como un árbol, como una cosa con vida, que respira y se asegura de que nunca estés sola.

A veces, pienso que eso es lo que la mató: la soledad. Sé que no es tan simple. Sé que es complicado. Que el dolor es complicado.

Pero la soledad es insistente. Como un animal atrapado que sólo sabe seguir sus instintos. Incluso cuando eres lista, incluso cuando te conoces a ti misma y sabes lo que vales, puede carcomerte hasta que ya no quede nada de ti.

A veces, tengo miedo de que yo también me pierda.

De que nunca logre encontrarme.

TRECE

Usuario de LJ: SonyatSunrisex00x [entrada pública]

Fecha: 13 de junio de 2006

[**Humor:** poético]
[**Música:** "Lover's Spit" - Broken Social Scene]

post-it

cuadro amarillo
un secreto en la puerta
de ti y de mí, ebria

CATORCE

¿Qué significa? No puedo pensar en otra cosa. Una y otra vez. Salta entre las pocas líneas memorizadas al instante de la poesía de Sonya.

¿Qué significa?

Ya es tarde. El silencio de la casa me consuela como ninguna otra cosa. Es como si finalmente pudiera relajarme. Curtis se fue a la cama hace por lo menos una hora. Mi cuarto está oscuro, con la luz apagada, para que, si le entra el impulso de venir a ver cómo estoy, piense que estoy dormida y pase de largo. Pero no estoy dormida. Estoy sentada frente a mi computadora (la única luz es la de la pantalla), leyendo su LiveJournal.

No he leído sus entradas de diario más viejas, sobre todo porque sigo volviendo a ese poema. Creo que es un haiku. Tuve que googlearlo para asegurarme, pero la estructura rítmica (las sílabas) concuerda.

Escribió *poesía* sobre el día de hoy. Me siento con las piernas dobladas, muevo la mano del ratón al bloc de Post-its que me llevé de su casa sin querer.

De ti y de mí, ebria. ¿Está siendo literal? ¿O sólo quiere lograr un efecto poético?

¿Sólo está tomándome el pelo?

Me sobresalto cuando en mi computadora suena un timbre. Abro el AIM, sin querer tener esperanzas, pero... Oh, pero tengo razón. Es ella.

SonyatSunrisex00x: esa agua me salvó la vida, jaja

Es como una brasa en mi interior, demasiado caliente para tocarla, pero muy tentadora por su incandescencia y su belleza.

SonyatSunrisex00x: qué haces

Me muerdo los labios, mis dedos se ciernen sobre el teclado. ¿Qué digo? Tómatelo con calma, ¿de acuerdo? Quizá siga un poco ebria, a pesar de haber vomitado.

RollieColey87: pensando en tu triple vuelta

RollieColey87: estoy inspirada

Ya que empecé a teclear, es casi como si no pudiera detenerme; es un subidón de adrenalina muy fuerte saber que está del otro lado... esperándome a mí.

RollieColey87: tal vez tomaré clases de baile, voy a hacerle como Julia Stiles en Save the Last Dance.

SonyatSunrisex00x: vas a audicionar para juilliard

y a enamorarte de un aspirante a médico?

Es como… carajos, es como si me quitaran cien kilos de encima. Había olvidado eso… cómo hablar de las cosas que te gustan, cómo reírte de las cosas, en vez de estar todo el tiempo apretando los puños. Aunque sé que Curtis se está esforzando. No puedo evitarlo: él me enoja mucho… pero ya estoy cansadísima.

RollieColey87: definitivamente voy a estar a punto de faltar a mi audición de juilliard por razones dramáticas. pero creo que a la larga me voy a deshacer del doctor

SonyatSunrisex00x: no es tu tipo?

Estuve a punto de teclear esto: *Me interesa más la chica que hace de su hermana.*

Pero no puedo. Ni siquiera si no lo mando; sólo teclearlo ya es demasiado. Es como reconocerlo.

RollieColey87: para nada

Y luego sí escribo esto:

RollieColey87: me gusta la gente que baila.

Mi mano se cierne sobre la tecla ENTRAR y es como si remontara el vuelo, pensando en las posibilidades: en su cara iluminada por la pantalla de su computadora mientras lee mis palabras, como yo leo las suyas, ese poema que no puedo quitarme de la cabeza. Pero no soy lo bastante valiente. Mis dedos mejor se van a la tecla de BORRAR. Desapareció de la pantalla, pero no de mi mente.

SonyatSunrisex00x: no voy a mentir, ya tengo un moretón en el brazo.

RollieColey87: ay

RollieColey87: pobre Sonya

Lo digo en serio, pero ella responde:

SonyatSunrisex00x: qué sarcástica

SonyatSunrisex00x: ;)

Es un malentendido intencionado. Un juego entre ella y yo. Un código que sólo nosotras entendemos. Es como tener permiso de ser honesta, y luego ella hará como si fuera una broma. Espacio liminal, entre real y fingido, entre su máscara y la mía.

A lo mejor es lo más valiente que yo haya hecho jamás, teclear esto y mandarlo, rápido, antes de perder las insensatas agallas que acabo de reunir:

RollieColey87: si dejas de quejarte ahora, la próxima vez que te vea besaré mejor tu imponente herida, de acuerdo?

SonyatSunrisex00x: ooooh!!!

SonyatSunrisex00x: no me estoy quejando!

SonyatSunrisex00x: cabrona

Siento un hueco en el estómago. ¿Me equivoqué?

SonyatSunrisex00x: :P

Me invade una sensación de alivio.

SonyatSunrisex00x: mañana? tú y yo?

Ni siquiera sé cómo respirar o cómo llamar a esta sensación. Sólo sé que, si es como esto, quiero vivir siempre sin aliento.

RollieColey87: claro

QUINCE

Usuario de LJ: SonyatSunrisex00x [entrada privada]
Fecha: 18 de junio de 2006

[**Humor:** pensativa]
[**Música:** "Pieces of Me" – Ashlee Simpson]

SJ y Brooke no me dejan en paz: *dónde estás, ven al lago, nunca te vemos...* Pero yo sólo...

Ya me cansé.

Coley y yo salimos hoy. Otra vez a las vías del tren. Se está volviendo un lugar habitual. Eso me gusta mucho. Nadie más tiene que saberlo.

Ella y yo. Sin alcohol, barreras ni distracciones. Caminamos por las vías hasta el puente de piedra. Cielo azul, cabello café, esa chamarra que no se ha quitado desde la segunda vez que la vi. Se sentó en la orilla, con las piernas colgando como si creyera que sus pies alcanzarían el agua. Y yo tuve que acercarme a ella.

Sus tenis chocaron con los míos. Sus agujetas no hacían juego; seguro que fue a propósito. Jugamos a verdad o reto. Así matamos el tiempo las chicas. Mordió el anzuelo, gracias a Dios, pero en eso...

Diablos, por alguna razón la cosa empeoró, porque me miró muy fijamente y escogió verdad.

¿Quién carajos hace eso la primera vez que sale con alguien? Coley, ella hace eso.

Se la puse fácil, o eso pensé. *¿Cuál es tu mayor temor?* Pensé que diría que las arañas o algo, pero en vez de eso dijo sólo dos palabras con las que me destrozó:

Morir sola.

Sencillo, pero no lo era. No de la manera como ella lo dijo.

Lo dijo como si de algún modo lo entendiera mejor que nadie.

Y yo he estado escuchándola. A ella, a las pocas pistas que me ha dado sobre su vida antes de llegar a esta ciudad.

Me dijo que su papá no sabía ser papá. Y la única razón por la que un papá que no quiere ser papá hace lo que le corresponde a un papá es cuando no hay otro remedio.

Mierda. No pude pensar en otra cosa, ahí sentada: en cómo torpemente hice que este juego diera lugar a una revelación que no creo que ella haya querido hacer.

Creo que su mamá ya no está. O sea, que se murió.

¿Cómo se lidia con eso? ¿Qué pasó? ¿Estaba enferma? ¿Coley está bien?

Mamá es la peor a veces (bueno, sí, casi todo el tiempo), pero es *mi mamá*. Si no estuviera ahí, entraría en pánico.

¿Está en pánico Coley? ¿Qué hago si le da un ataque? ¿Cómo la ayudo?

Tengo preguntas que no sé cómo plantear. Porque en realidad todavía no me lo cuenta. No me queda más que esperar a que me tenga suficiente confianza.

—Sonya

DIECISÉIS

—¿Estás segura? —pregunto con expresión escéptica al ver el brillo de labios en las manos de Sonya.

—¿No confías en mí? —pregunta haciendo un puchero.

—¿Después de ese juego de verdad o reto? —replico arqueando las cejas.

Se mofa.

—Eso nos acercó más, bebé —dice guiñándome el ojo, y mi corazón está a punto de salirse de un brinco de mi maldito pecho. *También a otras amigas les dice "bebé"*, me recuerdo. La he visto hacerlo en los comentarios de su LiveJournal. No es especial, aunque así se sienta.

Trato de concentrarme en el brillo de labios y no en lo cerca que está de mí. Está *tan* cerca. Me llega un tenue olor de su champú de peonía por debajo de todo lo demás: crema, perfume y el brillo aroma a naranja roja con el que se pintó los labios con una precisión implacable antes de sacar otro tubo para mí.

Es un torbellino de aromas, temperamentos y sonrisas, y a veces creo que la conozco. Después de dos semanas de pasarla juntas casi todo el tiempo, estoy casi segura. Pero luego

pasa que a veces dice o hace algo que me hace pensar: *Demonios, no, no te conozco nada, pero quisiera.*

Carajos, vaya que quisiera.

—Sigo pensando que ese color es demasiado oscuro para mí.

—Y yo creo que deberías callarte y escucharme —dice—. He pasado todo este tiempo contigo y casi no usas maquillaje. No te culpo. Si tuviera tu carita preciosa, yo tampoco querría taparla —me da unos toquecitos en la nariz y es como si todas las terminaciones nerviosas de mi cuerpo fueran en tropel a su punta.

—Voy a parecer gótica o algo —me quejo, pero antes de que pueda hacer nada me toma la barbilla entre los dedos y no me puedo mover; de repente nuestras miradas se encuentran. La expresión de sorpresa en sus ojos me dice que no estoy sola. No lo estoy. Esto no lo estoy inventando.

Si me inclinara hacia delante podría saber si su brillo de labios tiene sabor a naranja roja, además del olor. Paso los dedos por su cabellera con reflejos color miel, porque quiero ver si es tan sedosa como parece. Ella se ve tan suave a veces, hasta cuando está alerta; por las noches me froto los dedos como si tratara de evocar el recuerdo de los suyos, como si fuera un conjuro que la invocara y la hiciera venir a mí.

—Quédate quieta —me dice, y cuando se le quiebra la voz me da un vuelco el estómago. ¿Significa algo? ¿O sólo se le secó la garganta? ¿Le ofrezco agua?

Hago lo que pide. Me pone brillo en los labios; se siente pegajoso y me hace cosquillas, pero me quedo quieta cuando su mirada pasa de mis labios a mis ojos de ida y vuelta, como si estuviéramos meciéndonos en una barca, manteniéndonos a flote no por el agua, sino por nuestros respectivos ritmos.

—Cierra los ojos —dice cuando termina con mis labios.

—¿No lo estás haciendo al revés? —le pregunto cuando empieza a pintarme los ojos. Batallo para mantenerlos cerrados mientras me pasa el aplicador de la sombra sobre los párpados—. Creía que eran primero los ojos y luego los labios.

En su voz puedo oír el encogimiento de hombros cuando dice:

—La verdad es que no estoy segura. No maquillo a mucha gente.

—Soy especial, ¿eh?

Mis ojos siguen cerrados y no puedo verla, pero la pausa es suficiente.

—Sí —dice en voz baja.

Termina con mis ojos, me pone rímel en las pestañas y luego me unta rubor en crema en las mejillas. Me echo atrás instintivamente cuando se me acerca con el rizador de pestañas.

—Eso lo puedo hacer sola —añado, y se lo quito.

Sonríe.

—¿No quieres que te arranque las pestañas?

—Estoy segura de que ésa es una forma de tortura —digo, usando el rizador lo más rápido que puedo.

—Creo que te refieres a arrancar las uñas.

—¡Ay! —me estremezco de pensarlo—. No puedo siquiera imaginar todo lo que eso dolería.

—Mucho más que las pestañas.

—Dice la chica que no se ha arrancado mechones enteros.

—¿Y tú sí?

—¿Y por qué crees que no uso mucho maquillaje?

Me lanza una mirada y yo la veo con el rostro impávido. Luego sonrío burlona.

—¡Me estás tomando el pelo!

—Alguien tiene que ayudar a que te mantengas alerta.

—Eso lo hace SJ... a veces.

—¿Va a ir esta noche? —pregunto como si nada.

—Todo mundo irá —dice Sonya—. SJ, Trenton y Brooke. Alex consiguió que nos invitaran. Una fiesta en el quinto infierno no es precisamente el ambiente en el que nos movemos, ¿sabes?

—No lo sé, de hecho —respondo—. Una vez estuve con tus amigos y no duró mucho.

Baja la mirada y se sonroja. ¿Se está sintiendo culpable? ¿O acaba de darse cuenta de que ella y yo nos hemos pasado juntas todos los días desde que nos conocimos?

—¿Cómo hizo Alex para que los invitaran?

—Alex conoce a todo el mundo —dice—. Es como un camaleón social, ya sabes.

—De nuevo: no, no lo sabía —digo.

Frunce el ceño.

—Te estás portando como una perra.

Su irritación me golpea el pecho y baja cosquilleante por mi caja torácica como la huella de una mano.

—¿De verdad?

—No son malas personas —dice Sonya antes de que pueda añadir nada.

—Nunca dije que lo fueran.

—Pero eso estás pensando —enfurruñada y resoplando, toma su brillo y se acerca al espejo para retocarse los labios.

—No sabía que leyeras la mente. Deberías anunciarlo.

Su siguiente resoplido parece más bien una risa.

—Muy perra —farfulla sin dejar de sonreír mientras enrosca la tapa del brillo labial—. Tienes suerte de caerme bien.

Estoy a punto de darle una réplica vigorosa, pero se me apaga en la garganta porque arroja el brillo a su tocador y camina hacia el armario... *quitándose la blusa* al caminar.

Siento una descarga en todo el cuerpo, un ruido blanco brama dentro de mis oídos y las puntas de mis dedos se alborotan como imanes atraídos a su piel. Los doblo sobre las palmas y me encajo las uñas, pequeñas medias lunas, un recordatorio que no necesito porque no olvidaré esto hasta que muera.

—Supe que habrá absenta en la fiesta esta noche —dice Sonya inclinada hacia delante y rebuscando en su armario. Lleva el cabello suelto, rozándole la curva de la cintura, y me pierdo en el rumor de su movimiento, recordando los mechones que se sentían como seda contra mi brazo.

—¿Absenta? —repito, prácticamente incapaz de concentrarme. ¿Se va a poner una blusa? ¿Quiero que lo haga?

—El hada verde, Coley. No me digas que no sabes...

—Sé lo que es la absenta —aclaro enseguida. Mis mejillas no podrían estar más calientes—. Un licor verde hecho de semillas de anís. Se vierte sobre cubos de azúcar.

Descuelga un suéter a rayas y se lo pone.

—¿La has probado?

Niego con la cabeza.

—Las fiestas a las que iba antes de mudarme aquí eran más de cerveza y vodka.

—Siempre he querido probarla —me dice, en tono de confesión.

—Déjame adivinar: ¿eres fan de *Moulin Rouge*?

Ríe.

—¿Por qué eres la única persona que siempre capta mis referencias?

Hasta me duele la cara por las ganas de sonreír, pero me contengo. No puedo ser transparente. *No puedo.*

—Sólo suerte, supongo.

Sonya se gira para quedar frente a mí.

—¿Qué te parece?

El suéter tejido le queda suelto y resbala por su hombro. Mis ojos lo siguen. No puedo evitarlo, y quizá, sólo quizá, se da cuenta, porque tiene los ojos muy abiertos cuando yo finalmente levanto la mirada para encontrarme con la suya.

Estamos en extremos opuestos del cuarto, pero se siente como si ella estuviera a unos centímetros de mí por la manera como me mira.

—Coley —dice, y es como si en sus labios mi nombre fuera completamente distinto. Algo perfecto y hermoso.

—¿Sí?

—¿Qué te parece? —da un pequeño giro—. ¿Sexy?

—Te ves muy bien.

Hace un puchero; el brillo centellea en su labio inferior.

—No es eso lo que pregunté.

No sé qué decir. Porque, por supuesto, se ve perfecta. Hermosa y sexy y, ay, tan acariciable. Pero no puedo decir nada de eso. Si lo hago, será demasiado cierto y se dará cuenta.

Con ella, es como estar en un sube y baja: nunca sé qué lado es arriba, está cambiando constantemente.

—¿Para quién te estás poniendo elegante? —pregunto.

Se acomoda el cabello detrás de la oreja con un movimiento demasiado despreocupado.

—Ya sabes, todo el mundo va a estar ahí.

—¿Trenton, por ejemplo? —pregunto. Me obligo a preguntar, porque he estado muriendo por hacerlo. Cada vez que lo he sacado a colación, ella ha encontrado el modo de evadir hablar de él, y la curiosidad me carcome. Tienen una historia o algo, pero nunca me ha contado exactamente qué. Trenton la ve como si tuviera algún derecho sobre ella, como el derecho de tenerla por encima del resto del mundo. Eso no me gusta, pero parte de mí se pregunta si a Sonya sí.

—A lo mejor —dice cerrando la puerta de su armario para poderse ver en el espejo. Hay fotos y postales pegadas con cinta a lo largo de su orilla y veo ahí mi Post-It, el del primer día que estuve aquí, un cuadrado amarillo sobre el espejo. Lo guardó. Lo metió entre una vieja postal y una foto en blanco y negro de la playa.

Cuando se gira para verse el trasero en el espejo tengo que mirar al techo y respirar hondo. Que te arranquen las pestañas no le pide nada a esto.

—¿Trenton y tú…? —dejo la frase sin terminar.

—¿Qué? —deja de verse en el espejo para verme a mí.

—Ya sabes… —soy patética, ni siquiera puedo decirlo.

—De hecho, no —dice, y ahora está jugando conmigo. No me gusta su jueguito, me molesta. *Sólo quiero conocer tu yo real. ¿Qué quieres? ¿Qué necesitas? ¿Qué diablos anhelas, Sonya?*—. Los novios están pasados de moda, Coley —es lo único que dice en respuesta a mi silencio, lo cual no es en absoluto una respuesta—. No estoy emocionalmente disponible para nadie —es exactamente lo que pasa con ella, ¿cierto? Una chica inventó muchas preguntas y pocas respuestas.

—Como digas —me inclino hacia delante y presiono los labios al espejo, junto al lugar donde está mi Post-It. Cuando me retiro, la marca perfecta color rojo oscuro de mis labios queda atrás—. Perfecto —digo—, todo emborronado.

La veo de reojo, me está mirando fijamente.

—¿Ya estás lista? —le pregunto, y es el mayor de los retos que le he dicho.

Yo también puedo evadir conversaciones.

DIECISIETE

El trayecto en auto a la fiesta toma un tiempo. Los faros se abren camino por la naciente oscuridad, mientras el camino de dos carriles serpentea entre las colinas, donde los árboles se espesan y las casas escasean más y más.

—¿Estás segura de que sabes adónde vamos? —le pregunta Brooke a Trenton por tercera vez.

—¡Deja de preguntarme eso! —dice él—. Estoy manejando y tratando de concentrarme. Si choco con un venado será tu culpa.

—Por algo se le dice el quinto infierno, Brooke —le recuerda Alex desde el asiento de copiloto.

—Nos estamos tardando una eternidad —se queja Brooke, dejándose caer en el asiento. Arquea la espalda para mirarnos a Sonya y a mí en el asiento trasero—. No sé por qué pensaron que esto era una buena idea.

—Alex hizo que sonara divertido —dice Sonya—, y *tú* querías que hiciéramos algo juntos.

—Yo quería *hacer algo* —dice Brooke—. No quería ir en auto hasta la mitad de la nada para ser devorada por un oso.

—A estas alturas, el oso estaría haciéndonos un favor —farfulla Trenton.

—¡Hey! —dice Brooke abriendo mucho los ojos—, eso es muy cruel.

—Por Dios, Brooke, cálmate —dice SJ, que está a su lado, quitándose los audífonos—. Estás actuando como si nunca en la vida hubieras salido de la ciudad. No vamos a acampar. Es una fiesta en un granero.

—Date la vuelta antes de que te marees —dice Sonya agitando la mano frente a Brooke, que pone los ojos en blanco y se recarga de nuevo en el asiento, viendo al frente.

—No sé por qué no podíamos simplemente hacer algo en mi casa —replica Brooke haciendo un puchero—. Algo *normal* —me lanza una mirada de reojo que es veneno puro, como si esto hubiera sido idea *mía*.

Me remuevo en el asiento tratando de que el comentario no me afecte. No me quiere aquí. La mirada que intercambiaron ambas chicas cuando vieron que yo estaba con Sonya me hace pensar que ella no le había dicho a nadie que yo iría, salvo a Alex. O tal vez no le había contado a nadie y Alex simplemente fue más amable y mejor para disimular. Por lo menos, él sonrió cuando me vio. Trenton sólo trató de tirar de las coletas que Sonya me había hecho en el cabello.

—Tal vez normal ya no es suficiente —replica Sonya—. Francamente, actúas como si sólo quisieras hacer las mismas cosas aburridas una y otra vez. Vamos a terminar la escuela antes de que te des cuenta. ¿Quieres quedarte atrapada en este estúpido pueblo siendo una sombra de lo que fuiste, como Blake Wilson?

—¡Ay, por Dios, retráctate! —dice Brooke, horrorizada—. ¡Sabes que la aborrezco!

Sonya ríe.

—Eso sí te hizo reaccionar, ¿eh?

—Eres una idiota —le dice Brooke—, y no soy una rara por no querer ir al quinto infierno a emborracharme.

—Jamie y sus amigos son agradables —dice Alex desde el asiento de enfrente. Empiezo a creer que sólo tiene un estado de ánimo: tranquilo. Con este grupo, casi no hay otra opción.

—Jamie y sus amigos cultivan marihuana —farfulla SJ.

—SJ... —la voz de Alex cambia mientras lo dice y de pronto ya me estoy replanteando haberlo puesto en la categoría *tranquilo*.

—No es ningún secreto —dice SJ.

—De todas formas, podrías tener un poco de discreción, carajo —le recuerda Alex—. Pórtense bien en esta fiesta, o yo pagaré los platos rotos.

—No voy a arruinar tu reputación con tus amigos cultivadores —dice SJ en tono burlón—. Dios, ¿por quién me tomas, Alex? Te conozco desde los cinco años.

—¿Tú sabías esto? —le pregunto a Sonya en voz baja.

Se encoge de hombros.

—No es nada del otro mundo. No te pongas nerviosa.

—Siempre y cuando no vayamos a entrar a un granero lleno de marihuana —digo.

—No es temporada, corazón —dice con una risita.

Me sonrojo.

—Lo siento, no estoy muy versada en el fino arte de cultivar marihuana —respondo con sarcasmo.

SJ ríe desde el asiento de enfrente.

—No te preocupes; cuando vives aquí lo suficiente, aprendes algunas cosas.

—Pero te va a arruinar la hierba de porquería que cultivan en cualquier otro lugar —añade Alex.

Eso me hace reír.

—Con suerte, no estaré aquí el tiempo suficiente para adquirir un paladar educado.

—¿Vas a largarte del pueblo a la primera oportunidad? —pregunta Alex, girando sobre su asiento para podernos ver. Me mira fijamente con su sonrisa natural y me doy cuenta de que Sonya, a mi lado, está tensa, con los ojos pasando de uno al otro.

—¿Y *tú* no?

—¡Oh, sí! Podemos asociarnos.

¿Está coqueteando conmigo? Su sonrisa ciertamente parece indicarlo.

—¿Equipo Larguémonos al Carajo? —propongo.

—Me gusta.

—Me uno —dice Brooke.

—Por favor, no es lo mismo. Tú vas a heredar un lugar en Princeton como tu hermana y tu papá —dice Alex en son de burla—. Coley y yo... nosotros tenemos que luchar para salir de pocilgas como ésta —me mira moviendo las cejas—. ¿Sí o no?

—Es más difícil sin cuchara de plata —replico.

—¡Oh, sí! —se jacta Alex, y Brooke suelta una risita—. ¡Hey!

—Lo siento —le digo a Brooke—. Es la pura verdad.

—No, tienes razón —contesta Brooke—. Soy muy afortunada. Papá trata de inculcarme esto. No quiere que sea una consentida.

—No eres una consentida, bebé —la tranquiliza Sonya, extendiendo los brazos y rodeando el cuello de Brooke para abrazarla.

—Pero *tú* sí lo eres —replica Brooke. Sonya da un grito ahogado y retrocede mientras SJ ríe socarronamente.

—¡Mi mamá es más estricta que la tuya! —protesta Sonya.

—Sí, pero tú tienes a tu padrastro y a tu papá a tus pies —dice Brooke.

—En serio, eso es muy injusto. Te toca ser la hija de papi por partida doble —añade SJ.

—Sí, es una maravilla que mis padres hayan dejado de amarse y hayan destruido mi familia tal como la conocía —exclama Sonya—. Me encanta que me abandonen —lo dice de una manera que suena no tanto sarcástica sino áspera. Brooke y SJ intercambian miradas; se quedan viendo al frente y se quedan calladas, incapaces de lidiar con la llaga en la que accidentalmente pusieron el dedo.

—Al menos, tienes a Emma —digo.

—Sí —contesta Sonya asintiendo con la cabeza—. Adoro a Emma.

—Es encantadora en verdad —exclamó, tratando de suavizar el momento, pero la mirada de Sonya sigue triste, como si estuviera recordando cosas que no quiere—. ¿Va a bailar como tú?

—Por supuesto —dice Sonya—. Está en la danza desde que tenía tres años, igual que yo.

—¡Y deberías ver! Emma tiene su rutina de tap y todo, ¡es *tan* tierna! —dice efusivamente SJ, acoplándose al cambio de tema como una profesional. Siento un gran alivio. La conversación prosigue y Sonya se va relajando poco a poco. Para cuando al fin llegamos a la entrada, señalada con un vaso rojo de plástico boca abajo en el buzón, ya está de nuevo riendo y hablando sin parar.

—Aquí es —dice Alex cuando Trenton gira sobre el camino de grava. La van se bambolea sobre el áspero camino, que a tramos tiene más tierra que grava—. Recuerden que les pedí portarse bien —nos advierte mientras las luces se van haciendo más visibles entre los árboles.

El granero es viejo y rojo, tal como deben ser los graneros... creo. En realidad no estoy al día en mi conocimiento sobre los graneros. Está iluminado con guirnaldas de luces por fuera y por dentro. Cuando bajamos de la van huele a fresco y a verde: el heno está apilado afuera en el corral.

Adentro, hay al menos treinta personas. Más que sonar a todo volumen entre las vigas del techo, la música flota. Tal vez no sea temporada de cosechar marihuana o lo que sea, pero sin lugar a duda aquí huele a humo de marihuana. Hay una espesa nube que viene del cubículo más lejano. Si nos acercamos un poco, me voy a drogar de sólo olerla. Bien mirado, no sería tan mala idea.

Porque ahora mismo, por ejemplo, Trenton está agarrando a Sonya de la mano y llevándola a rastras le dice:

—Querías absenta, ¿o no, nena?

Ella permite que tire de ella y a lo mejor no dolería tanto si no volviera la cabeza para verme, como si supiera que no está bien.

—Vamos, Coley —dice Alex. Los sigue en dirección al centro del granero, donde un tipo con el pelo rizado sentado en un fardo de heno, y rodeado de chicas y chicos por igual, es el centro de atención.

—Jamie, qué tal —saluda Alex cuando el tipo se da cuenta de que estamos ahí.

—Alex, qué gusto verte —Jamie se levanta del fardo y da ese saludo que es mitad abrazo mitad apretón de manos, típico de los hombres.

—Gracias por la invitación.

—La cerveza está en el último cubículo. Qué bueno que viniste. ¿Platicamos luego?

Alex asiente con la cabeza y Jamie le da una palmada en la espalda antes de desaparecer en la multitud.

—Voy por una cerveza —anuncia Brooke, y Alex y SJ la siguen, dejándome a mí con Sonya y Trenton.

—Vamos —Sonya se mete en la muchedumbre y yo la sigo, molesta por lo cerca que está Trenton. Ya no la está tomando de la mano, pero ahora tiene una mano en su espalda baja, con tal desenfado que ni siquiera tiene que pensar en las implicaciones. Porque no lo hace. Sin nervios, sin miradas, sin preocupaciones, se da cuenta de que ella...

Respiro hondo y el aire con olor a marihuana me está pegando. Diablos, a este paso no voy a necesitar ninguna absenta.

—¡Hey! —una chica con cabellera color cobre me roza los hombros con la mano cuando voy pasando. Me detengo y la miro—. Me gusta tu chamarra. ¿Vintage?

—Sí.

—Genial —tiene los ojos delineados con kohl, y los extremos muy afilados—. No te había visto por aquí —luego, desvía la mirada. Sonya está viéndola fijamente—. Hola, Sonya.

—Hola, Faith.

—¿Y tú cómo te llamas? —pregunta Faith mirándome.

—Coley.

—Mucho gusto.

—¿Tú eres la que trajo la absenta? —cuestiona Sonya.

Faith ríe.

—¿Y quién más? Vamos, tengo mi tinglado en el cobertizo.

—¿Qué tal la universidad? —le pregunta Sonya empujando a Trenton para colocarse entre Faith y yo.

—Muy bien. Me gustaría estar allá ahora mismo, pero, ¡ay!, estoy aquí —Faith se encoge de hombros. La seguimos al cuarto. Es como del tamaño de cuatro de los cubículos de afuera, está lleno de sillas de montar y parafernalia equina, una mesa que hace de escritorio provisional, y ventanas con vista al campo. El cuarto huele como a piel y alguna clase de aceite, y el ruido de la fiesta aquí llega apagado; entran unos rayos de luz del exterior. Trenton viene detrás de nosotras, tratando de parecer indiferente.

—Sonya y yo solíamos bailar juntas —me explica Faith—. Voy un año adelante, así que ya me largué de aquí.

—Y sin embargo, estás aquí de vuelta —canturrea Sonya de un modo que me indica que esta chica y ella definitivamente se tomaron muy en serio la parte de la *competencia* en el baile. ¿Era su antigua rival de baile? He visto suficientes películas de danza para saber que la competitividad entre bailarinas es cosa *seria*. Muero de la curiosidad por descubrir más: poder asomarme a la vida interior de Sonya, aunque me da la impresión de que el baile es mucho más importante para su mamá que para la misma Sonya.

—No todos nuestros padrastros pueden pagar vacaciones de verano en Francia, nena —dice Faith dándole unas palmaditas a Sonya en el brazo—. Tenemos que ganarnos la vida. Hablando de eso... ¿Vas a ir a Babbitt's Round este año?

—Siempre —dice Sonya.

Faith se trepa en la mesa de madera y se sienta encima con las piernas cruzadas.

—¿Alguien dijo que hay bebidas? —brama Trenton detrás de mí.

—Lo gritaste en mi oído —digo con un gesto de dolor.

—Tan encantador como siempre por lo que veo, Trent —añade Faith, agachándose y sacando una botella con una etiqueta de papel diseñada para parecer un poco antigua.

—Sabes que odio que me digas así —exclama él.

—Ya lo sé, Trent —responde ella, alegre.

En ese mismo instante, decido que esa chica me cae bien.

Faith pone dos vasos en la mesa frente a ella; saca una bolsa de cubos de azúcar y una elegante cuchara con ranuras ornamentadas perforadas sobre el metal. Me recuerdan esos agujeros de los violines con forma de *S*. Pone la cuchara sobre el primer vaso y posa encima de ella un cubo de azúcar.

—¿Y qué haces tú saliendo con ésta, Coley? —pregunta Faith señalando a Sonya con un movimiento de cabeza.

—Lo dices como si yo fuera una conflictiva —dice Sonya burlona.

—Eres una insidiosa pesadilla competitiva, corazón —le dice Faith.

—Tienes mucha suerte de tener las buenas bebidas —replica Sonya echándose el cabello atrás del hombro.

—Apuesto a que en el fondo me extrañas —dice Faith—. Nadie te espoleaba como yo.

—Tú sirve las bebidas y ya —interrumpe Trenton.

—Como si lo fuera a compartir contigo —dice Faith—. Vete por una cerveza junto con los demás cavernícolas.

—Creo que eso es un insulto a los cavernícolas —digo entre dientes, y Faith sonríe abiertamente, bonita y radiante.

—Ay, es demasiado atrevida para ser tu amiga, Sonya —exclama Faith.

—Últimamente te estás rodeando de cabronas, Sonya —dice Trenton con disgusto—. Ya sabes lo que dicen sobre con quiénes te juntas.

—¿Y eso qué nos dice sobre el hecho de que se lleve *contigo*? —pregunta Faith.

La boca de Trenton se aplana hasta que sus labios desaparecen. Se rasuró mal y desde el otro lado del cobertizo alcanzo a ver un pedazo que le faltó. Pero no se mueve. Es como si estuviera en una guerra unilateral con Faith, porque ella no le hace ningún caso: está concentrada en mí.

—¿Alguna vez has bebido absenta? —me pregunta, y yo niego con la cabeza—. Ven acá —me hace señas para que me acerque y Sonya viene tras de mí.

Faith destapa la botella y empieza a verter el líquido verde sobre el cubo de azúcar.

—*La fée verte.*

—¿Es cierto que te hace alucinar, como los hongos? —pregunta Trenton con escepticismo.

—No, Trent. Los rumores de que es alucinógena carecen de base científica.

—Pero sí te embriaga de diferente forma —dice Sonya—. Conozco a chicas que la han probado.

—Es lo que algunas personas dicen —responde Faith encogiéndose de hombros—. Es, digamos, como una embriaguez lúcida.

—Pero ¿sin alucinaciones? —pregunto, sólo para cerciorarme. No me interesa una bebida que me haga ver monstruos en el bosque o algo así.

—Te lo prometo —añde Faith, aún más sonriente—. Diría que tuvieras un poco de fe, pero ya soy de alguien más.[1]

—Santo Dios —farfulla Sonya detrás de mí.

—¿Sigues siendo una puritana, cariño? —le pregunta Faith a Sonya; los ojos le centellean con una especie de reto que no termino de entender.

—De ninguna manera lo es —replica Trenton con una sonrisita de suficiencia—. Créemelo, tengo experiencia de primera mano.

---

[1] *Faith* en inglés significa fe [N. de la T.].

Se me retuerce el estómago de repulsión ante su petulancia.

Sonya se vuelve contra él y le da un fuerte manotazo en el pecho.

—¡¿Qué?! —pregunta falsamente indignado.

—¡Cállate! —le gruñe Sonya.

Me quedo de una pieza, atrapada en medio de una animadversión que tiene ya su *historia*, mierda que no me tocó ver y entonces no tengo modo de entender. Diablos, si apenas entiendo lo que *sí* me ha tocado ver. Estas semanas de verano con Sonya se me arremolinan: son como pequeños ciclones que me hacen girar hacia ella y lejos de ella a la vez.

Faith pone los ojos en blanco como si no hubiera sido ella quien desencadenó todo este drama. Tapa la absenta y toma una botella de agua.

—Siguiente paso —me dice.

—Este paso lo conozco —antes de que Faith pueda detenerlo, Trenton se abre paso, saca un encendedor de su bolsillo y acerca la llama al cubo de azúcar mojado en alcohol.

—¡Trent! ¡Carajo! —grita Faith cuando el vaso entero se incendia. Ella se echa hacia atrás y evita por poco que se le inflame el fleco, pero en el proceso empuja con el pie el vaso, que cae al suelo y se va rodando hacia el montón de pacas de heno.

—¡Carajos! —desesperada, veo una manta de montura, la tomo, la echo sobre el vaso en llamas y la pisoteo con ganas. El vidrio cruje bajo mis pies. El humo sale lentamente, el fuego ha sido asfixiado.

—¡Pero qué idiota eres! —dice Faith, que se levanta de la mesa de un salto y pasa junto a Trenton dándole un empellón.

—Así he oído que se hace —protesta Trenton mientras levanta la manta de montura para asegurarse de que el fuego se extinguió por completo.

—En primer lugar, no se hace así. Y en segundo lugar, aunque así fuera, no enciendes alcohol en un maldito *granero*. Podrías haber incendiado todo. Deberías saberlo, imbécil. Sólo estás tratando de quedar bien con tu novia.

—Él no es mi... —empieza Sonya.

—Ay, por Dios, me da lo mismo —interrumpe Faith. Mira a Sonya irradiando exasperación pura—. Él va a ser una de esas cosas que cuando las recuerdes en el futuro te van a hacer morirte de la vergüenza. Te lo apuesto.

—Pensaba que te daba lo mismo —contesta Sonya, y toma la mano de Trenton—. Ven, vamos a bailar.

Se lo lleva como si yo ni siquiera estuviera ahí, como si tuviera visión de túnel y no pudiera ver nada más que modos de demostrarle a Faith que ella tiene razón. Los veo sumarse a las parejas en medio del granero. El aire apesta a humo de marihuana y sudor cervecero, cuerpos girando y potentes ritmos. Sonya se le embarra y él sonríe burlonamente, con las manos tocándole las caderas como si hubiera recibido un premio por mala conducta.

—No puedo creer que siga con ese tipo —comenta Faith detrás de mí—. Solía aterrorizar a mi hermano menor en la secundaria. Es un maldito abusivo.

—No sé si son... —me callo, porque sigo sin estar segura. Estar con Sonya es como mover arena: crees que ya la tienes, y al momento siguiente se te está yendo entre los dedos—. Creo que terminaron —digo—, pero... —me encojo de hombros.

Siguen bailando. Alguien le pasó a Sonya un vaso rojo. Bebe cerveza mientras sigue balanceándose con Trenton, rodeándolo por el cuello con el otro brazo como si quisiera que fuera lo único que la mantuviera en pie.

—¿Por qué siempre es tan difícil dejar a los imbéciles? —farfulla Faith, quizás un poco para sus adentros. Me toca el brazo y me giro. Veo que me preparó la absenta en el otro vaso—. Toma —me dice—, te la ganaste por salvarnos a todos de morir quemados.

—Gracias —digo, recibiendo la bebida. Huele como a yerbas y a regaliz y exactamente a eso mismo sabe. Arrugo los ojos y los labios frente al impacto del pequeño sorbo. Es como imagino que podría saber un bosque invernal: nieve en la punta de la lengua, verde a la distancia. Toso un poco y el resto no lo bebo, con la esperanza de que no se dé cuenta.

—Deberías vigilarlo —me dice Faith inclinándose hacia delante para que pueda oírla bien.

Levanto la ceja y no digo nada, sólo aguardo.

—Los tipos como ése, los abusivos como él, a la larga terminan emprendiéndola contra todo el mundo.

Hay algo en su voz que me provoca escozor en la nuca.

—¿Qué le pasó a tu hermano, al que Trenton acosaba?

—Se fue a vivir con papá para poder ir a otra escuela —dice Faith.

—¿En serio? —Trenton sigue cerniéndose sobre Sonya, pero ahora ella se dio la vuelta para quedar frente a nosotras.

Está mirándonos fijamente a Faith y a mí. Me pongo colorada al darme cuenta de que estamos paradas *muy* cerca la una de la otra.

—Como dije, los abusivos como él la emprenden contra todos —dice Faith, atrayendo de nuevo hacia ella mi atención—. Sobre todo, cualquiera a quien perciban como más débil que ellos. Incluso sus novias. Sonya debería cuidarse de él. Y si eres su amiga, deberías cuidarla de él.

—Lo tendré presente.

—La realidad se impone —farfulla Faith, casi para sus adentros—. A esa chica se le va a reventar la burbuja.

—¿Qué?

—Nada —responde Faith con una sonrisa—. Voy a ir a buscar a mis amigas. Y tú deberías seguir a Sonya antes de que él lo haga —con un movimiento de cabeza señala la puerta del granero justo antes de que Sonya la cruce y desaparezca.

—Yo... —antes de que pueda decir nada más, Faith ya se está alejando y yo me descubro a mí misma moviéndome, abriéndome paso a empujones entre la multitud, hacia el aire más frío de afuera. Respiro hondo. Las estrellas en lo alto están brillantes: aquí, sin contaminación lumínica, he visto estrellas que ni siquiera sabía que existieran brillando sobre mí noche tras noche. A veces pienso en sentarme con Curtis en el porche con una cobija y una taza de chocolate caliente para tratar de contarlas.

No veo a Sonya por el frente del granero, así que lo rodeo y allí está, apoyada contra la pared, hurgando en su bolso.

—¿Qué haces aquí? —le pregunto.

—Necesitaba un poco de tiempo —dice entre dientes buscando algo en sus bolsillos—. ¿Me sostienes esto? —me pone en las manos su pequeño bolso y saca un encendedor y un cigarro. Lo prende, lo pone entre sus labios y aspira hondo. Luego, sopla apurada y me lo pasa tosiendo.

El filtro está húmedo de sus labios. Pongo la boca donde estaba la suya y me esfuerzo en no pensar en eso. ¿Esto es lo que hay para nosotras? ¿Nuestros labios tocándose a través de la nicotina compartida? Me mira como si ella no pudiera pensar en ninguna otra cosa. Como si fuera inevitable que nuestras mentes hicieran la conexión que nuestros cuerpos no quieren hacer.

No podemos, ¿cierto?

—Me sorprende que no estés con Faith —me dice Sonya.

Levanto una ceja. Sus palabras son frías como el hielo, un carámbano puntiagudo penetrándome.

—Parece agradable.

—Mmm —se encoge de hombros y toma el cigarro. La música del granero aporrea la pared en la que estamos apoyadas. Siento las vibraciones.

—Ustedes dos fueron competidoras.

—Eso le gusta pensar a ella, pero es difícil pensar que me hacía competencia cuando yo era la única que ganaba.

—Vaya. ¿Demasiada presunción?

—Más bien, hablo con la verdad.

—Aunque parece que te saca de quicio.

Le da una larga fumada al cigarro. A ese paso, el filtro terminará mojado. Alguien tiene que enseñarle a la chica a fumar bien.

—Debes tener cuidado con ella —dice Sonya al fin.

—¿Cuidado?

—Hay rumores.

La miro fijamente y ella hace lo mismo, como si yo debiera saberlo.

—Necesito más información.

—Ya sabes —dice levantando la ceja—, *rumores*. Era *muy* cercana a otra porrista de último año cuando se graduó.

Es como hundirse y no poder salir. La manera como baja la voz y se inclina, como si fuera un secreto terrible… y supongo que lo es. ¿Tiene que serlo? ¿No puede ser algo simple? Porque lo que siento…

Dios, la sensación de desearla es la cosa más simple. Como un impulso magnético al que no me quiero resistir.

—Yo no chismorreo sobre esas cosas —digo tan rápido que se endereza como si se alejara de una inesperada descarga eléctrica entre nosotras.

—¿No?

—No, a menos que la persona sea abierta sobre el tema. Que *no* esté dentro del closet, pues.

—Pero ¿si sólo tienes curiosidad? —pregunta Sonya—. No está mal ser curiosa... O querer saber.

—Tienes que dejar que la otra persona dé la pauta —añado con firmeza, como si en verdad supiera de qué diablos estoy hablando. Pero no lo sé. Yo sólo quiero zafarme de esta conversación y de la expresión de su rostro, como si la idea le resultara incomprensible.

Sé cómo se ve cuando finge, pero no estoy segura de que eso lo esté fingiendo.

—Trenton y tú parecían estarse divirtiendo —digo, desesperada por cambiar de tema, sin poder escaparme de lo que dijo Faith sobre los abusivos. Da vueltas en mi cabeza. ¿Qué tan feas se tuvieron que poner las cosas para que su hermano *se cambiara de escuela*? ¿Cómo reaccionaría Sonya si le dijera abusivo a Trenton? Creo que ya lo sé, y es la razón por la que no creo poderlo decir.

—Ya conoces a Trenton —dice.

—Desafortunadamente sí, lo estoy conociendo.

Da una calada y luego expulsa humo azul.

—No es tan odioso.

—Mmm...

—Está bien. Sí, lo es. A veces.

—La mayor parte del tiempo, por lo que puedo ver.

—Es que él es así.

—Tiene que cambiar —añado, y se me queda viendo fijamente tanto tiempo que creo que me pasé de la raya. Y en eso suelta una risa con amargura.

—Coley, los chicos no *cambian* —dice—. Lo que pasa es que las chicas nos decimos a nosotras mismas que cambiarán si nos aman, pero lo que sucede en realidad es que la chica cambia, para que ellos *nos sigan amando.*

Tengo que quitarle el cigarro y dar unas cuantas fumadas antes de poder responder.

—Olvidaste algo.

—¿Qué?

—Que esa filosofía de la vida no tiene nada que ver con que ames al tipo. ¿Por qué piensas que sea eso?

Se queda lívida. Toma el cigarro de mis manos, lo tira y lo pisotea con el zapato.

—El amor es sacrificio —responde—. Es lo que dice mamá. Y todas las parejas exitosas que conozco —me mira con los ojos ardiendo por el fuego emocional que accidentalmente provoqué—. ¿Tú crees que es fácil amar a alguien?

—Creo que el amor es muchísimas cosas, pero sobre todo no creo que empequeñecerte para estar con alguien valga la pena. Nunca.

—Trenton no me hace...

—Yo ni siquiera dije su nombre —la interrumpo—, fuiste tú.

Las mejillas se tornan rojas con la luz que viene del granero.

—Eres una...

Sus palabras quedan ahogadas por unos alaridos en el fondo. La música se detiene de modo abrupto. El silencio llena el espacio, el murmullo de voces se detiene.

—Los vecinos se quejaron del ruido —grita alguien—. ¡Ahí viene la policía!

—¡Corran! —chilla otro.

La puerta del granero, a un metro y medio de nosotras, se abre con un estruendo y la gente sale en tropel hacia los vehículos.

—Mierda —dice Sonya.

—¡Ay, no! —le tomo la mano—. ¿Adónde vamos?

—¡Tenemos que ir por los demás! —Sonya corre hacia el granero conmigo a rastras mientras más gente sale desperdigada por las puertas de atrás.

Nos abrimos paso entre la creciente multitud mientras la gente sale huyendo. Alguien choca con mi hombro y por poco caigo.

—¡Coley! —Sonya me jala hacia ella y yo choco con su pecho. Me rodea la cintura con el brazo—. ¡Quédate junto a mí!

Logramos volver al granero, ya próximo a vaciarse. El corazón me late con fuerza dentro del pecho cuando veo a Alex.

—¡Ahí están! —dice él parándose frente a nosotras, con Brooke a su lado—. ¿Han visto a Trenton?

Sonya niega con la cabeza.

—¿Dónde está SJ? —pregunta ella.

—Llevo un rato sin verla —dice Brooke—. Se fue con un tipo.

—¡¿Y tú la dejaste?! —grita Sonya.

—¡Hey! —Trenton se acerca trotando—, tenemos que salir de aquí.

—No encontramos a SJ —grito.

Él se encoge de hombros.

—Qué mal. Vámonos.

Los demás intercambian miradas.

—Yo traigo el único auto —nos recuerda Trenton, oscilando las llaves—. No me voy a quedar aquí para que me agarre la policía.

—Si SJ se mete en problemas... —empieza Alex.

—Ay, ya basta —gruñe Sonya y le arrebata las llaves a Trenton antes de que él la pueda detener—. Me hiciste dejar a SJ en la disco y el gorila casi la agarra. No volveré a abandonarla. ¡SJ! —hace bocina con las manos y grita su nombre—. Alex, salgan Trenton y tú a buscarla afuera. Brooke, tú ve al frente. Yo buscaré en el pajar.

Se dispersan para buscarla y yo sólo me quedo ahí parada en el granero ya semivacío.

Camino por el pasillo flanqueado por cubículos y oigo a Sonya gritar el nombre de SJ desde el pajar.

—¿SJ? —pregunto asomándome en un cubículo que tiene demasiado alimento para ganado, amontonado adentro.

—Coley —oigo un siseo.

De una sacudida, giro la cabeza hacia el sonido.

—¿SJ? —voy a toda prisa y jalo la puerta del cubículo. Está ahí en cuclillas, rodeándose con los brazos, sin blusa, sólo en jeans y brasier.

—¿Estás bien? —pregunto alarmada—. ¿Y tu blusa?

—El tipo con el que estaba... estábamos besándonos. Se la metió en el bolsillo trasero. Cuando todo mundo empezó a gritar, él salió corriendo pero yo me quedé paralizada.

—Diablos —enseguida tiro mi chamarra al piso y me quito la blusa para dársela a ella.

—Dios mío, gracias, Coley —dice SJ.

Me vuelvo a poner la chamarra y me la abotono hasta arriba mientras ella se pone mi blusa.

—Tenemos que salir de aquí antes de que llegue la policía
—le digo—. ¡Oigan! ¡La encontré! —grito.

Sonya baja del pajar.

—¿Estás bien?

—Coley me salvó el trasero —dice SJ.

—¡Hey! —grita Sonya—. ¡La encontré! Vámonos de aquí.

Los chicos vienen corriendo, seguidos de Brooke. Todos
nos volvemos hacia la gran puerta del granero en el momento en que aparecen las luces azules y rojas destellando por la
carretera.

—Ya no hay tiempo —digo—, hay que salir por atrás.

—¡La van está del otro lado! —protesta Trenton.

—¡Cállense y corran! —dice Sonya, tomándome de la mano
y arrastrándome. Suenan las sirenas de las patrullas.

Salimos en grupo por la parte trasera del granero. Cuando
llegamos al campo, no veo un carajo. Sólo siento cómo el pasto
me azota los tobillos mientras corro. El aire y el ruido se desdibujan a mi alrededor. El corazón me late con fuerza en el pecho
y en la mano, que sigue envolviendo la de Sonya. Me tropiezo,
ella me levanta de un tirón y seguimos avanzando. Me arden
los pulmones al respirar. Las luces bailan detrás de nosotros.

—Tenemos que escondernos —dice Brooke con la respiración entrecortada.

—Estamos en campo abierto —gruñe Trenton—. Qué gran
idea, Coley.

Las sirenas se oyen más fuerte.

Entrecierro los ojos en la oscuridad y giro sobre mí misma.

—Allá —digo señalando una pendiente imprecisa en el
extremo del campo—. ¡Vamos!

Echamos una carrera hacia la pendiente; mis zapatos se
resbalan en la tierra blanda mientras uno por uno bajamos

por el barranco, una maraña de plantas, lodo y sitios con agua que llega a las rodillas. Aquí nadie nos puede ver. Me asomo por arriba de la pendiente y veo haces de luz de linterna escudriñando el campo. Me agacho cuando un haz de luz oscila hacia donde estamos.

—Sólo tenemos que quedarnos agachados hasta que se vayan —siseo—, y luego podremos ir a la van.

—Si nos encuentran... —susurra Trenton.

—Hombre, ya cálmate —dice Alex con brusquedad, y *por fin* Trenton cierra la boca.

Nos quedamos escondidos y callados, y siento como si estuviera conteniendo la respiración para siempre, pero finalmente las luces y las sirenas se pierden a lo lejos. Salimos del terraplén enlodados y cubiertos de quién sabe qué.

—Tenía razón cuando dije que era mejor idea hacer algo en casa —dice Brooke malhumorada cuando atravesamos el campo en dirección al camino donde se quedó estacionada la van.

—*Perdón* por querer armar un plan —dice Alex al detenernos frente a la camioneta.

—Dame mis llaves —dice Trenton.

—¿Cuánto bebiste? —le pregunta Sonya.

—¿Hablas en serio? —se le quiebra la voz y pasa de molesto a *furioso* en cuestión de segundos.

—¡Hey! —dice Alex metiéndose entre los dos en un instante—. Basta ya, hombre. Tú bebiste demasiado y yo no tomé nada. Yo manejo, ¿de acuerdo?

—Mientras no sea la perra que me robó las llaves —dice Trenton mirando desdeñosamente a Sonya.

—No le digas así.

Los tres... no, de hecho los cinco, me miran fijamente.

—¿Qué acabas de...? —empieza a decir Trenton, pero Sonya lo interrumpe.

—Dios mío, Coley, ¿qué es eso?

—¿Qué? —miro hacia donde ella está viendo y me doy cuenta de que traigo una rama frondosa enganchada en el dobladillo de los jeans. Alargo la mano para tomarla.

—¡No! —exclaman Sonya, SJ y Alex al mismo tiempo. Me quedo paralizada.

—¿Qué diablos?

—Es hiedra venenosa —dice Sonya. Se agacha y lo arranca después de cubrirse la mano con el dobladillo de su blusa—. Carajo, ese barranco debe haber estado lleno —se ve las manos—. Todos estamos cubiertos.

—¿Estás hablando en serio? —pregunta Trenton—. ¡Es tu culpa! —me gruñe—. ¡Tú nos llevaste allí!

—¡Yo ni siquiera sé reconocer la hiedra venenosa!

—Tener un poco de comezón es mucho mejor que ser detenidos por la policía —le recuerda Sonya.

—Sólo échense Tecnu, una loción para urticaria, y lávense bien con jabón suave antes de irse a la cama —dice SJ—. Si no tienen en casa, cómprenla en la farmacia.

—Esto es una mierda —dice Trenton.

—Como quieras... ya nos tenemos que ir —dice Alex—. ¿Me das las llaves, Sonya?

Ella le arroja las llaves y nos metemos todos en la van.

—Puedes bañarte en mi casa —me dice Sonya. Avanzamos entre la oscuridad. Un silencio nocturno, cansado y etílico llena la camioneta.

Sonya sonríe como si fuera algo bueno.

Yo me obligo a sonreírle de vuelta, aunque lo único que puedo pensar es: *Carajos, no puedo desnudarme si tú estás del otro lado de la pared.*

DIECIOCHO

Quizá sea mi imaginación, pero ya empiezo a sentir picazón en la piel cuando finalmente nos dejan en la casa de Sonya. Adentro está oscuro y ella me hace señas para que me arrastre por la parte trasera después de que Alex nos dejó a unos metros para no despertar a nadie. Entramos a hurtadillas por la puerta trasera y subimos las escaleras.

—Estaba furioso —susurro. Trenton pasó todo el camino de regreso refunfuñando sin parar y a todos nos puso los nervios de punta.

—Se le pasará en cuanto esté sobrio —me asegura—. Voy por el botiquín. Tienes que desvestirte.

—¡¿Qué?!

Ladea la cabeza.

—Tienes aceite venenoso en la ropa y en toda la piel —me explica como si yo fuera tonta—. Estuvimos metidas en eso hasta las rodillas y es posible que se nos haya pegado también en los brazos cuando corrimos por ahí. Entonces, te tienes que desvestir.

No puedo dejar de mirarla a los labios mientras dice la palabra *desvestir*. ¿Cómo puede estar tan tranquila?

—Te puedo prestar algo de ropa —exclama, como si fuera eso lo que me preocupa—. Voy por la loción limpiadora. Te la untas por todas partes, te la frotas por dos minutos y cuando te enjuagas remueve el aceite.

—Ahora estoy del lado de Brooke —le digo a Sonya—. Las fiestas de granero *apestan*.

Sonríe.

—Bueno, al menos tienen *algo* en común —se queda callada unos momentos y pone cara pensativa—. SJ tenía puesta tu blusa.

—El tipo al que se ligó huyó con la suya. Necesitaba taparse con algo.

—Fue muy amable de tu parte.

—Ya he pasado por eso —añado, encogiéndome de hombros.

—¿Has estado medio desnuda en una fiesta? —pregunta Sonya inocentemente.

Me refería más bien a que he estado en situaciones vergonzosas de las que alguien me ha salvado, pero le brillan los ojos y tengo que seguirle la corriente.

—Más de una vez.

—¿De verdad? —da un paso adelante y yo también. No tengo de otra. La quiero más cerca.

—También me conocen por haber bailado sobre las mesas —miento.

—Con las habilidades que me mostraste aquella noche en mi cuarto, no tengo duda de que tuviste mucho público.

—Juilliard, allá voy —bromeo, y su sonrisa resuena en mi interior; cómo me acelera el ritmo cardiaco. Todo mi cuerpo tiembla con su presencia, con su existencia entera. Pensar que existí diecisiete años sin conocerla; ahora nunca tendré que vivir un año más sin haberla conocido.

—Voy por la loción —dice, y desaparece. Yo me quedo completamente sola en este baño tan refinado y elegante. Su tina hasta tiene hidromasaje.

Es como estar en traje de baño, me digo. Lo repito en silencio en mi cabeza mientras me quito la ropa y la gargantilla. Mis dedos se detienen en el botón de mis pantalones cortos y siento mariposas en el estómago, como si fueran los dedos de alguien más y no los míos. Si cierro los ojos me lo puedo imaginar: sus dedos enganchados en la pretina, sus uñas rozando la piel debajo del ombligo, justo encima del elástico de mis calzones. Siento un picor por todas partes sólo de pensarlo y me digo que es el inminente sarpullido.

Pero no. Es por pensar en ella. Es por *cómo* quiero pensar en ella. Es la *razón* por la que quiero hacerlo.

Tengo que salir de aquí. Tengo que ponerme la loción, darme un baño para eliminar el olor a hierba y alcohol, e irme a casa. Le diré que Curtis se va a enojar si no llego. Inventaré que tengo una hora de llegada.

De otro modo, no sé qué pueda pasar. Quiero...

Tanto.

Mis dedos tamborilean en su lavabo, pequeños golpes nerviosos en *staccato*. Inhalo y exhalo con la cabeza echada hacia atrás.

Podría abrir sus armarios y ver qué secretos guarda en ellos. Ya conozco su champú de peonía y su amplio surtido de geles de ducha. Es asombroso que todos quepan en la orilla de la tina. Sus rasuradoras son de las costosas, de cartuchos a veinticinco dólares el empaque (y yo sigo cortándome con las Lady Bic). Hay también un gorro de ducha como Dios manda colgado de un gancho cerca de la tina. Eso me hace sonreír, porque nunca he visto a nadie que no sea una anciana usar de ésos, y la idea de recogerle el cabello y ponerle esa cosa en la cabeza para que se bañe me da ternura.

Estoy jodidísima si pienso que Sonya con un gorro de ducha es tierna.

—¡Lo tengo! —Sonya irrumpe en el baño sin haber siquiera tocado la puerta; lleva unas bolsas de basura, un paquete de guantes y una botella grande que dice TECNU.

—¡Hey! —subo los brazos y me agarro el brasier como si eso fuera a ocultar algo. Pero no. Estoy en ropa interior.

Es como estar en bikini, me digo. *No es más que eso.*

Pero no lo es. Para nada, porque en mi ropa interior hay unas margaritas estampadas, y las margaritas tienen unas caritas sonrientes y ella las está viendo, con los ojos arrugados.

—No te atrevas a reírte de mí —le advierto.

—Por lo menos tus calzones no dicen *delicioso* —dice.

—Te odio.

Maldita sea, Coley, ¿qué pasó con *Es como estar en traje de baño?*

Me mira, y no creo que sea una mirada que diga *Estoy deslumbrada.* Es más bien una mirada que dice *Coley es una histérica.*

Ca-ra-jo.

—Yo lo puedo hacer —exclamó, agarrando la botella—, no necesito que me ayudes.

—Estuvimos hasta las rodillas en un barranco de hiedra venenosa más de una hora —dice en voz muy baja—. Créeme, vas a querer aplicarte esto en *todas* partes, por si acaso.

—Yo misma alcanzo —me quejo lastimosamente, a pesar de que no puedo.

—Dios mío, Coley, ¿por qué se la pones tan difícil a la gente que te quiere ayudar? —refunfuña exasperada—. ¡Date la vuelta! De todas formas en unos minutos voy a necesitar tu ayuda para que me untes loción a mí en los hombros. Mamá me mataría si me sale sarpullido.

Ella sigue vestida, y la idea de que se quite los pantalones cortos y el suéter frente a mí hace que me quiera desenredar como bola de estambre.

Pienso seriamente en salir corriendo, pero si lo hago ya no tendrá ninguna duda. Tengo que terminar con esto. Superarlo, darme una ducha *y entonces* salir corriendo.

Me doy la vuelta y me desabrocho el brasier. Dejo que los extremos caigan por la espalda pero la parte frontal la mantengo presionada contra mí. Más que verla, siento que está preparando cosas detrás de mí: oigo el ruido de la botella, el sonido que hace al agitarla, y luego siento sus dedos extendiéndome la loción por la espalda con movimientos suaves y luego más fuerte.

—Hay que frotarla por dos minutos —dice, y tengo que cerrar los ojos cuando se le quiebra la voz y sus manos alcanzan mi espalda baja. Resoplo y me retuerzo tratando de disimular la risita.

—Perdón, me haces cosquillas —digo, y escucho la sonrisa en su voz cuando dice:

—No te atrevas a acercarte a la parte posterior de mis rodillas cuando me hagas esto —advierte.

—Anotado.

Sus manos suben por mi espalda y trazan la línea de mi columna vertebral. De pronto entiendo lo que es que te tiemblen las piernas de la emoción.

—Tienes un lunar —dice suavemente; sus dedos dibujan un círculo en mi hombro a su alrededor. La sensación se extiende más allá de su contacto; el calor llega a la punta de mis dedos y al llegar a mi estómago se convierte en una punzada constante, como un segundo latido.

—Sí —mi voz casi se quiebra. Cuando era niña parecía una bellota, pero crecí y ahora no es más que una mancha —estoy parloteando sobre cualquier cosa. ¿Por qué soy así? *La charla menos sexy de la historia, Coley.*

Qué tortura. ¿A quién se le ocurre inventar una loción medicinal que hay que frotar *por dos minutos*? A un sádico, a nadie más.

Trato de quedarme quieta, pero es difícil no balancearme hacia sus manos. Es que… se siente tan bien… Y puede ser que nunca nadie me haya tocado tanto tiempo.

—Creo que ya pasaron los dos minutos —su voz está tan cerca de mi oído que me estremezco—. ¿Quieres que te la aplique en las piernas?

Sí.

—Yo puedo —digo enseguida—, pero antes déjame ponerte en los hombros. Con esta cosa, mientras más pronto mejor, ¿cierto?

—Sí. Debo quitarme esto —deja la loción en la orilla de la tina y lanza su suéter al piso junto a mi ropa. Siguen sus pantalones cortos y yo me quedo viendo nuestra ropa enmarañada en el suelo en lugar de verla a ella, porque estar en ropa interior no puede ser lo mismo que estar en traje de baño. No aquí, en el espacio donde se arregla en la mañana y se desnuda en la noche.

Finalmente, me obligo a levantar la mirada porque necesito agarrar la botella de loción. *Respira, sólo respira. No te quedes viendo el encaje color durazno sobre su piel y deja de pensar cómo se sentiría bajo tus dedos. Ponle la loción y ya.*

—¿Lista? —desliza los tirantes bajo sus brazos y se quita el cabello de los hombros.

—Sí —tomo la botella de Tecnu y vierto un poco en mi palma. La esparzo a todo lo largo de sus hombros y me doy cuenta de que es mucho más musculosa que yo. Tiene sentido: el baile. Las fuertes líneas de su espalda me embelesan. Es un recorrido de músculos y garbo que sólo mis dedos podrán descubrir.

Son los dos minutos más cortos y más largos de mi vida, y sé que tengo la cara roja porque la siento arder por dentro. Pero cuando se da la vuelta...

Está sonrojada, con floraciones carmesí en sus mejillas, y no es mi imaginación. Allí están, en su rostro, mientras se inclina sobre la bañera y se me queda viendo como si no pudiera apartar la mirada.

Y si me muevo hacia ella, ¿qué pasará?

¿Se moverá ella también?

¿Me encontrará a medio camino?

No lo sé. Con ella nunca se sabe.

Quisiera ser valiente para descubrirlo. Deslizar mi mano por su cuello y entre su cabello. Descubrir exactamente a qué saben sus labios.

—Dejo que termines con la loción. Yo voy a estar en el baño de visitas —dice—. Tienes que darte una ducha con agua fría.

Hago una mueca.

—Ya sé —dice—, pero es para que funcione.

Se va del baño antes de que yo pueda decir más y me unto la loción en el resto del cuerpo, frotando dos minutos antes de tocar a la puerta del baño.

—¿Sonya?

—¿Sí?

—Toma —le paso la loción por la puerta.

141

—Gracias —dice—. Ahí te dejé algo de ropa. Te veo en un rato.

Abro la llave del agua fría y aprieto los dientes antes de ponerme bajo el rocío. En cuanto me toca la piel, ya estoy jadeando. Me enjuago todo el Tecnu lo más rápido posible. Cuando he acabado por completo, el cabello me chorrea por la espalda.

Las toallas de Sonya son mucho más suaves y esponjosas que las mías y están *enormes*. Me seco el cabello con la toalla y me la enredo arriba de la cabeza. Después de envolverme en otra toalla me asomo por la puerta del baño, pero ella no está en su recámara. Tomo la ropa que me dejó en la cama y corro de regreso al baño para cambiarme. Cada instante que estoy aquí me da miedo que vuelva y se me caiga la toalla o algo. Eso sería la cereza en el insensato pastel de esta noche.

Pero vuelvo al baño sana y salva, y sólo entonces me doy cuenta de que me dejó unos suaves shorts de algodón y una camiseta sin mangas. Ropa de dormir. No ropa para regresar a casa.

Su ropa. Ay, Dios. Esta ropa es suya. Me pongo los shorts y luego la camiseta y en ese momento estoy envuelta en ella, y ella ni siquiera está en la habitación, y es demasiado e insuficiente a la vez. Todo el cuerpo me duele; siento las puntas de mis dedos irradiando calor y preocupación; los tamborileo sobre la cadera, tratando de pensar, tratando de no hacer caso de la suavidad de los shorts, de tan gastados que están, como si los usara todo el tiempo, como si fueran sus favoritos.

Necesito salir de aquí, necesito ir a casa.

Necesito *no* pasar la noche en la recámara de Sonya… con la ropa de Sonya… en la cama de Sonya.

¿Cómo se espera que lidie con esto, si ahora mismo no puedo siquiera *respirar*?

Me iré a casa en pijama. Está bien. Nadie va a verme rodando en la bici por la calle a estas horas. Curtis no sabe tanto de ropa como para darse cuenta. Va a estar bien.

Me pongo los zapatos y salgo del baño sin asomarme, y por supuesto en ese mismo momento, ella está entrando a su recámara.

—Qué bien, sí te quedan —dice al verme.

Ella se puso unos shorts rosas y una camisa de dormir tan grande que los shorts casi desaparecen debajo. El pedacito de rosa claro que alcanzo a ver es una de las cosas más distractoras que yo haya experimentado jamás, y, tomando en cuenta que acaba de pasar las manos por toda mi piel, no es poco decir.

—Gracias por la ropa y la medicina —digo—. Ya me tengo que ir.

—¿Qué? —dice con el ceño fruncido—. Es tardísimo para irte a tu casa.

—No pasa nada. Mañana te regreso tu ropa.

—De ninguna manera —dice con firmeza—. Son casi las dos de la mañana, Coley. De aquí a tu casa, la mitad de las calles tienen los faroles descompuestos. Te podría atropellar un auto, o un tipo asqueroso podría llevarte.

—¿En verdad crees que hay un asesino serial rondando por la ciudad en busca de víctimas? —le pregunto.

Pone los ojos en blanco.

—Pasa la noche aquí y listo. Le dijiste a tu papá que a lo mejor te quedabas, ¿cierto?

—Cierto —contesto entre dientes.

—Entonces, no se va a preocupar. Estoy segura de que ya está dormido. Si entras a las dos de la mañana haciendo ruido, se va a despertar y te va a interrogar y te meterás en problemas.

—Está bien —digo—. Me quedo.

¿Por qué dije eso? ¡No! No puedo quedarme. Voy a volverme loca si me quedo.

—Muy bien —dice—. Ahora... —pone los brazos sobre sus caderas y señala la cama con un gesto de la cabeza—. ¿Qué lado escoges?

Estoy perdida.

DIECINUEVE

Así que esto está pasando. No lo estoy soñando ni imaginando. Sonya alarga la mano y retira el edredón, mirándome expectante.

—Mmm... —digo—. ¿Tienes un saco de dormir...?

Me mira con una mueca como si estuviera yo *loca*. Ay, Dios. ¿Estoy siendo todavía más obvia por pretender dormir en el piso? Mierda. *Mierda.*

—Es que luego los colchones de otras personas son demasiado suaves para mi espalda —añado enseguida, a manera de pretexto y sonando por supuesto como una anciana. ¿Mi espalda? ¿Puedo, por favor, cavar un hoyo y esconderme en él para siempre?

—Bueno, acuéstate y compruébalo —dice—. El mío no es demasiado suave.

Hago lo que dice porque no puedo objetar sin que resulte extraño. Tiene razón: su colchón es firme. Sus sábanas y almohadas, sin embargo, son suaves. Acostarse en la pila de almohadas es como hundirse demasiado en algo, sin una soga que te traiga de regreso.

No puedo hacer esto. No hay manera de que pueda yo dormir junto a ella.

—En verdad, no tengo ningún problema con un saco de dormir —digo, intentándolo por última vez, en vano.

—¿Huelo mal o qué? —pregunta Sonya medio en broma.

—Olvídalo —respondo, porque si me provoca, puede ser que lo revele todo.

—Si roncas, está bien —me tranquiliza, subiéndose a la cama y deslizando sus largas piernas bajo las sábanas—. Duermo como un tronco.

—¿Tienes el sueño profundo?

—Como los muertos.

—Estoy segura de que despertar contigo por la mañana debe ser divertido —digo.

Me sonríe.

—SJ una vez me lanzó a la alberca para despertarme.

—¿Qué tienen ustedes con echar a la gente al agua? —pregunto pensando en la vez con Trenton en el lago.

—¡Fue divertido! —protesta con una risa silenciosa.

—Si tú lo dices.

Se inclina y mi corazón deja de latir porque se está inclinando *hacia mí,* tan cerca que se me olvida respirar, pero luego me doy cuenta de que sólo está alcanzando la lámpara de la mesa de noche. La apaga y nos deja en la oscuridad. Cuando retrocede, lo hace demasiado lento y eso sólo puede ser a propósito.

Ya he dormido en las casas de otras personas. Me he acurrucado bajo ásperas sábanas de Disney junto a otras chicas. Pero esto no se parece en nada.

Sonya no es como esas otras chicas. Ella es todas las preguntas que alguna vez he tenido: sobre mí, sobre el amor, sobre el tacto. Y ella está en esta cama matrimonial conmigo, bajo las mismas sábanas que yo, y nada nos impide tocarnos. Mi piel bulle, pero nada pasa. En la oscuridad, oigo los susurros de su movimiento mientras se gira hacia su lado.

—¡Buenas noches! —dice con la espalda hacia mí como si nada.

—Buenas noches —repito, atontada, sin saber qué hacer. Me quedó ahí, acostada boca arriba, con las sábanas hasta la barbilla, parpadeando en la noche. Me quedo viendo la oscuridad hasta que mis ojos se ajustan, hasta que casi me acostumbro.

Si me muevo, todo mi cuerpo podría estallar por el dolor tortuoso de estar tan cerca, mientras me siento tan lejos. Así, simplemente me quedo ahí tendida, paralizada entre el deseo y la espera, entre la pregunta y la respuesta.

Respira con suavidad a mi lado, de manera tan uniforme que tiene que estar fingiendo, ¿cierto? Pero los minutos se alargan, y cuando emite un suave ronquido sé que no está fingiendo. Dijo que dormía como tronco.

Me angustié por nada. A lo mejor sí me estoy volviendo loca, interpretándolo todo.

No. *No.* No me lo estaba inventando. Esto, lo que sea que está creciendo entre nosotras, es verdad.

Finalmente me recuesto, de espaldas a ella, muriendo por conciliar el sueño. Pero no lo voy a lograr: está demasiado cerca. No hay manera; imposible dormir en sus sábanas, en su recámara, envuelta en su olor a flores y cítricos, en el calor de su cuerpo a sólo centímetros de mí.

Me giro otra vez. Ahora quedo de frente a ella. En la oscuridad, apenas puedo distinguir la forma de su figura, ya ni se diga la cara, pero no importa.

Creo que podría invocar su imagen incluso si pasaran veinte años sin verla. Creo que algún día, cuando esté canosa y arrugada, podré cerrar los ojos y verla perfectamente, de diecisiete años y sonriéndome sólo a mí.

A lo mejor me quedo dormida si cuento mis respiraciones. Creo que eso hacen en meditación, pero no sé bien cómo se hace.

Esto es normal, digo para mis adentros. *Las chicas tienen pijamadas. Duermen en la misma cama. Es normal. No significa nada.*

Sus manos *se entretuvieron.* No hay otra palabra para eso. Cuando me estaba untando la loción medicinal en la espalda, se entretuvieron sobre mi piel. Lo sé porque las mías hicieron lo mismo sobre la suya.

Hace un ruidito sordo y yo me quedo engarrotada. El colchón se mueve y con su movimiento yo me deslizo un poco hacia el centro. Su brazo se desploma y queda enroscado a mi lado. Es un contacto muy simple, pero esparce calor por todas partes. Pequeñas chispas viajan a partes de mi cuerpo de las que nunca antes fui consciente mientras sus dedos se curvan hacia la suave piel de mi vientre.

¿Está despierta? Imposible. Ella no...

¿O sí?

—Sonya —susurro.

No responde.

Me muevo, pero en lugar de que su mano se resbale, ella se acurruca más cerca, reduciendo los pocos centímetros que nos separan.

Nuestros cuerpos encajan como piezas de rompecabezas. Se curva en torno a mí como si fuera una luna en cuarto creciente y yo fuera la mitad oculta, algo que resguardar y abrigar. Suspiro por eso, suspiro por ella: esa larga línea de calor que crepita en mí. Deseo tanto y con tal prontitud que me quedo sin aire.

—Sonya —vuelvo a probar. Tengo que hacerlo. No puedo. Si sigo así voy a hacer *combustión*. Su mano se extiende sobre mi estómago, sus dedos rozando el resorte de mis shorts. Me quedo paralizada, incapaz de moverme, reacia a quitarme. Siento sus caderas apoyadas en mí, donde la camisa se le levanta y no hay más que piel: tanta piel y tan cálida que debería estar sudando, pero no. En vez de eso, caigo en su ardor; finalmente recobro el aliento y estoy casi jadeando.

—Mmm —suspira, y su cabeza cae entre mi cuello y mi hombro. La presión de sus labios no puede ser a propósito, porque se agitan en una exhalación como ronquido debajo de mi oreja, pero suelta otro suspiro y su cuerpo se relaja, con su brazo estrechándome.

Cierro los ojos, tratando de calmar la estampida de sangre a mi cabeza... y a otras partes de mi cuerpo. Me siento como una bomba a punto de explotar e inhalo, aprieto los ojos y trato de concentrarme. Uno, dos, tres, cuatro, exhala. Uno, dos, tres, cuatro, inhala.

Pierdo la cuenta de cuántas veces lo hago. No trato de moverme y zafarme de Sonya. Mejor me entrego a eso y memorizo la sensación de sus dedos sobre mí, la presión de sus pechos contra mi espalda. Es tan dulce, de tantas maneras. No me había dado cuenta de que alguien tan perspicaz pudiera ser tan dulce. Ni siquiera sé si ella sabe que es así, enternecedora y finalmente libre, si es algo que sólo puedes ver en sueños. Tal vez soy la primera persona que lo ve. Me pregunto si duerme junto a Trenton.

En cuanto me viene ese pensamiento a la cabeza, me pongo tensa y ella hace un ruido. Me aprieta un poco y su pierna se desliza entre las mías.

Sigo respirando (asombrosamente; quizá sea el mayor logro de mi vida) y mantengo los ojos cerrados. El tiempo pasa, y de alguna manera por fin me quedo dormida, envuelta en ella, tan cerca como nunca lo he estado de ninguna otra persona.

Y cuando me doy cuenta, la luz me está pegando en la cara.

—¡Buenos días!

Entrecierro los ojos para que no me deslumbre el sol; mis ojos batallan por ajustarse y mi mente por ponerse al día. Todo está demasiado brillante, ruidoso y vacío. Sus brazos ya no me estrechan, y es como si el cuerpo me doliera donde ella estaba apoyada.

—Qué bien dormí anoche. Eres como zolpidem, Coley.

Me quito las sábanas de encima y me aparto el cabello de la cara. Ay, Dios, debo tener todo el pelo revuelto, y con toda seguridad un aliento horrible.

Ella se ve maravillosa. Carajos. Por supuesto. Se ve como si hubiera dormido tan profundamente como dijo que dormiría y no hubiera pasado la noche bebiendo y enredándose en hiedra venenosa. Yo alcanzo a verme en el espejo de su tocador y me avergüenzo. Definitivamente, no puede decirse lo mismo de mí.

—Me alegra que hayas dormido bien —digo.

—¿Tú no? —me pregunta, y tengo la cabeza a punto de estallar por la noche anterior, pero me doy cuenta cuando intenta sacarme información.

—La absenta no me sienta muy bien —miento. No había tomado más que un sorbo, a duras penas se me había subido a la cabeza. Pero ella no necesita saberlo.

—¿Faith te dio absenta? —pregunta; las palabras se desparraman por su boca.

—Sí —digo con tacto, sin olvidar cómo actuó anoche cuando Faith y yo platicamos. No puedo evitar continuar, sólo para ver cómo va a reaccionar—: Después de que te fuiste con Trenton, ella y yo nos tomamos una copa.

—Te dije que Faith era conflictiva —me advierte Sonya.

—Lo consideraré —le contesto, aunque no quiero pensar en la idea de conflicto que pueda tener Sonya, tomando en cuenta que básicamente me *cuchareó* anoche.

—Como tú digas —responde Sonya—. Y no vayas a decir que no te advertí cuando ella intente ligarte, por ejemplo.

—Ay, qué horror —digo alargando las palabras, sin pensar.

—¿Qué significa *eso*? —pregunta Sonya.

—Nada —añado enseguida, saliéndome de su cama lo más rápido que puedo—. Me da gusto que hayas dormido bien. Ya me tengo que ir. Curtis estará preguntándose dónde estoy.

—Te llevo en el auto —dice Sonya.

—No tienes que...

—Sí, tengo que llevarte —dice—. No viniste en bicicleta, ¿te acuerdas? Yo te recogí. Vamos.

Vamos calladas casi todo el camino a casa. No sé qué hice mal. ¿Estaba despierta anoche? ¿Está enojada conmigo por no apartarme o algo? Si hubiera intentado hacerlo, me habría caído de la cama.

¿Estará avergonzada? La veo de reojo tratando de interpretar su expresión, mientras ella se concentra en el camino, pero cuando me descubre viéndola simplemente me sonríe alegre antes de seguir concentrándose en el camino.

—Te acompaño adentro —dice cuando se detiene frente a la casa.

—No es necesario —replico.

—Quiero ver tu cuarto —insiste.

—No he limpiado...

—No me importa —responde, y se baja del auto antes de que pueda yo seguir protestando, así que soy yo quien la sigue por el sendero que va al porche.

—Coley, ¿eres tú? —grita Curtis cuando entramos.

—Sí. Pasé la noche en casa de Sonya —digo.

Sale de la cocina al pasillo.

—Hola, Sonya.

—¿Cómo estás, Curtis?

—Hice hotcakes. ¿Ya desayunaron?

—Oh, no te preocupes, ya... —empiezo a decir.

—Me encantarían unos hotcakes —dice Sonya interrumpiéndome—. Gastamos mucha energía anoche, ¿verdad, Coley?

La miro fijamente mientras me sonrojo.

—Eeeh...

—Jugando a capturar la bandera —prosigue Sonya con soltura.

—Suena divertido —exclama Curtis, mientras nos hace señas para que pasemos a la cocina. Sirve los hotcakes y Sonya se sienta en el taburete al lado de la isla de cocina y vierte jarabe de maple en su plato.

Yo tomo el jugo de naranja que me da Curtis y me quedo completamente callada mientras ellos platican. Siento como si estuviera en un sueño extraño: después de pasar la noche con Sonya, literalmente *en sus brazos*, ahora estoy aquí sentada, desayunando con ella.

¿Así es cuando tienes una novia? ¿Simplemente creces y te mudas con ella y te despiertas con ella y desayunas con ella y... son felices?

La idea es demasiado estrafalaria para ser real. Es demasiado rara esta sensación que me crece en el estómago mientras Sonya bromea con Curtis sobre algo llamado el Festival Copo de Nieve que la ciudad organiza en invierno.

—Te va a encantar —asegura cuando ve mi expresión confundida—. Hay un concurso de muñecos de nieve.

—Eso suena a algo que yo detestaría —digo.

Curtis ríe.

—Tenemos a una Grinch aquí mismo en la cocina.

Lo fulmino con la mirada.

—¿Tú qué sabes de mis tradiciones decembrinas?

Se queda callado y serio. Sonya nos ve con expresión nerviosa.

—Ya me voy —dice con mucho tacto—. Veo tu recámara la próxima vez, Coley. Mamá necesita que cuide a mi hermana.

Asiento con la cabeza.

—Te mensajeo —me dice bajando del taburete—. ¡Gracias por los hotcakes, Curtis!

Limpio los platos, mientras Sonya sale sin que nadie la acompañe a la puerta, huyendo de la situación incómoda que yo y nadie más ha creado. Dios, ¿qué me pasa? Me doy cuenta de que Curtis está esforzándose, pero parece que todo lo empeora. No sé por qué.

—¿Estás bien? —pregunta Curtis.

—Sí, estoy bien.

Levanta una ceja y se inclina hacia delante, poniendo los codos en la encimera.

—Yo sé cómo es tener una resaca —me dice.

—Bien por ti —replico—. Me voy a acostar —siento los ojos arenosos, como si no hubiera dormido nada.

Cuando llego a mi recamara, me dejo caer sobre la cama y mi mano baja al sitio de mi estómago donde la de Sonya descansó tanto tiempo anoche. Inhalo y exhalo y mi mano sube y baja. Juro que puedo sentir su mano bajo la mía. El fantasma de su aliento contra mi cuello. El calor de sus caderas suavemente pegadas a las mías.

Los ojos se me cierran y por primera vez desde que sentí el peso de ella contra mí en su cama me permito deleitarme pensando en eso. *En ella*. En nosotras dos y en la tibia maraña de sueño que formamos bajo sus sábanas.

Espero que hayas despertado envuelta en mí, pienso, deseando que mis pensamientos floten entre las calles y los árboles hasta entrar por la ventana de su recámara. *Espero que no hayas sabido donde empezabas tú y dónde yo. Espero que te haya sacudido lo bien que se sintió despertar con tus brazos estrechándome. Espero que no hayas sabido qué diablos hacer contigo… porque yo anoche no supe qué hacer conmigo.*

Mis dedos se mueven, descienden, bordean el resorte de mis shorts… No, los shorts *de Sonya*. Están un poco apretados en la cintura y son más cortos de lo que a mí me gusta; a ella le cuelgan de la cadera, con la pretina baja, y dejan ver mucha piel.

Espero que también tú pienses en mí cuando hagas esto.

VEINTE

Usuario de LJ: SonyatSunrisex00x [entrada pública]

Fecha: 20 de junio de 2006

[**Humor:** irritada]
[**Música:** "Toxic" – Britney Spears]

¿Cómo se sienten todos? ¿Un poco irritados? :D

xoox
Sonya

Comentarios:

SJbabayy:
Qué risa. Yo casi me libré, tuve muy poco sarpullido. Tú cómo te sientes?

SonyatSunrisex00x:
Gracias por el consejo del tecnu! Estoy bien. No tuve nada de sarpullido!

Sjbabayy:

Dile a Coley que gracias de nuevo, por favor. Y que tengo su blusa. Puede venir por ella a mi casa si quiere.

SonyatSunrisex00x:

Claro!, yo le digo.

T0nofTrent0nnn:

No puedo creer que pienses que esto es divertido. Es una mierda.

Sjbabayy:

Relájate, Trenton.

T0nofTrent0nnn:

Coley nunca debió llevarnos a un maldito lago de hiedra venenosa.

MadeYouBrooke23:

Ya ves lo que dicen de las chicas citadinas...

SonyatSunrisex00x:

Por qué no se callan ustedes dos? Estaba oscurísimo, y si no nos hubiéramos escondido los policías podrían habernos levantado. Eso es mucho peor que un sarpullido!

MadeYouBrooke23:

Cálmate! Era una broma. Perdón!

T0nofTrent0nnn:
*Tienes que proteger a tu perrita faldera Coley, eh,
Sonya?*

SonyatSunrisex00x:
Vete al carajo.

Usuario de LJ: SonyatSunrisex00x [entrada privada]
Fecha: 20 de junio de 2006

[**Humor:** preguntándome]
[**Música:** "Soul Meets Body" – Death Cab for Cutie]

cama

despertar juntas
agridulce deseo
¿también lo sientes?

VEINTIUNO

SonyatSunrisex00x: ven
RollieColey87: en este momento?
SonyatSunrisex00x: podemos nadar. acaban
de limpiar la alberca.

Me veo el brazo; el pequeño parche de sarpullido por la hiedra venenosa ya casi desapareció gracias al veloz tratamiento de Sonya. El cloro tal vez no ayude, pero no voy a rechazar una invitación suya. Sobre todo, después de esa fiesta.

RollieColey87: voy para allá.

Ya pasó una semana. Hemos hablado y ella vino una vez, pero todo indica que su mamá se enojó de que no respetara la hora de llegada y la hizo cuidar a Emma toda la semana, así que hemos chateado en Messenger sobre todo.

Ir en bicicleta para allá es como bajar volando las calles, todos los semáforos se ponen en verde para mí, alentándome.

Llego en tiempo récord y cuando abre la puerta me está sonriendo como si verme fuera justo lo que necesitara.

—Qué bien, *por fin* —me toma del brazo y tira de mí hacia dentro—. Mamá llevó a Emma por helado de yogurt y a mí no me dejaron ir.

—Sigues castigada, ¿eh?

—En su mente. Pero nunca nos deja añadir buenos *toppings* sólo saludables.

Hago una mueca.

—¿Sprinkles no?

—Los Sprinkles son para los cumpleaños.

—Los Sprinkles deberían ser para todos los días —digo, pensando en mi mamá y en cuánto le gustaba el pastel Funfetti. Siempre le echaba Sprinkles extra.

Sigo a Sonya por la casa, tratando de, esta vez, no reaccionar cuando se quita la blusa, antes de que siquiera salgamos a la alberca. Su bikini rojo está lleno de tiras y triángulos estratégicamente ubicados, y no puedo pensar en otra cosa que en cómo se sentían sus hombros bajo mis manos. Cómo sus piernas se enredaron con las mías cuando dormimos, sus dedos de los pies haciéndome cosquillas en la planta de los pies mientras respiraba en mi cuello. Su brazo me estrechó muy fuerte, como si aun dormida tuviera miedo de lo que pasaría si me soltara, como si me fuera a ir corriendo o me pudiera perder.

Pero lo cierto es que en el instante en que me metí a su cama y me envolví en su ropa, yo ya estaba perdida.

Ella se zambulle en la alberca, tan suave que casi no salpica, y yo todavía no la alcanzo, estoy mirándola en lugar de quitarme la ropa y quedar en traje de baño. Me desvisto, pero salto. Uso los escalones, dejo que mi cuerpo se acostumbre al agua, fría sobre mi piel acalorada. Nado hacia ella.

Me escupe agua en cuanto me acerco, río esquivándola; la salpico ahora yo y se da una vuelta como sirena, contoneándose. Su cabello oscuro es un manchón que sigo debajo del agua.

Flotar de un lado a otro, sólo nosotras, es como atrapar luz de estrellas. Como si ella la hubiera embotellado y desparramado para que jugáramos con ella. Bebo de esa luz, doy vueltas alrededor de Sonya, salpicando y riendo. Mientras más tiempo pasa, más nos acercamos, hasta que nuestros cuerpos no sólo se rozan sino se enroscan el uno alrededor del otro y luego mi espalda está apoyada en la orilla de la alberca y sus manos están a los dos lados, tan cerca.

—¿Qué ves? —le pregunto.

—A ti —dice.

Pestañeo sin saber qué responder. Estamos en el lado hondo; lo único que me mantiene erguida es la pared inclinada de la alberca y mis pies sobre ella, pero cada vez que los muevo me balanceo hacia delante. Tan cerca para poder tocar, pero sin llegar del todo ahí.

Sólo puedo pensar en la presión de su cuerpo contra mi espalda: cómo se acomodan sus rodillas en la parte posterior de las mías, como dos gotas de agua singulares. Ese refugio secreto de su cama, donde nadie podría tocarnos.

—Ojalá tuviéramos un poco de marihuana —dice—. No me he drogado desde la noche de la fiesta.

—Creo que leí que si ves a alguien a los ojos unos minutos, puedes sentirte drogada —replico.

—¿De veras?

Asiento con la cabeza.

—Tiene algo que ver con la química cerebral.

—Oh, qué científico —dice Sonya—; ¡hagámoslo!

—¿Quieres que te mire fijamente?

—¿Tan desagradable es mirarme? —pregunta, haciendo unos ojitos que indican que en su comentario no hay una pizca de inseguridad.

—Eres una ridícula y lo sabes.

Hace un puchero, que la hace verse aún más tierna, y probablemente también eso lo sabe.

—¡Quiero sentirme drogada!

—¡Está bien! —cuadro los hombros y me sostengo de la orilla de la alberca para quedar más firme. Respiro hondo y la miro.

Ella me mira de vuelta, y de pronto estoy maldiciéndome por haber propuesto este juego tonto, porque ahora es ella la que se menea atrás y adelante, dentro y fuera de mi espacio. Si me estiro, podría enganchar el brazo en su cintura. Podría deslizar mis dedos por su espalda, enredarlos en los cordones rojos del bikini y...

A lo mejor hay algo de cierto en eso de que mirar a alguien fijamente te hace sentir drogada, pues la cabeza me da vueltas... pero a lo mejor la causa es ella.

Sus ojos son de ese cálido color dorado que te hace caer en ellos, arremolinarte en el calor hasta que no puedas volver a imaginar algo frío nunca más. Se oscurecen con el rojo de su traje de baño y el lacio brillante y húmedo de su cabello, pero en la luz se tornan color miel jaspeado con algo más profundo que querrías pasarte la vida persiguiendo.

Yo podría pasarme la vida persiguiéndola a ella. Ferviente y obstinadamente.

Pero ella podría pasar la vida corriendo. Podría nunca alcanzarla. Por eso da tanto miedo.

—¿En qué estás pensando? —susurro, porque tengo que preguntar, tengo que saber.

Se humedece los labios y, no puedo evitarlo, mi mirada desciende y se queda ahí mucho tiempo. Tiene que darse cuenta. Estoy a punto de que no me importe.

No actuaría así si no lo sintiera también ella. No actuaría así.

—Yo... —empieza a decir.

Llega una pelota de playa que salió de la nada y me da un golpe fuerte en la cabeza. Una carcajada rompe el silencio.

—¡Trenton! —grita Sonya.

Sobresaltada, me alejo de la pelota. Me tomó tan desprevenida que trago el agua. Salgo a la superficie tosiendo.

—Caray, Coley, ¿estás bien? —pregunta Alex, corriendo hacia mí.

—Estoy bien —digo medio atragantada, pero acepto la mano que me ofrece y dejo que me ayude a salir del agua. Me dejo caer en la orilla de la alberca y toso contra mi puño; me arde la garganta y siento el fuerte sabor del cloro en la boca.

—Pobrecita —dice Sonya dándome unos golpecitos en el muslo.

—Estoy bien —replico, desviando la mirada hacia Trenton—. Me voy a secar.

Me levanto para ir a la pila de toallas y paso junto a él sin decir palabra, con la esperanza de que me deje en paz, así que, por supuesto, viene hacia mí al mismo tiempo que Sonya le pregunta a Alex si tiene hierba.

—Mira lo que hiciste —dice Trenton extendiendo el brazo agresivamente hacia mí. Tiene un repugnante sarpullido que supura. Retrocedo.

—Qué asco —grito envolviéndome en una toalla—. Quítame eso de enfrente.

—Es tu culpa.

—¿No te pusiste de esa loción? —le pregunto.

Pone los ojos en blanco.

—No tuve tiempo de ir por ella.

—¡Ay, Dios! —exclama Sonya detrás de nosotros—. ¿Qué pasó?

Trenton abre mucho los ojos y pone expresión lastimera.

—Mira lo que me hizo la hiedra venenosa, nena —dice patético y me da un vuelco el estómago cuando ella se lo cree todo y corre hacia él—. Me puse la loción tal como me dijiste —miente—, pero me debe haber tocado una parte más fea cuando Coley nos hizo escondernos en el barranco.

—Ay, se ve horrible —dice ella—. ¿Qué te has aplicado desde que empezó a supurar?

—No sé.

—Trenton —lo regaña—. Sabes que debías aplicarte algo. Voy por el botiquín de primeros auxilios. Necesitas ponerte calamina.

—Eres lo máximo —dice Trenton, pero al decirlo no está viéndola a ella, sino a mí, con los ojos brillantes.

Aparto la mirada, luchando contra esa sensación de náuseas que me crece en la garganta.

Deberías cuidarla de él, me dijo Faith. Empiezo a entender a fondo por qué. No es nada más un cabrón: es muy manipulador.

Quiero alejarme de Trenton todo lo posible, pero no quiero dejar a Sonya, así que voy adonde Alex está sentado, remojando los pies en el agua.

—¿Cómo has estado? —me pregunta.

—Bien, ¿y tú?

—Ocupado —responde—. Tuvimos visita familiar.

—¿Eso es bueno o malo?

—Mis tías hacen tamales, y eso siempre es bueno, pero tengo que entretener a mis primos y son agotadores.

—¿Cuántos años tienen? —pregunto.

Abre la boca para responder, pero la voz de Trenton suena más fuerte que cualquier cosa que él vaya a decir:

—¡No me eches de esa cosa! ¡Es rosa!

—Trenton —dice Sonya suspirando. Me giro para ver hacia las tumbonas donde puso el botiquín. Está tratando de untarle loción de calamina en el brazo—. Tienes que dejarme curar eso. Está asqueroso.

—No puedo tener una cosa rosa por todo el brazo. Dame algo que sea para hombres.

No puedo evitar reír, pero lo hago discretamente. Estamos del otro lado de la alberca, así que Trenton no me oye, pero Alex sí.

—¿Qué no sabes que tan sólo tener contacto con algo rosa te vuelve gay? —pregunta sarcásticamente, sonriéndome y poniendo los ojos en blanco—. Tiene razón en estar tan preocupado.

—Las heridas purulentas que dan picazón son algo muchísimo mejor que exponerte al temido rosa —afirmo solemnemente.

Alex arruga los ojos y reímos juntos, lo bastante fuerte para que Sonya se vuelva para vernos.

—¿Ustedes dos de qué se ríen? —exige saber.

—De nada —dice Alex en tono tan inocente que río todavía más fuerte.

—¿Puedes, por favor, explicarle que necesita ponerse la loción en el brazo? —le pide Sonya a Alex—. Esto es ridículo —le dice a Trenton.

—Consígueme una loción de calamina de otro color.

—¡Hombre, el ingrediente activo en esa cosa es lo que lo hace rosa —dice Alex—. Lidia con eso. Si no dejas que eso te cure, terminarás con veneno de hiedra en tus partes bajas.

Los ojos de Trenton se abren como platos de manera muy cómica.

—Dame esa cosa de calamina —exclama al instante.

—¿Ves? Es fácil —me dice Alex a mí.

—Eres un verdadero maestro.

—Muy bien, ya terminamos —exclama Sonya guardando la loción de calamina—. Tienes que dejar que se seque, y tienes que ponerte más mañana. Recuerda lo que dijo Alex.

—Tú siempre me cuidas —dice Trenton, rodeando a Sonya, tratando de acercarla a él, con el brazo recién tratado y todavía muy contagioso.

—¡Trenton! —protesta empujándolo.

—Bueno, ya vámonos.

Sonya sigue mirándolo con cara de pocos amigos y la nariz arrugada.

—¿Adónde?

—Recuerda que los papás de Alex están de vacaciones. Vamos a pasar el rato allá. Despídete de Coley y agarra tus cosas. Apúrate —le da un suave empujoncito para que se mueva pero ella planta los pies en el suelo, y ahora lo fulmina con la mirada de una manera que yo no le conocía. Soy lo bastante mezquina para reconocer que me gusta que de repente parezca tan enojada con él.

—¿Qué diablos te pasa, Trenton? Coley también está invitada —le reclama Alex—. Me encantaría que vinieras —me dice a mí con una sonrisa.

—Gracias —contesto.

—No, gracias —dice Sonya con firmeza, acercándose a mí y tomándome del brazo—. Coley y yo tenemos otros planes.

—¿Qué clase de planes? —pregunta Trenton.

—No es de tu incumbencia —replica Sonya con voz cantarina—. Tú no estás a cargo de mi agenda, Trenton.

—Como tú digas —exclama él, y sale pisando fuerte como un niño de dos años enojado.

—Las veo más tarde —nos dice Alex.

—Francamente —añade Sonya, poniéndose los pantalones cortos y la blusa. Yo hago lo mismo, pero apenas tengo tiempo de terminar de abotonarme los shorts cuando ella ya está caminando otra vez—. Él es tan obvio —saca una botella de vodka del carrito de bar junto a la alberca y la mete debajo de su blusa—. Vamos a nuestro lugar en las vías.

—¿Cerca del puente?

Asiente con la cabeza.

—¿Siempre ha sido así de posesivo? —lo pregunto tratando de sonar lo más despreocupada posible, mientras salimos de la casa. No puedo sacarme de la cabeza lo que Faith dijo de Trenton.

—Como todos los chicos —dice.

—Siempre dices cosas así.

Se vuelve hacia atrás y me lanza una mirada confundida.

—¿De qué hablas?

—Siempre hablas de todas estas cosas malas que Trenton hace, por lo general a ti, e insistes en que todos los chicos hacen eso.

—Sí...

—No creo que todos lo hagan. Creo que sólo los tipos de mierda lo hacen.

Levanta las cejas tan rápido que mi primer instinto es retroceder.

—¿Y *tú* cómo sabes? —pregunta.

Pero en vez de echarme atrás me enfrento a ella. Si me hace un comentario mordaz, yo respondo con lo mismo. Estoy preparada para sus tonterías.

—Oh, ya me conoces —añado, pasando rápidamente junto a ella—, ya te he contado de todas esas fiestas en las que bailaba sobre las mesas. ¿Crees que no he tenido mis encuentros con hombres? He dejado un reguero de corazones rotos —exclamo, moviendo las cejas y haciendo que suene lo más tonto y exagerado posible. Ella suelta una carcajada y toda la tensión de su cuerpo se transforma por un momento en dicha—. ¿No te digo? —agrego, y ahora se queda callada demasiado rápido, como un CD que se salta entre canciones.

—Trenton no siempre es malo —insiste—. Es cierto que quería dejar a todos abandonados en el granero...

—Reaccionaste rápido y bien al quitarle las llaves —comento subiéndome a mi bici.

—No es la primera vez que he tenido que hacerlo —replica, antes de subirse de un brinco a la suya. Arranca adelante de mí. Su cabello vuela hacia atrás como bufanda de seda. Tengo que mover los pedales con fuerza para alcanzarla.

Dejamos las bicicletas en el lugar cerca de las vías, recargadas en árboles donde nadie las va a encontrar. Sonya avanza de puntitas por el riel, extendiendo los brazos para equilibrarse, brincando adelante y atrás en zigzag sobre las vías. Tiene un garbo juguetón; no me extraña que gane todas las competencias. Cuando está inspirada, es imposible dejar de verla, y cuando está desprevenida es totalmente luminosa.

Brillaría muchísimo si se lo permitiera. Si se conociera, si confiara en sí misma.

Pero yo, ¿con qué derecho hablo? Si a duras penas puedo confiar en lo que siento cuando estoy cerca de ella. Es como si me extrajera todo el aire de los pulmones y se llevara mi aliento, mi corazón y todos los pedazos de alma que me quedan.

—Cuando era niña —anuncia Sonya, con una voz tan pomposa que me doy cuenta de que el vodka ya está haciendo efecto—, mamá me ponía unos vestidos como de princesa y la falda se levantaba cuando yo giraba —da una vuelta con un pie en el riel, un giro en cámara lenta que la hace reír y por poco caer—. Así que, por supuesto, mamá me dijo que dejara de girar, no era propio de una dama. Y *tenemos* que ser unas damas hechas y derechas —Sonya sacude la cabeza de un lado a otro, parloteando para imitar a su madre—. *Sé una dama y quédate quieta, Sonya. Te puedes mover en la clase de baile y en las competencias, pero en ningún otro lugar* —suspira, deja caer los hombros—. A Emma le está haciendo lo mismo. Va a matar su gusto por el baile.

—¿Eso es lo que te hizo a ti?

Sonya está callada, mirando fijamente el puente delante de nosotras.

—Te reto a una carrera.

—Sonya… —empiezo a decir, pero ya está corriendo.

"En verdad, con esta chica no se puede", digo para mis adentros, y salgo a toda marcha tras ella. No la veo; aquí la curva de las vías desaparece hacia los árboles, y cuando oigo el silbato del tren me entra un miedo que se siente como una descarga eléctrica en todo el cuerpo.

—¡Sonya! —salgo disparada tomando la curva ciega tan rápido que el mundo se desdibuja a mi alrededor. Lo único que veo es a ella, ahí parada, con la botella de vodka en una mano, de espaldas al tren que se dirige hacia ella.

VEINTIDÓS

¡Sonya, muévete! —grito.

—No me digas lo que... —replica.

Choco con ella y la saco de las vías; rodamos por el terraplén hacia el pasto espeso que crece alrededor de los árboles. Sonya está arriba de mí, su cabello se levanta en la brisa mientras el tren pasa junto a nosotras a toda velocidad. El ruido del silbato me llena los oídos y todos los sentidos. Ella tiene los ojos completamente abiertos.

El estruendo metálico y el polvo que se alza alrededor debería ser un caos, pero todo lo que puedo ver es a ella y no siento nada más que los latidos de su corazón contra el mío. Es una sensación extrañísima: mi corazón aminora el ritmo para igualarse al de ella, nuestras respiraciones son un reflejo la una de la otra. Alargo la mano y le acomodo el cabello detrás de la oreja.

Ella no se aparta. No se inmuta.

Se inclina hacia mí cuando le acarició la mejilla. Cierra los ojos, y cuando su mano cubre la mía es como saber lo que es el alivio, por fin, después de lo que ha parecido una eternidad.

Así es como debe ser.

El silbato empieza a apagarse, el tren desaparece en la curva y yo sigo ahí tendida, cubierta por su cuerpo, sostenida por su mano, el corazón latiéndome en el cuerpo a pesar de no ser mío, sino suyo.

Se impulsa hacia arriba para incorporarse, sólo un poco, para liberarme de su peso, pero yo no quiero que me libere, así que me muevo en la misma dirección que ella, imitándola. Nos quedamos acostadas en el pasto crecido, una al lado de la otra, con las piernas entrelazadas.

Ya no se vuelve a apartar.

—¿Estás bien? —pregunta, y yo asiento con la cabeza.

—Tendría que haber estado poniendo atención, lo siento —añade.

—Está bien. No es que alguien fuera a extrañarme si un tren me aplastara.

Niega con la cabeza como si eso fuera una idea inconcebible, cosa que me alegra, pero entonces dice:

—Tu papá...

—Ya hablamos de eso —la interrumpo—. En realidad, él no es...

—A mí tu papá me pareció agradable —exclama, hablando al mismo tiempo que yo, casi desconcertada.

—¿Qué?

—Cuando te dejé la mañana después de la fiesta, tu papá estaba haciendo hotcakes. Fue agradable.

—Supongo.

—¿Está tratando de ser mejor papá? —pregunta Sonya. Sus ojos se están abriendo más y su mirada se torna más reflexiva—. Es lo que mereces, Coley.

Me digo que está ebria y con un subidón de adrenalina, por eso está insistiendo con este tema, a pesar de que la última vez dejé claro que yo no quería tocarlo.

—¿Y tu mamá?

Me quedo muy rígida y su cuerpo se tensa contra el mío pero no se aleja; por el contrario, se acerca, como si supiera que pronto seré yo quien tenga que apoyarse en ella.

—Nunca la mencionas —dice Sonya.

—Ella se fue —replico, porque sigo sin encontrar un buen modo de decirlo. Una no piensa en estas cosas hasta que tiene que hacerlo. Una nunca se da cuenta de cuántas preguntas pueden surgir, para las que de pronto tienes que cambiar tus respuestas—. Quiero decir, está muerta.

Los dedos de Sonya se doblan en mi brazo, un suave apretoncito que dice *Aquí estoy,* mientras nos vemos fijamente la una a la otra en las sombras de los árboles, cada vez más largas. Respiramos juntas, nuestros cuerpos suben y bajan al mismo ritmo, como si tuviéramos el mismo corazón, aunque sólo sea por un instante.

—¿Hubo un accidente o...? —Sonya hace una pausa—. ¿Puedo siquiera preguntar? Lo siento, no tengo... no soy muy buena para estas cosas. Pero puedes hablar conmigo. Puedo intentarlo. Quiero intentarlo. Quiero ayudarte.

Es como si me entendiera por completo, me ofrece exactamente lo que necesito.

Es la única manera como puedo decirlo en voz alta.

—Mamá se quitó la vida.

Silencio. Desearía que mis palabras pudieran flotar de mis labios al agua, que la corriente se las llevara a un río o a un océano, que formaran parte de esta enorme canica. Así le decía mamá a la tierra. Me dieron sus cenizas y sé que aborrecería estar metida en una urna funeraria; ella querría estar viviendo y creciendo, hermosa, en algún lugar. Pero no soporto siquiera ver la urna, ya ni se diga abrirla. A veces, soy un jodido fracaso.

—Coley, lo siento tanto.

Asiento con la cabeza, porque esas palabras las he oído mucho. ¿Qué más puede decirse?

—Ella no estaba... ella en realidad estaba tristísima. Pasó por ciclos de depresión. Estaba arriba y luego abajo, pero siempre se recuperaba. Y un día... —vuelvo a detenerme y me veo las manos. Su peso contra mí, tan tibio y familiar, me hace seguir. Porque necesito hablar de eso, ¿cierto?—. No creo que hubiera estado intentando... Creo... que sólo estaba tratando de anestesiar el dolor y tomó demasiadas pastillas y... —exhalo lentamente—. Perdí mi primer autobús —digo al fin—. Normalmente, tomaba el de las dos quince, pero se me fue y tuve que tomar el de las dos treinta, y desde entonces todos los días me he preguntado... Si hubiera tomado el de las dos quince, que era el que tenía que tomar, a lo mejor la habría encontrado a tiempo...

Las lágrimas resbalan por mis mejillas, pero no puedo enjugarlas siquiera; estoy exhausta después de haber dicho por fin eso que ha estado revolviendo las aguas picadas de mi mente.

Pero entonces descubro que no tengo que hacerlo.

Porque ella me está tendiendo la mano. Me está sosteniendo la cara como lo hice yo con la suya, y con el pulgar me enjuga cada lágrima como si fuera algo muy preciado. Como si yo lo fuera.

—Oh, Coley, *no* —nunca antes había conocido la ternura, hasta que la piel de su pulgar, mojándose contra mi pómulo, se lleva mis lágrimas—. Hiciste todo lo que pudiste. Si hubieras tenido que encontrarla… Ay, Dios, cuánto lo siento —presiona la frente contra mi sien y siento que resbalan por mi mejilla lágrimas que no son mías.

Nuestras lágrimas se mezclan, nuestras frentes se tocan, y aquí, en mi dolor, somos una. No hay *yo*, no hay *ella*. Sólo hay *nosotras*.

—No puedo creer lo que tuviste que sobrevivir —susurra Sonya contra mi mejilla—. ¿Sabes lo increíble que eres?

Me sostiene la nuca con las manos ahuecadas y con el pulgar me acaricia de arriba abajo la base del cráneo, haciéndome temblar de la emoción.

No puedo detener el ruido de mi garganta, este sollozo entrecortado que mana de mí a chorros. Es como si, hablándome, acariciándome, tranquilizándome, ella estuviera sacando todo lo que he estado reprimiendo. Soy como una botella de champaña agitada, desparramando el líquido por todas partes.

—Sé que la razón por la que estás aquí, en esta ciudad, es trágica y lamento mucho lo de tu mamá —susurra Sonya—, pero me hace muy feliz que estés conmigo, poderte conocer y que me tengas suficiente confianza para contármelo.

Me echo atrás. Mi respiración incontrolada sobre toda su piel, mientras mis ojos se encuentran con los suyos. Sonríe, mueve la mano que tiene en mi nuca para acomodarme el cabello detrás de la oreja izquierda, como hice antes yo con ella. Pero no retira la mano. La deja ahí, y sus dedos me acarician la mandíbula. Me estremezco. Nunca nadie me ha tocado antes ahí. Aprieto los muslos. No deja de acariciarme, ahora con mayor suavidad.

—Hey —dice Sonya—. Te quiero… decir algo.

—¿Sí? —pregunto con el ceño fruncido.

—Te quiero decir... que te quiero —dice despacio.

Escondo mi risa de alivio en una respiración honda.

—¡Eres una cursi! —añado, sonriendo.

—¡No lo soy!

—Sí lo eres. Tratas de disimularlo, pero yo lo veo —sostengo sus manos mientras ella trata de apartarse, fingiendo enojo y haciendo puchero—. Yo me doy cuenta —digo, y sus muñecas están atrapadas en mis manos, entre nosotras, y todo su cuerpo se inclina hacia el mío como si fuera ahí donde debemos estar.

—Yo también te quiero —susurro, porque es momento para un susurro. Es un momento para recordar.

Recordar la parte más suave de su piel que haya conocido hasta ahora: la parte interna de la muñeca, donde sobresalen las delicadas venas, los tendones... Recordar ese nudo en su garganta mientras se acercaba, sus ojos apenas entrecerrados mirando mis labios.

Me doy cuenta de quién es *ella*, la chica a la que trata de ocultar.

La chica que me ve los labios como si quisiera devorarme.

—Nunca he conocido a nadie como tú —dice muy quedo, para no romper el silencio que hemos creado en nuestra pequeña burbuja. Ni siquiera oigo el paso del agua. Si viniera un tren y yo estuviera atada a las vías, no oiría el silbato. Sería mujer muerta con toda seguridad.

Pero, ¡Dios!, qué manera de irme: en sus brazos, con sus caderas a unos centímetros de mí.

Lo único mejor sería eso que todavía no me atrevo a pensar. Estamos a punto, como todas las otras veces, pero cada una de esas veces ella ha retrocedido. Y si yo avanzara, podría perder.

Podría estrellarme.

O podría quedarme aquí para siempre, sumergiéndome en su mirada.

¿Es ella quien se mueve o soy yo? No lo sé. Creo que somos las dos. Un punto de quiebre sincronizado, ella y yo somos un solo corazón en este momento: una sola respiración, un solo pulso.

Nuestros labios se rozan. Sólo se rozan. Se juntan apenas, se separan y se juntan de nuevo. Mis labios sobrevuelan los suyos, como una piedra que rebota a lo largo de un estanque quieto. Pero luego ella hace este ruido que se me engancha en el estómago, apenas unos segundos de que su lengua toque la mía, y entonces...

Ay.

Entonces.

Nuestros dedos y piernas entrelazados, su muslo deslizándose entre los míos como esa noche en la cama, como si fuera algo casi conocido y, ay, tan necesario. Mis dedos se envuelven en su cabellera antes de que los suyos se envuelvan en la mía, y qué extraño y maravilloso al mismo tiempo, ser la una reflejo de la otra. Su mano deslizándose por mi clavícula... y más abajo, más abajo. Sus suspiros... y mis dedos imitando el movimiento de los suyos.

Me retumba por dentro, se arremolina en mi cabeza como el olor de su champú de peonía y el calor embriagante de su boca. Esas dos palabras. Su verdad latiendo en mi pecho como un tambor mientras nos besamos y nos besamos y nos besamos.

Te quiero.

Te quiero.

Te amo.

VEINTITRÉS

No hablamos. Besarla me deja sin aliento, así que no creo poder, aunque tratara. *Besarnos* no termina de describir lo que es esto: conocer su boca como si fuera un secreto que quiero atesorar.

Hasta cuando los besos disminuyen, nos enroscamos como la hiedra trepando por un árbol. En el pasto crecido, cuando se pone el sol nos cubro con mi chamarra y ella se acurruca cerca de mí, con el cuerpo flojo y relajado, como si supiera que está a salvo. Nunca permitiría que nada le pasara. Pelearía con todo el maldito mundo por ella. Sé que tal vez tenga que hacerlo, y estoy lista. Vale la pena. Dios, vaya que sí.

Sus labios revolotean en la piel de mi cuello y su pulgar me masajea la muñeca. Después de un rato, el movimiento se hace más lento junto con su respiración y yo la estrecho más fuerte cuando se queda dormida. No quiero que el día termine. Quiero quedarme aquí, donde nada nos pueda alcanzar.

Al principio no ubico qué es ese zumbido, pero luego me doy cuenta de que viene de su bolsillo. Ella se estira junto a mí y despierta lentamente. Me mira parpadeando y sólo puedo pensar en que quiero observarla despertar por siempre.

—Hola —susurro estirando el brazo para quitarle el pasto del hombro.

Su teléfono sigue vibrando. Se retira el cabello de la cara y saca el aparato de su bolsillo.

—¡Carajo! —se pone de pie de un salto.

—¿Todo bien?

—Sí —dice mirando fijamente el teléfono, sin volverse a verme—. Sí, es sólo que... —levanta la mirada y la detiene en mí durante un momento contundente y electrizante antes de regresar a su teléfono a revisar los mensajes—. Tengo que irme, tengo cosas que hacer.

Antes de que yo pueda reaccionar, antes de que pueda decir nada, ella ya salió disparada hacia las vías, a tal velocidad que yo tendría que correr rapidísimo para alcanzarla.

Me quedo ahí parada, viéndola hasta que su figura desaparece en la tenue luz del anochecer.

¿Qué carajos acaba de pasar?

Me obligo a regresar a casa. Cada movimiento representa un esfuerzo, pero lo hago. Cuando llego a mi recámara, mi cabeza es un caos total. Cuando me toco los labios, después, se siente como algo irreal.

Yo misma me siento irreal. Me encuentro de repente en un mundo en el que soy una chica a la que besan *así*. A la que *ella* besa. Es un cuento de hadas fantástico vivir *eso* de pronto: eso de lo que todo el mundo siempre ha hablado, pero adaptado *a mí*. La princesa conoce a una princesa, *felices para siempre* me da vueltas en la cabeza y mi cerebro ni siquiera sabe cómo debería ser tras el primer beso, pero me estoy esforzando.

¿Por qué salió corriendo? ¿Está bien? ¿Le llegó un mensaje de texto de su mamá o algo? Tengo que saberlo. Voy a mi computadora y mi corazón literalmente *salta* cuando veo que está en línea.

RollieColey87: hola

Me quedo viendo fijamente su nombre de usuario, deseando que responda. Pero, por el contrario, de pronto cambia su estado a "ausente".

Eso es lo malo de enamorarse.

Estás en las nubes y de repente te puedes caer.

Regresa. Lo deseo con todas mis fuerzas y trato de comunicárselo a la pantalla con una mano en el ratón y la otra aún presionándome los labios, donde *los suyos* habían estado. Ella me había *besado.* Una y otra vez, como si quisiera beber de mí, muerta de sed y desesperada.

Regresa.

Pero ahora ella no es más que un mensaje de "ausente" burlándose de mí toda la noche, cada vez que lo veo.

Lo primero que reviso a la mañana siguiente es mi computadora. *Finalmente* respondió. Anoche, ya muy tarde, cuando por fin yo puse mi mensaje de "ausente". Como si lo hubiera planeado: esperando a que me durmiera, entró a hurtadillas para que yo no estuviera ahí para contestar.

SonyatSunrisexx00xx: hola
SonyatSunrisexx00xx: no vi esto. me quedé dormidísima. con una gran resaca.

SonyatSunrisexx00xx: el vodka no es mi amigo

SonyatSunrisexx00xx: perdona por haber sido rara anoche

Me quedo viendo los mensajes, y cada gota de alcohol se me escurre del cuerpo de pronto. Empiezo a teclear. ¿Qué espera que diga? ¿Que no tiene que disculparse? ¿Que besarme con ella fue lo mejor que me ha pasado en la vida? ¿Que estoy segura de que…? Dejo de teclear. Necesito pensar, no simplemente reaccionar.

Abro el buscador y entro a su LiveJournal.

Usuario de LJ: SonyatSunrisex00x [entrada pública]
Fecha: 28 de junio de 2006

[**Humor:** emocionada]
[**Música:** "Over My Head" – The Fray]

Mis amigas siempre están ahí para mí. Le dije a @MadeYouBrooke23 que necesitaba desahogarme de unos asuntos muy serios. @Sjbabayy y ella organizaron una noche de chicas para mí, además de una reunión para los más cercanos mañana. Mensajéenme por AIM si quieren los detalles o comenten aquí.

No sé qué haría sin ustedes dos <3 <3 <3

—Sonya

No debería leer los comentarios. Sé que me van a hacer sentir peor, pero de todos modos hago *clic* en todos ellos. Para cuando termino de leer todos sus comentarios efusivos sobre

179

su noche de chicas, tengo un nudo en el estómago. Se siente como si lo hubiera hecho a propósito, como si necesitara reemplazar los recuerdos conmigo en las vías de tren con sus *verdaderas* amigas, ésas a las que no besó a morir.

Es como ser borrada, y hace que la piel se me erice. No hay nada peor que volverse invisible. Hace que tu mente te susurre que si te vas, nadie te extrañará. Mamá pensaba eso al final. Qué equivocada estaba.

Mi mano se aferra al ratón. Me obligo a relajarla y doy algunos *clics* para volver a Messenger. Ella sigue en línea, y me pregunto si está esperando mi respuesta. Una parte de mí quiere dejar puesto mi mensaje de "ausente", torturarla como ella me torturó a mí.

En su lugar, tecleo unas palabras muy pensadas que bordan la crueldad:

RollieColey87: jajaja, sí que eres rara. no tengo idea de qué estás hablando

Y luego, como si no lo supiera ya:

RollieColey87: qué vas a hacer hoy?

Y qué le vamos a hacer, no hay respuesta... Y de nuevo el mensaje de "ausente".

Algo ardiente y horrible me repta por el estómago. Pensé que jugar a hacerme la tonta me haría sentir mejor, pero lo único que conseguí fue sentirme peor.

Estoy cansada de estos jueguitos. Cansada de mentir. Sobre todo, a mí misma.

VEINTICUATRO

Por poco y no voy. De hecho, me digo que no iré. SJ sólo estaba siendo amable cuando me llamó para invitarme a la reunión que estaba organizando en casa de Sonya. Lo hace para agradecerme que la haya salvado en la fiesta del granero; en realidad, no le importa si voy o no. Y Brooke *definitivamente* no me quiere ahí. Trenton y ella podrían formar un club a estas alturas. Alex... quizás. A veces me sonríe de una manera que me hace pensar... pero eso no importa para nada. Sobre todo ahora.

¿Por qué me importaría un chico cuando *la chica* corre por mi cabeza como en un maratón?

Sonya no me está evitando. Eso es lo que me vuelve loca. Me mandó un mensaje por AIM inmediatamente después de que SJ me llamó para asegurarse de que yo fuera a la reunión. Y tiene que haber sido ella la que le dio a SJ mi número. Entonces, hablaron de eso.

Ay, Dios, ¿hablaron *de eso*? No. ¿Verdad que no? No se atrevería.

No, definitivamente no. Si ni siquiera *conmigo* puede hablar de eso.

Me doy la vuelta en la cama y me quedo viendo al techo. Por eso debería ir. Necesito hablar con ella en persona. Nada de hablar de la mierda de "haber sido rara anoche" por AIM. Tenemos que estar frente a frente.

Cuando estamos cerca, cuando estoy ahí enfrente de ella, le cuesta muchísimo más esconderse. Sus amigos no pueden verla, pero yo sí. Ella me dio entrada, me dio una llave, y ahora no puede encerrarse y dejarme fuera. No puedo permitírselo. No sin habérselo dicho.

Así que voy. Voy para allá en bicicleta cuando el sol empieza a ponerse, y ya hay algunos autos que no reconozco estacionados frente a su casa. Toco el timbre. Se oyen chapoteos y gritos provenientes del área de la alberca.

—¡Coley! ¡Hola!

Para mi alivio, es SJ quien abre la puerta, no Sonya. No cabe duda de que está encantada de verme, y eso me hace titubear. Sé que le hice un favor al darle mi blusa, pero nunca me había saludado con una sonrisa tan radiante.

Sé amable, digo para mis adentros, y le devuelvo la sonrisa.

—Hola, SJ —me molesta lo falsa que se siente mi sonrisa. Espero que no se note mucho—. Gracias por asegurarte de que recibiera la invitación.

—¡Por supuesto! —dice bajando la voz—. ¡Estoy en deuda contigo!

—No, no lo estás —la tranquilizo.

—Tú me cuidaste. Yo valoro mucho que las chicas les cuiden las espaldas a otras —parece decirlo muy en serio, pero hay algo en sus grandes ojos que me provoca un escalofrío de suspicacia. Trato de no hacer caso de eso. Necesito aprender a hacer amigas, dejar de ser tan cautelosa. Mamá me decía que a mí me gustaba construir muros de ladrillo a mi alrededor, y lo detesto, pero tenía razón. Tengo que derribar algunos de los ladrillos. No todos, sino los suficientes para crear algunos espacios o algo.

—¿Recuerdas a ese chico de la fiesta? —pregunta SJ.

—¿El que te dejó ahí abandonada?

—Mandó un mensaje de texto para decir que lo sentía —me explica—, así que lo invité a que viniera. Está por la alberca con Alex y otras personas.

—¿Y tú lo vas a perdonar? —pregunto mientras caminamos a la sala de entretenimiento. Alcanzo a oír el murmullo de voces y los crujidos de las bolsas de papas. No hay música, pero el inconfundible tintineo de copas me indica que, si todos están bebiendo, seguramente los padres de Sonya no están.

—Brooke y Sonya dijeron que debería hacerlo —añade SJ—. ¿Tú qué piensas?

Siento un ramalazo de sorpresa.

—¿Quieres mi opinión?

SJ asiente con la cabeza.

—Digo, es un hecho que te dejó abandonada —replico—. ¿Parecía realmente arrepentido?

—Creo que sí.

—¿Qué tal si lo decides hasta que hayas pasado un tiempo con él? Es más fácil tomar esas decisiones cuando ves a la persona frente a frente —que es precisamente la razón por la que me encuentro ahora aquí buscando a Sonya. Miro disimuladamente atrás de SJ, hacia la sala—. ¿Todo el mundo está ahí?

—Los chicos se la pasan yendo de la casa a la alberca y de regreso —dice SJ, poniendo los ojos en blanco—. Entonces, lo mojan todo. Ven, vamos a prepararte algo de beber.

Recorremos el pasillo; la música empieza a sonar y alguien grita emocionada.

—¡Bien! —es la voz de Sonya—. ¡Ven, ven! ¡Baila conmigo!

SJ y yo entramos a la sala en el momento en que Sonya tira de Brooke para que se pare encima de uno de los prístinos sofás blancos. Se mueve al ritmo de la música, sacude la cabeza de un lado al otro... y casi al instante pierde el equilibrio y cae sobre el montículo de cojines con un grito que se convierte en una risa histérica y muy etílica.

—Cuidado, nena —advierte Trenton perezosamente desde el sofá de dos plazas en el que está despatarrado dando tragos a una cerveza.

—Sí, creo que Sonya empezó un poco temprano el día de hoy —me dice SJ en voz baja mientras Brooke se levanta para ayudar a Sonya a incorporarse—. Cuando llegué aquí a las once, ya estaba un poco ebria.

Estoy por responder, pero me contengo. Sonya se vuelve a parar y hace a Brooke a un lado.

—¡Coley! —exclama Sonya cuando me ve. Se inclina hacia delante y, después de estar a punto de chocar con la mesa de centro de cristal, viene dando brinquitos hacia donde estamos SJ y yo—. ¡Sí viniste! ¿Te mando un mensaje Brooksy? —pregunta riendo—. ¡Brooksy y Coley! ¡Qué tierno suena!

—Qué ebria estás —dice SJ—. Tienes que tomar un poco de agua antes de seguir bebiendo, corazón.

—No quiero agua, quiero más vodka.

—Primero agua —insiste SJ—. Te voy a traer un vaso —sale deprisa de la sala, hacia la cocina.

Sonya pone los ojos en blanco y me rodea el cuello con el brazo.

—¡Hoooola!

Apesta a algo. Pienso que puede ser tequila, pero no sé tanto de licores para estar segura.

—Hola, Coley —dice Brooke—, ¿cómo estás?

—Estoy bien —respondo con el ceño fruncido.

—Me alegro —añade Brooke—, me alegro mucho. Me gusta mucho tu blusa.

El mismo ramalazo de suspicacia que sentí cuando hablé con SJ repta en mi interior.

—¿Sabes? Mis padres me obligaron a conseguir un trabajo. En Abercrombie. Si necesitas ropa para la escuela, puedes usar mi descuento de empleada con toda confianza.

—¡Oh, sí! ¡Vamos de compras! —dice Sonya—. Te verías lindísima con ropa de preparatoria —dice alborotándome el cabello.

—Tómate esto —SJ ya regresó y está poniéndole a Sonya una botella de agua debajo de su nariz.

Sonya hace un puchero.

—Está bien, *mamá*.

—Tú eres la que empezó a tomar tequila a las diez de la mañana —le dice SJ bruscamente—. No sé qué te pasa últimamente.

—Estoy bien —insiste Sonya, y retira el brazo de mi cuello para dejarse caer en el sofá. Contengo la risa cuando, echando adelante el labio inferior, trata de desenroscar el tapón infructuosamente—. Está roto.

—No está roto —le quito la botella, la abro y se la devuelvo mientras SJ sacude la cabeza y cruza los brazos.

—Nos queda menos de una semana contigo —dice SJ—, y lo único que quieres es embriagarte.

—Siempre me voy la mitad del verano —refunfuña Sonya—, no es nada nuevo.

¿La mitad del verano? Se me va el alma al suelo por la indiferencia con la que lo dice.

—Espera —suelto—, ¿adónde vas a ir?

Sonya me mira con ese revelador sonrojo en las mejillas.

—Al campamento de baile —dice—. Voy todos los años.

—No me lo habías dicho —respondo.

—Estoy segura de que sí.

—Pues no —digo con firmeza.

—¡Vamos a extrañarla! —dice SJ.

—Vaya que sí —agrega Brooke—; aquí lo único que tengo es mi trabajo y a SJ.

—Ay, vete al carajo —dice SJ—. Soy una gran compañía. Pórtate bien o pasaré el resto del verano con Coley.

Brooke ríe.

—Cuidado, Sonya, te va a robar a tu chica.

La expresión radiante de Sonya desaparece de su rostro tan instantáneamente que aprieto con el puño el vaso de ron y Coca Cola que me dio SJ.

—Cállate, Brooke —exclama ella.

Las tres nos callamos y nos quedamos viéndola, espantadas por el súbito tono malhumorado de su voz. Sonya le lanza una mirada iracunda a Brooke y cierra los puños.

—Sea como sea, sigues ebria —dice SJ, rompiendo el silencio y poniendo los ojos en blanco de manera un poco torpe—. Termínate esa agua. Yo me voy a la alberca con Alex y los demás. Necesito la sensación de calma que sólo puede darme alguien que en este momento esté drogado.

SJ desaparece, y no puedo evitar lanzar una mirada entre Brooke y Sonya con un creciente temor. SJ es un buen amortiguador. Siempre parece saber cuándo limar las asperezas. ¿Y Brooke? Ella no tanto. Y yo… en este momento estoy un poco jodida, porque lo único que quiero es estar a solas con Sonya para que podamos hablar. Pero definitivamente, tiene que estar sobria antes de que eso ocurra.

—Tómate el agua —le ruego, y me hace caso. Se la termina y arroja la botella sobre su hombro con descuido. Le pega a un jarrón, que se bambolea y está a punto de volcarse.

—¡Rómpete! ¡Rómpete! —canturrea Sonya, y pone cara larga cuando eso no pasa—. Agh, aborrezco ese horrible objeto. Me vuelvo para verlo. Tiene apariencia de ser costoso, al menos de eso me doy cuenta, pero los dibujos azul y oro que tiene son bonitos.

—A mí no me parece tan feo —digo.

—Tú no tuviste que recorrer todo París con tu mamá buscando la tienda que lo vendía —se queja Sonya—. No es que caminar por París sea molesto —añade enseguida porque me ve alzar las cejas—. Es sólo que llevaba yo unos zapatos incómodos y ella lo sabía. Cuando lo veo, sólo puedo pensar en mis ampollas.

—Es mucha historia para un jarrón —le digo, y baja la mirada avergonzada.

—Estoy ebria.

—¿Quieres más agua? —pregunto.

—Si me levanto, todo me da vueltas —añade—. ¿Me la traes tú? Está en la cocina.

—Ahora vuelvo —le digo mientras ella se deja caer en el sofá.

—¡Gracias!

Salgo de la sala y me dirijo a la cocina, tan limpia que parecería que nadie nunca cocina ahí, pero cuando abro el enorme refrigerador empotrado en los muebles, me doy cuenta de que eso es imposible, pues está completamente retacado de comida que alguien tuvo que cocinar. Tomo dos botellas de agua y una bolsa de papas de la alacena. A lo mejor absorben lo que sea que ella está queriendo ahogar en el alcohol.

Cuando regreso a la sala, Trenton ya se levantó del sofá de dos plazas y ahora está sentado en el sofá más grande en medio de las dos chicas. Un rey rodeado de su séquito, con los brazos y las piernas extendidos, abarcando todo el espacio posible. Sonya está a su derecha y Brooke a su izquierda, demasiado cerca para que sea sin querer.

—Aquí está tu agua —le digo a Sonya, tendiendo la botella hacia ella.

—Ay, gracias —contesta, pero no la toma. Ni siquiera me mira; toda su atención se concentra en Trenton, que está contando una historia.

—Y entonces, tomamos la comida y arrancamos antes de que él pudiera agarrar el billete —termina Trenton con sorna—. ¡Deberían haber visto la cara del tipo! Saltó por la ventana y empezó a perseguirnos. ¿Lo pueden creer? Qué idiota. Cincuenta dólares de comida y no lo vio venir.

—Quizá le echaron la culpa —dice Brooke.

—¿Te preocupas por las dificultades de la clase trabajadora ahora que tienes un empleo? —pregunta Trenton.

—¡No, no!, para nada —dice enseguida Brooke—. Sólo estoy trabajando porque mis padres me obligaron. Últimamente, papá quiere inculcarme responsabilidad.

—Siempre puedo ayudarte a que te despidan —ofrece.

—¡Trenton! —exclama Brooke con una risita, como si fuera la cosa más graciosa.

—Toma —le digo a Sonya, tendiendo de nuevo la botella de agua.

—Gracias —replica, pero está mirando fijamente a Trenton y a Brooke como si intentara resolver algo.

—Voy a… —no me tomo la molestia de terminar la frase. Nadie me está prestando ninguna atención.

Voy al baño, abro la llave y meto las manos bajo el agua fría. Luego, me las pongo húmedas y frías sobre la nuca, tratando de tranquilizarme.

No deberías haber venido. Es lo único en que puedo pensar mientras me aferro a la orilla del lavabo de mármol y me miro en el elegante espejo.

Un golpe en la puerta me saca de mi autoconmiseración.

—Ocupado —digo, odiando lo ahogada que sonó mi voz.

Una pausa. Luego unos golpecitos más suaves e insistentes.

—¿Coley? Soy yo.

Es vergonzoso lo rápido que me dispongo a abrir la puerta. Pasa junto a mí y va hacia el espejo.

—Mi delineador está todo corrido —abre el espejo y toma una bolsa de maquillaje que estaba ahí metida. Chasquea la lengua al cerrar el espejo y verse reflejada—. ¿Por qué no me dijiste lo mal que me veía? —empieza a limpiarse las manchas de delineador con una toallita desmaquillante.

—No te ves mal.

—Mentirosa —responde burlona.

—¿Qué pasa contigo? —espeto molesta, sin querer, esa pregunta tan honesta que pende entre nosotras.

Me mira en el espejo con el delineador en la mano.

—¿De qué hablas?

Me humedezco los labios, con esa punzada de angustia hundiéndome en un océano de duda. Pero resisto. Recuerdo. Sus labios contra los míos, sus manos en mi vientre, su cuerpo aferrado al mío.

—No me dijiste que te ibas a ir al campamento de baile.

—Mmmm —se inclina hacia delante y empieza a delinearse los ojos—. Pensaba qué sí.

—Pues no lo hiciste.

—Lo siento —dice, y suena como si ni siquiera entendiera de qué se tiene que disculpar—. Supongo que estoy acostumbrada a que todos mis amigos lo sepan. He ido al campamento desde los siete años. Es parte de mi rutina de verano.

—¿Vamos a...? ¿Vamos a hablar cuando te vayas?

—Ay, no sé —responde Sonya, cuya atención ha vuelto al maquillaje. Termina con el ojo derecho y pasa al izquierdo mientras yo estoy ahí parada, sintiéndome de cinco centímetros de estatura.

—¿Qué significa eso? —añado con brusquedad, tratando de adquirir alguna fuerza, pero ella me tiene completamente controlada y está lista para aplastarme.

—El campamento es para entrenar —replica—, y cuando estoy ahí, necesito concentrarme, mientras que tú... —finalmente me mira y me barre con los ojos de una manera estremecedora—. Tú eres demasiado dramática, Coley.

Me arden los ojos, pero logro contener las lágrimas. Necesito salir de aquí. No puedo moverme, me quedo clavada en el piso.

—¿Hice... hice algo? ¿Estás...?

—¿Qué? —interrumpe, completamente exasperada. Se siente como si me clavara un cuchillo en la garganta.

—¿Esto es por...?

—Sólo estoy *ocupada* —dice, otra vez por encima de mí—. Tengo una vida, ¿sabes? Tengo que entrenar. Amigas del campamento de baile a las que sólo veo en el verano. Es abrumador estar ensayando para bailar con algunas de las mejores del país. Estoy abrumada, ¿está bien?

—Está bien —digo con los labios entumecidos.

—Tengo que lidiar con muchas cosas ahora mismo —vuelve a decir, como lo ha hecho tantas veces—. No puedo con esto —agrega señalando el espacio entre nosotras.

—¿No puedes con qué? ¿No puedes conmigo? ¿O no puedes *con nosotras*?

Su boca se vuelve una línea recta.

—Coley, estás en una fiesta —dice—. Ve a circular por ahí. Deja de pasártela sentada con cara de que sientes lástima por ti.

—Mejor me voy —digo.

—¿Qué? —el delineador cae en el lavabo y repiquetea—. ¡No!

—Estás jodida —le digo.

—¿Y qué? —pregunta sonriendo—. ¡Ve a beber algo para que puedas estar como yo!

—No —respondo—. Estás *jodida* y lo sabes, Sonya.

Cuando asimila mis palabras, toda la alegría etílica se le desvanece.

Suenan unos golpes frenéticos en la puerta.

—¡Hey, déjenme entrar! —grita una voz—. ¡Tengo que hacer pipí!

—Me voy de aquí —digo, rozándola al pasar. Ella se queda ahí parada, en silencio, estupefacta. Paso corriendo junto al chico que está tratando de entrar en el baño y ya voy hacia el vestíbulo cuando la oigo decir mi nombre tardíamente.

—¡Hey!

Sólo tengo que llegar a la puerta de la calle. No me va a seguir hasta allá.

—¡Coley!

Retrocedo bruscamente cuando ella me toma del brazo frente a esa escalera gigante.

—Suéltame —replico.

Pero no lo hace. Y yo estoy muy débil y no me zafo.

—¿Estás enojada conmigo? —pregunta Sonya.

Río, no puedo evitarlo.

191

—¿Estás hablando en serio?

—¡Sí! Yo... —parpadea, desconcertada, y se empieza a serenar frente a mí—. Lo siento... supongo.

Me enoja mucho que finja no saber de *qué* tiene que disculparse. A lo mejor no lo puede reconocer ni siquiera ante ella. Diablos, no sé si yo misma puedo o no, pero he estado intentándolo. Y sigo intentándolo, por eso estoy aquí. Estoy tratando de entender: a mí, a ella, lo que está pasando entre nosotras... Y ella insiste en taparse los oídos con los dedos y decir "No oigo, no oigo".

—Aléjate de mí, con un carajo —exclamo, por fin sacudiéndomela de encima.

—No quiero que estés enojada conmigo —me dice, con los ojos muy abiertos (nunca se los había visto tan abiertos), *suplicando* que entienda—. Te dije que estoy muy abrumada.

El ritmo de la música que viene del otro cuarto nos rodea como una pulsación. La observo.

—¿Por qué estás *tan abrumada*?

—¡Ya te lo dije! El campamento de baile.

—Si es un campamento al que vas *todos los veranos*, ¿qué es lo que te resulta tan abrumador?

—¡No sé! Es que últimamente *todo* ha sido mucho más difícil.

—Tú haces más difíciles las cosas —le digo—. Estábamos bien. Estábamos de maravilla. Estábamos... estábamos llegando a algún lugar. Y ahora actúas como una persona completamente distinta. Como si yo no importara.

—Lo sé, lo sé —asiente con la cabeza tan rápido que temo que se maree—. Lo siento. Apesto, ¿de acuerdo? *Sé* que apesto.

Se balancea hacia mí y rodea mi muñeca con su mano. Como yo no me suelto, su mano me recorre el brazo. Sus ojos se deleitan con mis estremecimientos, mientras pasa los dedos por el hombro y el cuello para acomodarme un mechón de pelo detrás de la oreja.

—Definitivamente, apesto —dice.

Suspiro y cedo, odiándola un poco por eso, y sigo odiándola un poco más cuando me apoyo en ella.

—No apestas, Sonya.

—Lo siento de verdad —murmura, acercándose—. Sé que me pongo... Hoy me porté fatal, ¿de acuerdo? Yo... te quiero.

Me derrito. No quiero, pero lo hago. En ese mismo momento, en sus brazos a medias y deseando desesperadamente estar plenamente en ellos.

—Yo también te quiero —digo entre dientes mirando al piso. No quiero que me vea dándole toda mi atención.

En algún lugar de la casa se azota una puerta y alguien ríe ruidosamente. Creo que es Trenton.

—Vamos —dice Sonya tomándome del brazo.

—¿Adónde? —pregunto, resistiéndome.

—¿Confías en mí?

La miro fijamente a los ojos con expresión incrédula y soltando chispas y preguntándome: *¿Y por qué confiaría en ti?*

—No creo que deba hacerlo.

Me presiona la muñeca con los dedos. No es para advertirme nada ni para tranquilizarme, sino un presagio. *Podría tomarte de la mano. Podría cambiarte con dos palabritas. ¿No sabes que tengo ese poder?*

—Si no lo intentas, nunca lo sabrás de cierto —insiste, y cuando tira de mi mano la sigo; no respondo, me niego a darle lo que quiere, pero soy incapaz de impedirme a mí tratar de obtener lo que quiero.

Me lleva de vuelta a su recámara. No enciende las luces y las cortinas están corridas, así que se siente oscuro y secreto y demasiado chico, de una forma positiva. Esta vez, no hay titubeos ni demoras cerca de su cama. Nos dejamos caer de golpe sobre el colchón, riendo. Sonya se retuerce y finalmente me suelta la mano para tratar de alcanzar la botella.

—Debería saber a fresas con crema —dice tendiendo la botella para que yo la examine.

Hago una mueca y digo:

—La última vez que bebimos algo con sabor a fruta no funcionó muy bien que digamos.

—Esto será diferente —insiste, quitándome la botella. Toma el control remoto de su buró y apunta con él hacia el equipo de música. Se enciende, la luz azul baila sobre su rostro en la oscuridad y la música empieza a retumbar en la recámara, ahogando los sonidos de la fiesta allá abajo. Observo cómo destapa la botella.

—Ven acá —está sentada con las piernas cruzadas en la cama, sobre las cobijas arrugadas. La falda de su vestido sin mangas se extiende sobre sus rodillas. Unas sombras se alargan por su rostro mientras equilibra la botella abierta sobre su mano; los ojos se abren enormes cuando casi se le cae.

Me paso a la cama y quedamos sentadas una frente a la otra. Nuestras rodillas se rozan, luego se tocan, y no me aparto; sólo dejo que pase.

—Cierra los ojos —susurra.

Titubeo.

—Confía en mí —dice aún más suave, suplicando que lleguemos a un inestable acuerdo entre nosotras.

Acepto. Cierro los ojos.

Dejo que ella me inunde toda mientras se inclina hacia mí.

—Bebe —me exhorta y pone la botella en mis labios, suave como un beso de fresa. Echo la cabeza atrás, ella inclina la botella y el líquido entra con fuerza en mi boca. Es demasiado dulce, casi empalagoso. Trago en tanto ella habla. Sus palabras me envuelven, son lo único que me conecta con el mundo.

—Ésta es la bebida curativa secreta de la antigüedad. Cada trago te llenará. Inhala mientras sientes cómo cada célula de tu cuerpo se convierte en oro.

Estoy a punto de soltar una risita, pero ya está poniendo la botella en mi boca otra vez.

—Tu viejo yo, ése en el que estás atorada, se derretirá con cada sorbo, y te acercarás cada vez más a la persona que estás destinada a ser.

Se me encoge el corazón con sus palabras. *¿Es eso lo que quieres?*, pienso. Mi cabeza empieza a dar vueltas por los tragos demasiado rápidos de ese licor demasiado dulce. *¿Quieres dejar atrás el falso yo? ¿O quieres dejarme atrás a mí?*

—Piensa en ella —continúa Sonya—. Libre y segura de sí. Sin preocupaciones, sin dolor —la voz le tiembla un poco y no me puedo controlar: le pongo las manos en las rodillas, sosteniéndolas, sosteniéndola a ella—. ¿No sería lindo ser alguien nueva? —pregunta.

Empiezo a asentir con la cabeza, pero ahí está de nuevo la botella contra mis labios, como si estuviera decidida a que me achispe tanto como ella.

Abro los ojos y la veo examinándome el rostro bajo la luz tenue en busca de una respuesta más profunda.

—Hola —digo extendiendo la mano—. Soy Coley. No estoy segura de que nos conozcamos.

Me da la mano, pero no la sacude. Sus dedos y los míos se entrelazan de la manera más íntima, inconfundible, mientras nuestras palmas se juntan.

—Qué curioso —añade con esa sonrisita pícara—. Se siente como si te conociera de toda la vida.

Suena otra canción, una música más lenta. Tiro de ella para incorporarla. El dulce sabor a fresa se me va a la cabeza y me da valor. Seguimos tomadas de la mano; no quiero soltarla nunca.

—Baila conmigo.

Me rodea el cuello con los brazos. La botella sigue colgando de sus dedos. Su rostro se acomoda en el espacio entre mi cuello y mi hombro, a pesar de que ella es más alta; siento en la piel la calidez de su aliento.

Mis brazos alrededor de su cintura, nuestros cuerpos se balancean, no exactamente al ritmo de la música, sino a uno nuestro. Nuestro aliento y nuestras pulsaciones se fusionan, mientras nuestros cuerpos se rozan y luego se presionan… y luego ya no hay espacio, sólo estamos nosotras… y la ropa que se interpone en el camino: quiero arrancarla de mi cuerpo, sentir más de su piel bajo mis palmas y las puntas de mis dedos.

Quiero aprenderme cada centímetro de ella para poder reconstruir su geografía en mi mente cada noche que estemos separadas.

—¿Por qué siempre te sientes tan bien? —dice entre dientes contra mi cuello, casi como si no estuviera esperando una respuesta—. Me vuelve loca. Cuando estoy acostada en mi cama por la noche, no pienso en otra cosa.

Abro los ojos enormes ante esa confesión.

Levanta la cabeza y retrocede para poderme ver.

—¿*Por qué*, Coley? —pregunta con toda sinceridad, y esa punzada de calor se convierte en hielo al darme cuenta de que hay dolor en sus ojos—. ¿Por qué es así? —me pregunta—. Yo no… Yo no pedí *nada* de esto.

—Sonya... —empiezo a decir.

Sacude la cabeza y la botella resbala de sus dedos al suelo; ninguna de las dos hace caso de eso después de su negación.

—Yo no soy así —dice, y no quiero pensar en lo que eso significa, porque me abraza más fuerte al decirlo. Me estrecha contra su pecho como alguien que me va a apartar de sí—. Yo no soy así —repite, y las lágrimas surcan su rostro y gotean sobre mi blusa, a la que ahora se aferra más fuerte. Yo también la abrazo, apasionadamente, deseando tranquilizarla, pero sin saber cómo. Sin saber qué...

—No lo soy —insiste, y se desprende de mí de un tirón, se *arranca* de mí como si fuera la única manera, como si fuera físicamente demasiado.

Como si se fuera a romper si no corre.

Me tambaleo hacia atrás, aturdida.

—Sonya...

—Necesito tomar aire, necesito salir de aquí.

—Espera... —me acerco, de manera irreflexiva, sólo reaccionando, pero ella sale disparada a la puerta, le da la vuelta al picaporte y abre de golpe.

—Ay, Dios —ríe Brooke con el puño levantado, listo para tocar a la puerta que Sonya acaba de abrir de un tirón. Trenton está junto a ella.

—Ahí estás —dice. Su expresión cambia cuando ve los ojos de Sonya, húmedos e hinchados. Cuando su mirada recae en mí, algo gélido me llena el cuerpo mientras una voz en mi cerebro me susurra: *Corre*.

—¿Por qué lloras? —le pregunta Trenton a Sonya con impaciencia.

—Por nada —responde ella—. Estaba sonando una canción triste. Sólo necesito un momento.

Pero sigue viendo el espacio entre ella y yo como si pudiera remontar nuestros pasos, como si supiera que apenas un minuto antes estábamos envueltas la una en la otra como si no existiera nada más en el mundo.

—¿Qué está pasando? —pregunta en tono más acusatorio que preocupado y encorvándose para poder mirar a Sonya directamente a los ojos.

Sonya sólo sacude la cabeza; siguen resbalando sus lágrimas por las mejillas.

—¿Qué hizo ella? —pregunta Trenton—. ¡Hey! —dice mirándome de manera acusadora. Yo retrocedo con dificultad y el tocador de Sonya se me clava en la cadera—. ¿Qué carajos hiciste? ¿La encerraste aquí?

—¿Qué? —casi río con la ocurrencia—. Vete a la mierda.

—¡Trenton, para! —advierte Brooke.

—Como sea —exclama él—. ¡Sonya, ven! —la toma del brazo y la saca del cuarto—. ¡Sonya! —dice bruscamente cuando ella se vuelve a mirarme. La puerta se cierra y me quedo sola con Brooke.

El silencio que sigue es del que hace que quieras cavar un hoyo, morirte y enterrarte adentro. Brooke me mira como si tuviera un millón de preguntas y todas las respuestas le fueran a repugnar.

—Creo que deberías irte —me dice Brooke, rompiendo por fin el insoportable silencio.

—No es tu casa —contesto, porque lo único que puedo pensar es en cómo Sonya se volvió a verme como si no pudiera evitarlo, como si necesitara un último vistazo.

Necesito cerciorarme de que ella está bien. Se veía como si estuviera a punto de tener un ataque de pánico.

—Deberías escucharme —dice Brooke—. Ellos volverán a estar juntos para cuando empiece la escuela. Cuando está en modo novia, apenas si tiene tiempo para sus verdaderas amigas. De ti se va a olvidar. Te conviene más desaparecer con estilo en lugar de *esto,* sea lo que sea —agita la mano y curva el labio. Tengo que morderme los labios para contenerme y no reaccionar.

—Gracias por el consejo —replicó sarcástica.

—Sólo trato de ayudar.

—Si tú lo dices —paso junto a ella y salgo; se queda sola en la recámara de Sonya.

Cualquiera con alguna capacidad de observación se daría cuenta de que a Brooke le gusta mucho Trenton. No me sorprendería si tuvieran un romance a espaldas de todos. Pero su insistencia en que Trenton y Sonya estarán juntos otra vez para cuando empiece la escuela sigue siendo un puñal en mi corazón, por la manera tan convencida y amarga en que lo dijo. Era como una verdad resignada cuyo objetivo no era únicamente afectarme a mí, sino también servirle de advertencia a ella misma.

¿En esto consiste ser una aventura de verano? ¿Es esto lo que Brooke y yo de pronto tenemos en común? No quiero pensar en eso... en ser el secreto de alguien. Pero eso es lo que soy, ¿o no?

Aparto la pregunta de mi mente y bajo corriendo las escaleras de dos en dos. Ha llegado más gente desde que Sonya y yo subimos a su recámara. El vestíbulo está lleno y tengo que abrirme paso. No reconozco a nadie, pero no importa. Sólo es a ella a quien estoy buscando.

—SJ, ¿has visto a Sonya? —pregunto cuando la veo junto a las bebidas platicando con un tipo que tal vez sea el que antes la dejó abandonada.

—Sí, hace unos minutos. Iba para allá —dice señalando hacia la cocina con el pulgar.

—Gracias.

Pero cuando llego a la cocina, no está ahí. Estoy a punto de irme (le mandaré un mensaje, supongo) cuando oigo una risita que sale flotando por la puerta entreabierta que según yo era la despensa.

Me muevo hacia ella en cámara lenta, agarro la perilla con la mano. Tiro, y el cuarto de lavado queda al descubierto.

La abro, y *ellos* quedan al descubierto.

VEINTICINCO

Sonya está sentada en la lavadora con las piernas rodeando la cintura de Trenton; están besuqueándose como si quisieran probar cuánto resiste la lavadora.

No sé si existe siquiera una palabra para lo que siento; es como si yo fuera un mazo de cartas que se está barajando y toma velocidad en las de desengaño / traición / celos / dolor / ¿por qué, Sonya? / *¿por qué?*

Ella lo besa, estrechándolo entre las piernas como si necesitara mantenerlo ahí, pero sé que no lo necesita. Sé cómo es besarla: te quedarás ahí para siempre para que dure aunque sea un segundo más.

Sus lágrimas se secaron como si en realidad no hubieran estado ahí, y no lo soporto. No puedo torturarme así. Esto es enfermizo. *Ella* está enferma. Él es un maldito abusivo y a lo mejor algo peor, no lo sé, pero no me voy a quedar aquí para averiguarlo.

Me doy la vuelta y salgo corriendo antes de que cualquiera de ellos pueda verme. Abro las puertas de vidrio corredizas que llevan al jardín del fondo. La alberca fue abandonada por las bebidas que hay adentro; los flotadores cruzan el agua solitarios.

Agarraría mi bici para irme, pero las sienes están a punto de estallarme; veo puntitos bailando frente a mis ojos y necesito sentarme y respirar, parpadear hasta que se vayan antes de poderme subir a la bicicleta.

Me dejo caer en la banca de cemento a la orilla del patio y oculto la cabeza entre las manos, tratando de contar mis respiraciones, pero pierdo la cuenta en siete. Luego tres. Luego quince.

Mierda, no puedo dejar de pensar en ellos. ¿Ya la desvistió? ¿Van a tener relaciones sexuales ahí, sobre la lavadora?

Se me acumulan las lágrimas, pero inhalo molesta mirando al cielo, tratando de contenerlas.

Ella no las merece. No. No hasta que hable conmigo.

—¿Estás bien?

Levanto la cabeza de golpe. Ahí está Alex, con las manos en los bolsillos de su chamarra. Ni siquiera lo oí acercarse.

Me encojo de hombros. Si hablo, es posible que empiece a llorar en serio. ¿Quién carajos sabe, después de semejante día? De semejantes semanas. De la existencia de Sonya en mi mundo.

Saca un porro perfectamente bien enrollado, lo enciende y no me ofrece. Qué grosero. Una parte de mí lo quiere. Quiere irse flotando. Suavizar el horrible borde de mi corazón, que Sonya afiló hasta dejarlo como navaja. Sangro con cada respiración, mi debilidad por ella me está apuñalando.

—¿Puedo? —le pregunto.

—Sólo si hablas conmigo —dice.

Lo fulmino con la mirada.

—Te ves como si necesitaras hablar —añade.

—Qué altruista eres.

Tomo el porro cuando me lo ofrece e inhalo el humo. Es casi dulce, algo que nunca he vivido antes con la marihuana. Lo sostengo en los pulmones todo el tiempo que puedo, aspirándolo lento.

—A veces mis amigos son demasiado —dice Alex de la nada mientras le paso el porro.

—¿Por qué eres su amigo? —pregunto, curiosa a pesar de mí—. O sea, me da la impresión de que no encajas del todo.

Le da una fumada y luego exhala el humo.

—¿Allá de donde vienes, los chicos ricos no se llevan con los pobres?

Me encojo de hombros.

—En mi escuela estábamos mucho más separados. ¿Esto es una cosa de ciudad pequeña o algo?

—Es una cosa de Sonya —dice Alex.

Se me abren mucho los ojos.

—No es algo malo —dice riendo—. Me refiero a que ella es la razón por la que todos somos amigos. En primer grado, había un festival de otoño y un zoológico pequeño y había un poni.

—¿Por qué tengo la sensación de que ésta no es una historia tierna? —pregunto, tomando el porro que me ofrece de vuelta.

—Estábamos Sonya, Trenton y SJ —dice Alex—. Brooke no se mudó aquí hasta quinto grado. Y estábamos acariciando a los patos y los pollos, y había un cerdito muy tierno.

—¿Había un ganso? —pregunto dando una fumada y dejando que nuble aún más mi cabeza. Casi no me concentro en lo que Sonya está haciendo en el cuarto de lavado, pues me estoy perdiendo en la idea de la pequeña Sonya en un zoológico para acariciar animales—. Los gansos son muy malos.

—Es lo que he oído. No, no había gansos. Pero sí un poni.

—¿Es malo el poni?

—El poni es lindo. Hasta que Trenton decide montarlo.

—Ay, no.

—Sip. Se sube al lomo del poni y lo patea como si tuviera puestas unas espuelas. Hasta grita "Arre" y todo el rollo.

—Mierda.

—El poni se para en dos patas y lo derriba. Pero eso no es suficiente. Creo que Trenton le desencadenó una especie de trauma al pobre animal, porque cuando nos dimos cuenta, estaba arrasando con el zoológico.

—¿Dónde estaban los adultos? —pregunto incrédula.

—Comiendo pastel. Supuestamente, el zoológico era el lugar seguro para dejarnos un rato.

—Ay, ay.

—Y entonces, Sonya se paraliza, ¡justo en el camino del poni! Y tienes que entender que antes de la secundaria no era alta. Ahí la tienes, pequeñita, y el poni va como bólido hacia ella. Va a pisotearla. Trenton está en el suelo después de que el poni lo tiró. SJ está dando alaridos. Y yo… —ríe.

—Tú la quitaste del camino —termino.

—¿Cómo supiste? —en cualquier otro momento, o quizá si yo fuera una chica diferente, su sonrisa me provocaría un calor en el vientre. Es amplia y libre, y hace que sus ojos oscuros parezcan infinitos. Entiendo por qué una chica querría estar a solas con él y disfrutar de su atención—. ¿Te contó cómo los destrozos del poni nos hicieron amigos?

—No —digo moviendo la cabeza—. Es sólo que rescatar a alguien es algo que tú perfectamente harías.

Se frota la nuca con timidez.

—Qué amable de tu parte.

—Es la verdad —digo con la intención de no darle mucha importancia, para interponer un espacio entre nosotros, pero luego me doy cuenta de que estamos en realidad muy cerca. No se siente mal. Como dije: si fuera una chica diferente...

¿Es eso lo que Sonya quiere? ¿De eso estaba hablando mientras vertía licor de fresas con crema en mi boca como si fuera una consagración? ¿Quiere que sea yo su amiga cortada a la medida porque es incapaz de asimilar la idea de que seamos *novias*?

¿Podría hacerlo? ¿Por ella? Alex está cerca y me sonríe; sus ojos se posan en mis labios una que otra vez, como si hubiera pensado en eso. Si quisiera, podría inclinarme hacia delante y...

Entonces, lo hago. Lo pienso casi como un experimento. Hipótesis: esto me hará sentir mejor. Prueba: inclínate, pon tus labios sobre los suyos.

Su reacción es inmediata. No titubea. ¿Por qué lo haría? Así es como se supone que debe ser. Sin miedo, sin preocupaciones. Esto *está bien*... ¿verdad que sí?

Desliza la mano hacia mi hombro y lo toca con delicadeza, como si yo fuera de cristal. Su boca se mueve contra la mía y yo cierro los ojos tratando de alcanzar *eso:* esa sensación cálida y burbujeante en el estómago que tenía cuando simplemente *pensaba* en ella, ya ni se diga cuando la tocaba o la besaba.

No está ahí. Sus labios son suaves y su mano es cálida, pero simplemente... no hay nada.

No. Es peor que nada. Es como cerrar una puerta en mi mente. Hay una señal de callejón sin salida en un camino que se suponía que yo tenía que recorrer.

Ahora lo sé. No puedo huir de esto como lo hace ella, ahora que ya sé cómo es electrizarse y arder debajo de las manos de otra chica, lo que es florecer de tan sólo pensar en ella. Besar a Alex es como un cerillo mojado comparado con ella: de ahí no puede surgir un fuego. No es su culpa. No es mi culpa. Es simplemente... quien soy yo.

Ahí está: la verdad. Ya no voy a huir de ella. Vive en mí, y puedo tratar de sofocarla o de cultivarla.

Me desprendo de él y empiezo a sollozar antes de poderme contener.

—¿Coley? —su expresión se torna preocupada—. ¿Hice algo? ¿Estás bien?

—Lo siento.

—No, no, por favor, no te disculpes. Si yo te presioné...

—¡No! —lo tranquilizo—. Eres fantástico, Alex, sólo que yo... soy un maldito desastre —las lágrimas me surcan el rostro y él hace un ruido preocupado; hurga en sus bolsillos y saca de ahí una servilleta arrugada. Me la da.

—Ay, Coley —dice—, todos somos unos malditos desastres.

Río a través de la servilleta, que uso para secarme la cara, pero todavía hay unas lágrimas temblando en mis ojos, a punto de derramarse.

Me da una especie de empujoncito torpe en el brazo, como haría con un amigo.

—Va a estar bien —me dice—, sea lo que sea. Te lo prometo.

Bajo la mirada. Aborrezco pedirle un favor después de que acabo de besarlo y rechazarlo, pero tengo que salir de ahí.

—¿Me podrías llevar a mi casa? Tienes razón en que esta hierba es más fuerte. Lo estoy sintiendo.

—Por supuesto —contesta—. Vamos.

Al levantarnos, se me atora el pie en la orilla dispareja del patio, me tropiezo y caigo sobre él.

—Cuidado —dice deteniéndome.

—¡Aaaay, lo siento! Ese porro estaba... —el mundo da vueltas. Río y me apoyo en él, la cabeza me gira unos instantes—. ¿Estás seguro de que puedes manejar?

—Tengo mucha más tolerancia que tú —me dice—, pero puedo acompañarte a pie a tu casa si eso te hace sentir más tranquila. Tú decide.

—Está muy lejos —replico—. Ni siquiera en bici quiero ir.

—Manejaré despacio —promete.

El ruido de la puerta de vidrio corrediza al abrirse desvía mi atención hacia el lado izquierdo. Hay varias personas saliendo: SJ y Sonya, seguidas de cerca por Brooke y Trenton. Se nos quedan viendo y yo me separo de Alex, pero es demasiado tarde.

Trenton suelta una carcajada.

—¿Ahora te andas acostando con lesbianas, Alex?

—¡Por Dios, Trenton! —sisea Brooke tapándose la cara, pero no la sonrisa.

Yo ni siquiera pienso en mí. ¿Qué tan jodido está eso? Mi mirada se detiene en Sonya. ¿Cómo puede *soportar* esto? Pero no me ve directamente, está viendo a Alex. Los ojos se le encienden con una furia que me hace querer gritar *¿Y tú con qué derecho?* Pero no puedo. No puedo hacer nada.

Lo único que puedo hacer es irme. Dios, muero por salir de aquí.

—¿Podemos irnos? —le pregunto a Alex.

Asiente con la cabeza.

—Mi carro está acá —y por encima del hombro, mientras nos alejamos, grita—: Eres un imbécil, hombre. Eso tienes que analizarlo.

—Y tú tienes que aprender a aguantar una broma —oigo que Trenton responde atrás de nosotros, pero por suerte estamos tan lejos que Alex no se vuelve para añadir algo más.

La camioneta de Alex es mucho más bonita de lo que esperaba. Tiene por lo menos quince años, pero el interior está en perfecto estado, como si en verdad se preocupara por mantenerla, en marcado contraste con la mugre y viscosidad de la van de Trenton.

Avanzamos en silencio, como si él entendiera que yo simplemente no puedo lidiar con esto, pero después de que le doy unas indicaciones se estaciona frente a mi casa y esa energía de chico bueno que lo llevó a taclear a Sonya para salvarla del poni cuando tenían cinco años sale a la superficie. Pone el freno de mano y se gira sobre el asiento de la camioneta con gesto solemne.

—Hay muchas cosas que podría decir —declara—, pero no tengo la menor idea de cuál sea la correcta.

Casi me hace reír, pero soy incapaz. Estoy en carne viva. Ella me abrió como con un bisturí una y otra vez, y no sé cómo cerrar la herida.

—Me siento como si nunca fuera a ser normal —le confieso.

—¿Y por qué querrías serlo?

—Dios, sólo un hombre puede decir eso —le respondo.

—Quizá —dice—, pero quizá tengo razón. Es mejor simplemente ser tú misma.

—¿Así que vas a volver a rescatar a la gente de ponis que destrozan todo a su paso?

—Donde haya un poni enojado, ahí estaré, lo juro por Dios —dice solemnemente, y me siento muy agradecida con él. No sé qué es lo que yo habría hecho si hubiera venido en bici todo el camino con Sonya palpitando en mi cabeza.

—Has pasado por cosas muy duras —dice.

Lo miro con el ceño fruncido, pero no tengo que preguntármelo mucho tiempo, pues él prosigue:

—Es que... supe lo de tu mamá. Lo siento, Coley.

—Supiste lo de mi mamá... —repito; algo ruge en mis oídos, sus palabras producen una reacción electrostática en mi cerebro. ¿Cómo...?

Oh, ya sé cómo.

—Sí, Sonya. Ella... —se detiene al notar mi expresión; las palabras se desvanecen cuando lo comprende—. Oh, mierda. Coley...

—Tengo que irme —digo, mientras batallo con el cinturón de seguridad.

—Lo siento. Estaba hablándose de eso como si fuera algo que todos supieran...

Salgo rápidamente del auto tratando de no oír a Alex, tratando de no vomitar mientras corro por el sendero que lleva a la casa. Por una vez en la vida, Curtis no está, así que me libro del interrogatorio. Sólo están la casa oscura, el pasillo y luego, afortunadamente, mi cama.

Sólo cuando me dejo caer en la cama y me da frío al sentir la brisa del ventilador caigo en la cuenta: no tengo la chamarra de mi mamá.

La dejé en casa de Sonya.

Es como si yo fuera una granada de mano y alguien hubiera quitado el seguro. *Bang.* Las lágrimas surcan mi rostro y me hago un ovillo, echándome encima la cobija. No es, ni de cerca, tan reconfortante como la chamarra de mi mamá, y sé que el dolor dentro de mí es mucho más que eso.

No quiero volver a ver a ninguno de ellos nunca. Ni siquiera sé si quiero volverla a ver *a ella*. Pero en cuanto lo pienso, quiero retractarme, a pesar de que ni siquiera lo dije en voz alta.

Dios mío, ¿qué tengo, qué me pasa?

VEINTISÉIS

¿Cómo pudo contarles de mi mamá?

La pregunta sigue rondándome obstinadamente la cabeza al día siguiente. Sonya me ha llenado de preguntas. Sobre ella. Sobre mí. Sobre el mundo y la capacidad de mi corazón para *todo:* odio, amor, celos, resentimiento y *enojo.*

Ay, Dios, estoy enojadísima con Sonya, pero todavía más enojada conmigo.

No debí confiar en ella. Eso es lo que todo esto significa, ¿cierto? Pero confié, y se lo conté todo. Dejé salir mis temores, mi verdad y la lacerante herida que llevo dentro, ese terrible "¿Y si..." que nunca conseguiré sacudirme. Y ella se dio la vuelta y se lo contó a sus amigos como si fuera chisme. Hasta cierto punto, esto se siente como si yo hubiera traicionado a mamá tanto como Sonya me traicionó a mí. Fui estúpida y descuidada, perdida en el torbellino de Sonya, y ahora estoy aquí, donde todo mundo sabe que soy la chica cuya mamá se quitó la vida.

¿Cómo se *atreve?* Quiero arrancarle el cabello. Quiero gritarle. Quiero ponerme de rodillas, llorar y preguntar *por qué* mientras ella me abraza.

Eso es lo peor de todo: la sigo deseando. ¿Cómo puedo desearla si es tan cruel?

Me incorporo de una sacudida y aprieto los labios. Ya tomé una decisión. Puede ser que ella no quiera verme, y a estas alturas, no sé si yo quiero verla a ella. Pero necesito recuperar la chamarra de mamá, así que agarro mis cosas y me dirijo a la puerta de la calle. El suave rasgueo proveniente de la sala debería haberme dado una pista, pero por poco y no me doy cuenta de que está ahí Curtis, sentado en el sofá y tocando una de sus guitarras.

—Hola, Coley.

Me detengo a medio camino hacia la puerta.

—Hola, voy de salida.

—¿Adónde vas? —pregunta—. Has estado muy ocupada últimamente. Entras y sales de la casa. No es que esté mal —agrega—, me da gusto que estés haciendo amigos, pero esperaba que pudiéramos cenar juntos por lo menos una vez a la semana.

—Claro —digo distraídamente—, pero dejé mi chamarra en casa de Sonya. Ya sabes, la chamarra de mamá. O tu chamarra, supongo.

Sonríe.

—Es la chamarra de tu mamá. La tuvo mucho más tiempo que yo, y a ella se le veía mucho mejor. Y a ti también se te ve mejor. ¿Te llevo en el auto?

No es lo ideal.

—Puedo ir en bici —empiezo a decir.

—No, así podemos luego ir a cenar. Hay un restaurante japonés al que he querido llevarte; me gusta comer ahí los viernes.

—Entonces, ¿he estado estropeando tu rutina? —pregunto.

Pone cara larga, pero luego sonríe con determinación, lo que me hace sentir ridícula.

—Más bien, me estás dando razones para crear una nueva rutina —dice dejando la guitarra a un lado.

—¿Cuántas de ésas tienes? —pregunto señalando la guitarra, mientras él toma sus llaves.

—Unas cuantas —responde—. Muchas menos que cuando era más joven. Vendí algunas. También vendí mi motocicleta.

—¿Tenías una moto? —pregunto, súbitamente mucho más interesada.

—Sí —dice—. Una vieja Harley. ¿Te gustan las motos?

—Mamá siempre decía que son muy peligrosas —respondo, siguiéndolo al auto—. Sonya vive en la calle Kingsley —le digo.

—Es un barrio elegante —observa al arrancar—. Tu mamá tenía razón: las motocicletas son muy peligrosas. No quiero que andes en una.

—Eso es muy egoísta de tu parte.

—Estoy descubriendo que en eso consiste ser responsable de una menor de edad —dice.

Eso me arranca una risa.

—Creo que no es algo que debas reconocer —le digo.

Se encoge de hombros.

—Quiero ser honesto contigo, Coley. Ése parece aquí el mejor método, ¿o no?

Estoy callada. No me había dado cuenta de que tendríamos una conversación seria. Caí en la trampa, porque además no puedo salirme del auto. Bueno, quizás en un alto, pero probablemente se enojaría si saliera corriendo como vil cobarde con tal de evitar una conversación.

—Seré honesto contigo si tú eres honesta conmigo —continúa Curtis.

—De acuerdo —digo lentamente.

—Muy bien —responde sonriendo; se le nota el alivio en la cara.

Cuando llegamos a casa de Sonya, estamos en silencio.

—No me tardo nada —le digo—. Está muy ocupada preparándose para ir a un campamento de baile.

Salgo del carro y toco el timbre. Cuando se desvanece el sonido, lo oigo: ruido de risas. Suena más fuerte mientras alguien se acerca a la puerta.

—Alguien vaya por los *cupcakes* —oigo que dice Sonya antes de abrir la puerta. Está medio girada para otro lado y lleva en el cabello una ridícula cinta que dice BUEN VIAJE. Se le borra la sonrisa cuando me ve, y se arranca la cinta.

—Hola —digo con labios entumecidos. Carajo. *Carajo.*

—¿Son ellos? —grita SJ—. ¡Dile a Trenton que quiero mi hamburguesa!

Sale del cuarto de atrás y se aparece en el vestíbulo; Brooke viene apresurada detrás de ella, y ambas llevan en el cabello la misma cinta que Sonya.

El mundo se desdibuja y los oídos me zumban cuando caigo en la cuenta: Sonya no está ocupada empacando, como creí. Está ocupada teniendo una fiesta de despedida con sus amigos.

Sólo que no quería que yo me acercara. Ni a la fiesta ni a ella.

Ni siquiera puede verme. Está mirando el piso fijamente.

—Vine por mi chamarra —digo.

Por fin, levanta la mirada. Su expresión es de un frío glacial.

—¿Cómo?

—Sí, la dejé en tu recámara —no añado *cuando estábamos a medio segundo de volver a besarnos,* pero se sobreentiende. Su rápido sonrojo me provoca cierto placer malicioso. Ella lo siente, lo sé.

—Puedes ir por ella, supongo —dice encogiéndose de hombros, como si le diera lo mismo.

—¿Me acompañas? —añado con toda la valentía de que soy capaz, obligándome a pronunciar esas dos palabras.

—Supongo —se gira hacia SJ y Brooke—. Perdonen, chicas, son sólo unos minutos. Si llegan los chicos, ábranles. Ahora regreso.

Subo las escaleras, plenamente consciente de que ella está dos pasos atrás de mí. No hablamos en todo el camino, y cuando entramos y cierra la puerta, no se parece nada a como fue antes. No es una burbuja secreta, sólo nosotras dos; ahora se siente como una trampa: una que nos tendimos mutuamente.

—Está por aquí —dice Sonya torpemente, yendo a su cama y buscando. La encuentra en la canasta de la ropa sucia, lo cual no tiene sentido a menos que ella la haya echado ahí—. Toma —me la entrega con brusquedad, pero cuando la tomo se aferra a ella. Desdobla los dedos despacio, como si le doliera soltarla, pero cuando me ve, su rostro está tranquilo y suave como el cristal—. ¿Es todo lo que necesitas?

No, pienso. *Necesito mucho más de ti, empezando con una maldita explicación de todo.*

—Sí —respondo como una cobarde, mientras mi enojo estalla y la que sale chamuscada soy yo.

Sonya sólo se queda ahí parada como estatua. De pronto, recuerdo lo que me había dicho ebria aquel día en las vías: que su mamá no quería que diera vueltas con sus vestidos puestos cuando era niña. Que siempre le decía a Sonya que *permaneciera quieta* cuando no estuviera bailando. ¿Es eso lo que está ahora en su cabeza? ¿Está metiendo su verdadero yo tan dentro de su piel que nunca dejará que vuelva a salir, ahora que sabe lo que pasa cuando lo hace?

Quiero abrazarla. Quiero gritarle. Quiero decirle que está bien. Pero no sé si está bien; no sé si sea una mentira.

Pero si la toco, si abro la boca, va a salir: el enojo, la confusión, *todo* eso que se arremolina en mí cuando se trata de ella. Mi cuerpo entero vibra como si yo fuera una cuerda de guitarra y ella fuera la que se la pasa tocándome. Tengo que salir, tengo que irme. De lo contrario...

No sé qué voy a hacer. No sé en quién me convertiré.

Quiero descubrirlo, pero tengo miedo. De mí. De ella. De esto.

Este estira y afloja. Este zumbido que me llena cada vez que estoy cerca de ella. No sabía que una pudiera literalmente vibrar de necesidad. No sólo deseo: *necesidad*. No es lo mismo.

Eso me lo enseñó ella.

Me obligo a pasar junto a ella hacia la puerta; al hacerlo, nuestros brazos se rozan. Su pecho da un tirón y es como si todo mi cuerpo lo sintiera. Reverbera por todo el cuarto y por mi cuerpo y por *mi alma*, porque no es únicamente una señal: es una más en una serie de confirmaciones que se apilan en mi cabeza.

Y me desmorono.

—Coley —susurra mi nombre como si fuera un sonido dulce que quisiera saborear. Me inclino para dejar que me pruebe, incapaz de resistir la fuerza que me atrae hacia ella. Indefensa. Siempre estoy indefensa cuando de ella se trata.

Sus ojos descienden a mis labios y se humedece los suyos. Me acerco. Mi mano asciende por su brazo, por su piel suave y cálida. Estamos a un paso la una de la otra.

De pronto, echa atrás la cabeza y esa expresión glacial ha vuelto a su rostro.

—¿Qué estás haciendo? —pregunta con total tranquilidad y me hace girar en una nueva dirección, con tal velocidad que no sé dónde es arriba y dónde es abajo.

Me aferro a lo primero que creo saber:

—Sé que te gusto —digo, casi para tranquilizarla. Después de todo, tiene que saber que yo siento lo mismo. Simplemente está asustada.

Pero no dice nada. Sólo está ahí parada, enfriándose a pasos acelerados.

Yo sigo hablando para llenar el silencio que se abre entre nosotras.

—Tú me besaste —añado, y *ahí*, en ese instante, se estremece. No es de hielo.

Es la chica que conozco. La chica que me besó y que bailó zigzagueando por esas vías de tren. La chica a la que le encanta girar. *Esa* chica está ahí, muriendo por salir y brillar.

—Pasaste todo el tiempo conmigo —continúo, pues sigue ahí parada, rígida, como si tratara de convertirse en estatua—. Básicamente, dijiste que me *amabas*.

Ríe. Una risa leve, incómoda y viscosa que se arrastra por mi columna.

—No sé qué decir.

—¿En serio?

Le brillan los ojos, restalla el enfado en el espacio entre nosotras.

—No seas boba, Coley. Así soy con todas mis amigas. A algunas chicas les gusta toquetearse. Eso no significa nada. Sobre todo, no significa lo que estás pensando —sacude la cabeza casi como si me regañara.

Una confusa ráfaga de vergüenza me golpea. Quiero protestar. Quiero luchar por... no sé... ¿por nosotras? Pero ella dice que no hay tal *nosotras*. Que nunca lo hubo. Que me lo estoy *imaginando*.

Pero no, carajo, ¡no lo estoy imaginando!

—Sé que les contaste a tus amigos sobre mi mamá.

Cierra los puños y, desde donde estoy, hasta puedo ver cómo se clava las uñas en las palmas. ¿Quiere lastimarme a mí o a ella?

—¿Por lo menos, te vas a disculpar?

Levanta la barbilla y, cuando no dice nada, soy yo quien la quiere herir.

—Estás tomando muy malas decisiones —le digo—, y ni siquiera estoy hablando de lo que sea que haya entre tú y yo. Eso que hiciste... No tenías ningún derecho. Hay que ser una terrible persona para no disculparse cuando se ha hecho algo tan malo. Carajo, eso fue *imperdonable* —las últimas palabras salen como rugido porque estoy tratando de contener las lágrimas. Me voy sin siquiera esperar una respuesta, respirando hondo para tratar de aliviar el ardor que siento en el pecho. Bajo corriendo las escaleras y paso junto a la mamá de Sonya, que pregunta:

—Coley, ¿no te vas a quedar?

—No, lo siento, sólo vine a recoger mi chamarra. Papá me está esperando. ¡Adiós! —digo y me despido con la mano mientras corro a la puerta de la calle y voy adonde Curtis me está esperando.

—¿Qué pasa? —pregunta en cuanto subo al carro. Trato de frotarme las lágrimas de las mejillas antes de que las vea. Carajo, otra cosa que no consigo.

—Por favor, sólo llévame a casa.

—Por supuesto —dice—. Podemos ir a cenar otra noche —y, para mi gran alivio, no hace más preguntas. Me lleva a la casa sin decir una palabra y me deja juguetear con el radio y dejar las canciones que elijo, y ni siquiera se queja, aunque puedo ver cómo se le tuerce la boca con mi música como si quisiera decir algo.

Cuando llegamos a casa, ni siquiera consigo llegar a mi cuarto: me desplomo en el sofá y enciendo la tele, desesperada por distraerme con algo. No puedo pensar en su negación. No puedo pensar que estoy loca... Sé que no lo estoy. Sé que fue real.

Es real. Cuando nos rozábamos, no era yo la única en sentirlo.

A lo mejor para ella es algo meramente físico. Tal vez no es emocional. Tal vez por eso no cree que sea real, pero lo es. Si pudiera acercarme a ella y ayudarla a abrirse...

Dios mío, tengo que parar. Necesito respirar. Cambio de canal y encuentro un programa de animales. Veo a los leones merodear por la sabana y trato de perderme en la narración de sus vidas y la descripción de cómo sobrevive la manada.

Oigo a Curtis en la cocina pidiendo comida a domicilio, y cuando llega se instala junto a mí.

—¿Qué estás viendo?

—Una cosa de leones —digo, tomando el envase de pollo al limón que me ofrece.

Comemos y vemos la tele en silencio, y quizá por primera vez no estoy enojada con él.

Estoy simplemente contenta de tener a alguien.

VEINTISIETE

Usuario de LJ: SonyatSunrisex00x [entrada pública]
Fecha: 5 de julio de 2006

[**Humor:** eufórica]
[**Música:** "Milkshake" – Kelis]

¡Ya llegué! Sé que todos *mueren* por conocer hasta el último detalle del campamento de baile, así que les ahorraré esa tortura, jajaja. Pero ya estoy tranquila y guardada en mi cabañita. He bailado sin parar y los extraño a todos.

Díganme qué ha pasado en mi ausencia. Van setenta y dos horas y ya estoy que me muero porque no recibo noticias.

xoox
Sonya

Comentarios:

SJbabayy:
¡Te extrañamos, corazón! Las cosas están aburridas sin ti.

MadeYouBrooke23:
A mí no me incluyas. Yo estoy trabajando duro.

SonyatSunrisex00x:
¿Fastidiada de las ventas?

MadeYouBrooke23:
Sabes que sí.

SonyatSunrisex00x:
Pero vas a ganar mucho dinero y eso está increíble.

T0nofTrent0nnn:
Sí, es increíble ser una pieza más en el engranaje de las ventas.

SJbabayy:
¡Ay, cállate, Trenton! A ti nadie te preguntó.

Usuario de LJ: SonyatSunrisex00x [entrada privada]
Fecha: 5 de julio de 2006

[**Humor**: !!!]
[**Música**: "Smile Like You Mean It" - The Killers]

Al carajo con mi vida.

Para empezar, mi fiesta de despedida *apestó*. Fue todo lo contrario de divertida. Coley insistía en hablar y en tratar de hacerme hablar ¡y no hay nada de qué hablar! No puede haberlo.

Y luego, se sintió muy lastimada. Como si todo fuera mi culpa. Y me dije que no lo era. Me puse muy ebria cuando se fue.

No es mi culpa. Pero luego tuve todo el camino al campamento sola con mamá en la camioneta y ella lo único que quería hacer era escuchar un audiolibro de autoayuda, así que intenté pensar.

Y entonces empecé a preguntarme si tal vez no era un poco mi culpa.

Sí le dije a SJ lo de la mamá de Coley.

Mamá trató de hablar conmigo cuando el audiolibro se terminó, pero sólo quería hablar de baile, y eso me hizo pensar en que sólo hablamos de eso, y carajo...

Creo que mi problema es que pienso mucho, ja.

Ni siquiera he llegado a la cereza del jodido pastel que es mi vida en este momento. El campamento iba a ser mi santuario, mi descanso de todo este drama y estas rarezas veraniegas y estos... no sé... estos sentimientos. Un respiro de todo eso. Así es como Madame Rosard llama al campamento.

Así es como siempre lo he considerado. Pero Faith está aquí. Este año no es sólo una orientadora: es la asistente de

Madame Rosard. Está en todas mis clases de baile matutinas y está dirigiendo nuestro estiramiento inicial.

A la chica ya se le subió el poder a la cabeza. Ha estado encima de mí desde que llegué y la vi. Como si fuera mi perro guardián particular o algo así.

Primero fue: "Oh, Sonya, pon tu equipaje en este carrito para la cabaña 4". Y luego fue: "Oh, Sonya, hazme el favor de empujar tú el carrito de equipaje hasta la cabaña 4". Y luego *me sigue* "para cerciorarse de que me instale sin contratiempos". Y mamá nada más sonríe y me dice adiós con la mano como si estuviera bien y no mereciera ni siquiera un abrazo o una despedida más cálida.

¡Y mis compañeras de habitación estaban contentas de verla! Hasta Gaia, que es mi amiga del campamento, no de Faith, y, Dios mío, ¿por qué Faith no se quedó en su casa o en su estúpida universidad o algo? Donde fuera, menos aquí. ¡Éste es mi lugar! Ella ya se graduó, no debería estar aquí.

No deja de sonreírme, toda pagada de sí misma, como si *supiera* algo.

La odio. ¿Por qué no me deja en paz?

Sonya

VEINTIOCHO

Ella no sólo se ha ido físicamente. . Ésa es la cosa. Sonya se fue de mi vida tal como yo me fui de su corazón.

¿Alguna vez estuve en él? Imposible, si pudo desentenderse de mí tan rápido. Un parpadeo, una inclinación de su cabeza, y yo ya había desaparecido. Desechada como un brillo labial que ya no quisiera usar.

—Quería mostrarte algo —dice Curtis.

Me toma un momento desviar la mirada de la televisión. Parece que llevo semanas apoltronada en el sofá, pero sólo han sido algunos días. El tiempo ha perdido todo el sentido, igual que todo lo demás.

¿Al menos piensa en mí tanto como yo en ella? A lo mejor está bailando sin parar, riendo, mientras yo lloro en la regadera y cada vez que huelo cítricos o flores, o pienso en ella.

Curtis lleva algo en las manos, y cuando se sienta junto a mí y me lo pasa, sus orillas suaves me llaman.

—Acabo de encontrarlas —dice.

Me quedo viendo las fotos y de pronto todos los pensamientos de Sonya salen de mi mente. Sería un agradable respiro, pero las fotografías traen consigo una especie diferente de dolor. Son de mamá, de Curtis y mías; debo tener dos o tres años, y llevo puesta una chamarra acolchada. Qué joven se ve ella; está casi irreconocible.

Pero no por lo joven, sino por lo *contenta* que se ve.

Paso los dedos por la foto y trazo un círculo alrededor del dije de ojo de tigre que lleva puesto. En verdad, lo conservó todos estos años. ¿Qué significaba? ¿Siguió amándolo, incluso hasta el final? ¿Cómo pudo, después de que él decidió que quedarse atrás era mejor que estar con nosotras?

—Tu mamá era muy divertida —dice—. Nunca me reí tanto como cuando estaba con ella. Teníamos un amigo, un tipo que había estudiado en Harvard y era medio pretencioso y se dignaba juntarse con nosotros los barriobajeros. Quizá ya conoces a esa clase de personas. Pero él solía decir que tu mamá era muy ocurrente. Sólo en eso tenía razón: realmente lo era.

Se queda callado un momento mientras yo paso a otra foto. Esta vez, es mamá sola, de perfil, con un ligero vestido rojo que se ata en el cuello; tiene una mano posada en el vientre de embarazada y la otra apuntando a la cámara, probablemente a Curtis. Su cabeza está inclinada hacia el cielo y se le ilumina el rostro con una sonrisa espontánea. No sabe lo que está por venir. No sabe quién voy a ser yo. Que Curtis va a dejarnos. Que ella va a dejarme.

¿Habría hecho las cosas de otro modo de haber tenido alguna bola de cristal que le dijera lo que estaba por venir? ¿Había algún camino que todos pudiéramos haber tomado que nos dejara plenos e intactos, que nos dejara siendo una familia?

Tengo que impedir que mis manos arruguen las fotos. Las pongo en mi regazo, incapaz de seguirlas viendo.

—Era una mujer de grandes altibajos —continúa Curtis, como si la hubiera conocido. Como si los dieciséis años que yo pasé con ella no fueran comparables con los, ¿cuántos?, un *puñado* de años que pasó él con ella cuando tenían veintitantos? Siento el enojo encenderse en mí como un incendio forestal: empieza lento y luego se extiende, veloz y ávido de cualquier combustible que lo pueda avivar. Y mientras más habla Curtis, más combustible me da—: Sé lo difícil que era para ella estar deprimida —continúa—. Si tú te sientes así, Coley...

Me levanto bruscamente del sofá y las fotos se esparcen por el piso. De inmediato se agacha para recogerlas como si fueran valiosísimas, y eso atiza más el fuego. Por supuesto, piensa que hay que tratar las fotos con cuidado. A la gente de carne y hueso, no.

—¿Por qué me enseñas estas fotos? —pregunto.

Abre los ojos enormes y me dan ganas de quitarle la expresión abatida de una bofetada.

—Me dio gusto encontrarlas y... y me da gusto que estés aquí, y así te las puedo mostrar.

—La única razón por la que estoy aquí es porque mamá *está muerta*.

Y tiene la audacia de ponerse a llorar. Sus ojos hasta brillan por las lágrimas, y yo lo odio. Quiero gritarle: *No tienes derecho de llorar por ella*. Pero ella lloró por él mucho después de que él se hubiera ido, así que quién carajos soy para decirle eso.

—¿Sabías que llevaba puesto tu valiosísimo collar cuando murió? —le pregunto, y abre más los ojos; las palabras lo golpean tal como quería—. No estabas cuidándola —digo, y ya que empecé es como si no pudiera parar; las palabras salen casi tan apresuradamente como los sentimientos—. No estuviste ahí para ella. Ni en los momentos buenos, ni en los momentos malos. *Yo* sí, yo estuve ahí. Todos los días. No tienes idea de cómo era.

—Quiero saberlo —dice Curtis—. Quiero que me hables de lo que has vivido, de lo que estás sintiendo. En verdad, quiero que tengas la confianza de contármelo, Coley.

Niego con la cabeza todo el tiempo que él habla, se siente tan falso.

—¿No te parece que ya es un poco tarde para eso? —le digo, y ni siquiera suena enojado: suena honesto y desconcertado, porque ¿cómo podría *no* ser demasiado tarde?

Se pasa la mano por la boca; lleva días sin rasurarse y se ve agotado, pero decidido.

—Sé que mi pérdida no es igual a la tuya —replica despacio—, pero perder a tu mamá me enseñó que no voy a dejar de tratar de aferrarme a las cosas que quiero, aunque piense que es demasiado tarde.

Estoy callada, porque esa clase de intento… sencillamente parece demasiado. Creo que perdí ese tipo de esperanza por partes: primero, cuando perdí a mi mamá y luego, cuando perdí a Sonya.

—Tú y yo… somos lo que queda de nuestra familia —añade Curtis—. Sé que no es lo ideal. Sé que debería ser ella quien estuviera aquí, no yo. Lo siento, chica. En verdad, lo siento. Y sé que no me conoces, pero estoy tratando de hacer algo al respecto.

Lo miro con dureza.

—En verdad, quiero conocerte —me dice.

—Sólo porque es tu *obligación*.

Me voy de la sala antes de que pueda decir ninguna otra cosa.

Las polaroids se quedan desperdigadas en el piso.

Salgo por la ventana de mi habitación. A lo mejor es un poco dramático, pero la idea de pasar junto a él para llegar a mi bici hace que me duela el estómago de los nervios. *Detesto* esto. Quiero poder relajarme en mi propio espacio, pero no puedo porque no es mi espacio, es de *él*. Por mucho que él insista en que también es mi casa, no lo siento así.

Entonces, salgo por la ventana y agarro mi bici; pedaleo con fuerza y determinación. Vuelo sobre el pavimento; mi único propósito es sentir el viento en las orejas y el cabello. Dejo que eso ahogue todo lo demás: la rigidez que siento siempre que estoy cerca de Curtis, la manera como Sonya me lastimó el corazón, los secretos que se incrustan más y más en mi interior, como si nunca más fueran a ver la luz.

Mientras acelero por el camino, todo a mi alrededor se vuelve una mancha verde, café y gris. Por poco y no veo la luz roja hasta que es demasiado tarde. Aprieto los frenos, las llantas se resbalan por el pavimento y casi me vuelco por el manubrio frente a la señal de alto.

Los autos pasan como bólidos frente a mí en la calle que cruza. Me quedo jadeando; todo mi cuerpo estalla de alivio y pavor a la vez. Carajo, por poco y me estrello con el tráfico. Tengo que controlarme.

Doy una vuelta a la derecha y me encamino al 7-Eleven que está un poco más adelante. Dejo la bici afuera, entro y voy directo al fondo. El mismo cajero pelirrojo de la primera vez que estuve aquí echa un vistazo cuando suena el timbre, pero enseguida regresa a su crucigrama.

Qué fácil lo engañó Sonya. Parece que fue en otra vida. Yo estaba encandilada por su valor, yo y mis torpes intentos de robar la champaña. Tenía miedo de que pensara que no soy genial. Así empezó todo, ¿verdad? Fue el inicio de *nosotras*.

Yo no era lo bastante lista para recordar que para que algo tenga un principio debe tener también un final.

Pero ¿podemos tener un principio, una mitad o un final cuando ella ni siquiera quiere reconocer que *existió*, para empezar? *Así soy con todas mis amigas*, dijo.

Debería haberle preguntado si también se ha besado con SJ o con Brooke. Eso habría sido mejor que el humillante espectáculo que di. ¿Por qué siempre piensas en las mejores réplicas días después? Tal vez ella lo olvidó todo. Se fue a su campamento, está bailando todo el tiempo y divirtiéndose con sus amigas. Podría torturarme y asomarme a su LiveJournal. He estado tentada, pero hasta ahora me he resistido. Me ha dejado muy claro lo que piensa y tengo que resolver cómo lidiar con eso.

A lo mejor debería huir. Así no tendría que lidiar con nada de esto. No creo que Curtis se esfuerce mucho por encontrarme.

En el instante en que lo pienso, sé que es una tontería. Tengo que terminar la escuela por lo menos. No puedo permitir que una chica me lo impida. Aunque sea una chica como Sonya.

—¿En qué te puedo ayudar? —pregunta una voz aguda detrás de mí.

Salgo de mis pensamientos de un sobresalto y me doy cuenta de que llevo quién sabe cuánto tiempo abriendo la puerta del refrigerador y mirando en su interior. El cajero está inclinado sobre el mostrador, mirándome con el ceño fruncido.

—Lo siento —digo enseguida. Cierro ese refrigerador, voy al de junto y tomo un té helado—. Me distraje.

—Te recomiendo probar resolver estas cosas —me dice dándole unos toquecitos a su libro de crucigramas cuando llego al mostrador a pagar.

—Lo tendré presente —replico, entregándole el dinero—. Gracias.

Salgo, abro el té y le doy unos sorbos. Hago un ruido de disgusto. Diablos. Tomé el que no está endulzado.

—¿Así de mal sabe?

Levanto la mirada. La chica que trabaja aquí, la que la última vez casi me descubrió con la champaña, está apoyada en el poste donde estacioné mi bici. Le cuelga un cigarro de los labios rojo brillante.

—Me equivoqué de sabor —digo caminando hacia ella—. Tú eres… Blake, ¿cierto? —tengo que mirar su placa para no errar.

Blake apaga el cigarro y saca un sándwich de su bolsa. Es tan inesperado que la miro sorprendida.

—¿Quieres? —me pregunta.

Niego con la cabeza.

—Gracias de todas maneras.

Sigue viéndome fijamente.

—Como que te desconectaste allá adentro —dice.

Me sonrojo. Ni siquiera me había dado cuenta de que ella estaba ahí.

—Es uno de esos días —digo, soltando una risa—. Carajos, en realidad es uno de esos *años*, ¿sabes?

Blake asiente muy seria.

—Así es la vida.

Río porque es sucinto y no muy profundo, pero al mismo tiempo muy cierto.

—¿Tiene que ver con el amor? —pregunta Blake.

—Con muchas cosas —respondo.

Da otra mordida a su sándwich y mastica pensativa. En eso, extiende la mano y me da una palmadita en el hombro. Un pedazo de tomate se cae del sándwich y por poco aterriza en mi zapato.

—Quien te haya roto el corazón es un idiota —me dice un poco consternada.

No sé por qué significa tanto para mí que esta chica desconocida me diga eso, pero es como si alguien tomara una curita y me la pusiera en mi lastimado corazón. No es mucho, y no es una curita grande, pero es *algo*. Para mi total humillación, asoman unas lágrimas.

—Es un estúpido.

—Es una estúpida, sí —concuerdo, y en eso abro los ojos enormes, porque acabo de decirlo en voz alta como si fuera cualquier cosa.

Pero Blake sólo le da otra mordida a su sándwich.

—Todo bien —dice, como si entendiera que está a punto de darme un ataque—. ¿Fumas?

Asiento con la cabeza.

—Acaba de terminar mi turno —añade—. Ven. Ven a mi casa. Te voy a dar de fumar. Tienes pinta de necesitarlo.

VEINTINUEVE

Blake mantiene todas las ventanillas abiertas.

—No tengo aire acondicionado —explica mientras avanzamos. Dejé mi bici encadenada en el 7-Eleven y el calor de 38 grados se arremolina en mi cabello. Lo recojo en una cola de caballo: saco la liga que llevo en mi muñeca y lo ato; algunos mechones luchan por liberarse.

Su auto es la definición de carcacha. No estoy en posición de juzgar, yo que a todas partes voy en bici, pero su espejo retrovisor está pegado al parabrisas con cinta plateada y en el asiento trasero hay más cinta plateada que tapicería.

Blake mete un CD al estéreo y el sonido de Nine Inch Nails retumba en el auto. Reprimo una mueca por el alto volumen.

—Vivo cerca del arroyo —me dice Blake, como si yo debiera saber dónde está "el arroyo". En verdad, a esta gente nunca se le ocurre la posibilidad de que alguien no conozca este lugar.

—Qué bien —digo, porque ¿qué otra cosa se espera que diga? *¿Qué arroyo?* Y entonces me preguntaría de dónde soy, y yo me pondría a pensar en mamá, y entonces...

Lo que quiero es *olvidar*, carajo. Todo, aunque sea por un rato. En este momento, la idea de drogarme me parece el paraíso. Quiero reírme de caricaturas tontas o algo y comer Cheetos hasta atascarme.

Blake parece conforme con que no hablemos mucho en el camino. Es raro, pero lo agradezco.

Mientras más nos alejamos del centro, más cuenta me doy de que "el arroyo" no queda muy cerca que digamos.

—Vaya, vives en las afueras —exclamo, mientras ella finalmente reduce la velocidad y avanza por un camino de tierra.

Blake ríe.

—Creo que nunca había oído que alguien le dijera así.

—No está mal, ¿verdad?

Niega con la cabeza y detiene el auto frente a una casa deteriorada con un tejado oxidado. Hay mucha luz y entrecierro los ojos para cerciorarme pero, sí, es un tejado de *hojalata*. Pensaba que hacía mucho tiempo se habían sustituido los tejados de hojalata por tejas de barro.

Un perro ladra en la cerca que rodea la casa.

La sigo adentro de la pequeña casa. Adentro, está fresco gracias a la protección de los árboles que la rodean, y el estrecho pasillo con alfombra beige por el que me lleva está oscuro. También su cuarto: tiene cortinas negras y en la cama hay un edredón de Buzz Lightyear. Una lámpara de lava es la única iluminación.

Se deja caer en la cama y me acerco lentamente a los libros y cosas que están amontonados en su cuarto en pilas inclinadas.

—¿Te gusta leer? —pregunto.

—A veces —dice Blake—. Sobre todo obras de fantasía. ¿Y a ti?

—La fantasía no me encanta —reconozco—, pero tal vez no he encontrado el libro adecuado.

Saca de abajo de la cama un bong.

—¿Quieres?

Digo que sí con la cabeza y me acerco a sentarme junto a ella. La primera fumada es suave y el agua del bong la enfría, pero al cabo de cuatro fumadas es cada vez más evidente que necesita limpiar el utensilio. En todo caso, ya estoy tan drogada que no importa. Me acuesto boca arriba y me quedo viendo fijamente el techo granulado de la vieja casa. El mundo empieza a girar un poco, así que me incorporo, tratando de despejarme.

—¿Dónde está el baño? —pregunto.

—Ahí —dice señalando una puerta justo afuera de su recámara.

Entro al baño con determinación. Me siento un poco confundida y lenta; me salpico agua en la cara y eso ayuda mucho. Pero en eso, me alcanzo a ver fugazmente en el espejo; me chorrea agua de la barbilla. En el baño apretujado, lo único que veo es a mí. Estoy atrapada en mi reflejo y no siento más que odio. Odio a Curtis... a Sonya... a mí... a mamá.

A veces, la odio intensamente por haberme dejado. Y me odio intensamente, todo el tiempo, por no haber estado ahí para salvarla. Por no ser suficiente para mantenerla aquí.

¿Cómo pude no ser suficiente para mantenerla aquí?

—¿Estás bien? —pregunta Blake en voz baja.

Otra vez niego con la cabeza, incapaz de hacer nada más que decirle la verdad en ese momento; mis muros de ladrillo se vinieron abajo por la destrucción de Sonya, por la paliza de su traición.

Vuelvo la cabeza y miro a Blake. A su manera, es linda. Como un hada malvada que no hace nada sino causar problemas y ríe cuando sus planes surten efecto sobre los desprevenidos seres humanos.

—¿Segura de que no quieres otra fumada?

—No —digo—. Quiero algo más que eso.

Sus delgadas cejas se levantan tanto que casi alcanzan el nacimiento del pelo. Me sonrojo al recordar que por un desliz le dije que mi problema amoroso era con otra mujer. Por un accidente, esta chica sabe más de mí que nadie más en el mundo, y súbitamente caigo en la cuenta de eso metida en este baño diminuto, con las manos agarradas del lavabo salpicado de pasta de dientes.

—¿Tienes unas tijeras? —pregunto; la voz se me quiebra un poco con el tono de la interrogación.

Una lenta sonrisa se dibuja en el rostro de Blake.

—¿Por qué? ¿Vas a apuñalar a una cabrona?

Río.

—Tráelas.

Desaparece. Alcanzo a oírla revolviendo en su cuarto antes de regresar con ellas en la mano.

—Tienen filo —me advierte antes de dármelas.

—Así apuñalan mejor —digo, y suelta una risa demasiado sonora y demasiado larga. Agarro las tijeras.

Me saco el cabello de la cola de caballo y lanzo la liga al lavabo.

—¿Quieres ayuda? —pregunta Blake.

—¿Sabes hacerlo?

—Yo me corto el cabello —replica, encogiéndose de hombros.

Miro su peinado rubio decolorado. Se le ve quemadísimo.

—Creo que puedo hacerlo sola casi todo. A lo mejor necesito tu ayuda con la parte de atrás.

—Genial —dice Blake, sentándose en la orilla de su cama, mirándome desde ahí—. Entonces, seré como tu público presente en el estudio. ¡Vamos, Coley! —se ríe de su propio chiste.

No parece reparar en que es la única que está riendo.

El cabello me cuelga alrededor de la cara. Tomo un poco, paso las tijeras a lo largo, tratando de medirlo en el espejo. ¿Hasta dónde estoy dispuesta a cortarlo?

Sonya se había enredado en los dedos unos mechones como si fueran joyas valiosas. Como si pudiera llevarme puesta como anillo. Y eso quería yo: quería ser parte de ella, estar dentro de su cuerpo, su corazón y su mente. Pero en cambio, es ella la que está marcada en mí, no al revés. A mí me persigue alguien que no está muerta pero que parece estarlo para mí, ¿y qué carajos se hace con eso? ¿Cómo se lidia con algo así?

Aprieto las tijeras… y corto.

Mechones castaños caen en el lavabo. Los observo. Siento en mi interior una oleada de poder crujiendo como cristal. Sigo cortando. Caen varios mechones y con cada uno me siento aún más poderosa.

—¡Va quedando bien! —exclama Blake entre fumadas.

Sólo unos cortes más.

Cuando termino, el lavabo está lleno de cabello. Sacudo la cabeza adelante y atrás. Mi cabellera despareja me roza la mandíbula.

—¡Qué liiiiinda! —grita Blake, levantándose y tomándome de la mano. Dejo las tijeras y permito que me lleve a la cama. Equilibra el bong entre sus piernas cruzadas y pasa los dedos por mi nuevo corte. Cierro los ojos, tratando de no disfrutar la sensación y tratando de no compararla. Fallo en ambos intentos.

—¿Quieres ver algo divertido? —pregunta.

Asiento con la cabeza.

Enciende el bong y chupa el humo. Al soplar saca unos anillos diminutos, hasta que se suelta a reír otra vez.

—¿Cuánto tiempo te tomó aprender eso? —pregunto secamente.

—Ay, mil años —dice.

Me recuesto en la cama y cierro los ojos.

—¿Fue un buen uso de tu tiempo?

—¿Qué otra cosa puede hacerse en este pueblucho de mierda? —me pregunta.

—Entonces, ¿por qué no te vas?

—Me encanta tu manera de decirlo, como si fuera tan fácil —dice Blake mirándome de arriba abajo—. ¿Eres una de esas chicas con dinero, como Sonya?

La mención de Sonya, de manera tan despreocupada y displicente, es como recibir un balazo. Es un recordatorio de que conoce a Sonya y a sus amigos, quizá mucho mejor que yo. Sacudo la cabeza, como si eso fuera a quitarme de encima su fantasma.

—Lo siento —digo—. Tienes razón.

—Pero *sí* me voy a largar de aquí algún día —añade—. Tengo planes.

—¿Ah, sí?

—Planes de darle otra fumada a este bong —sus palabras se convierten en más carcajadas, y esta vez me río con ella, porque es rara y un poco graciosa; tal vez da un poco de miedo, pero ¿no pasa eso con todas las chicas en cierto modo? Quizás es mejor sentirse así ahora y no, por ejemplo, como con Sonya, esa larga, lenta, interminable montaña rusa. No sabía cuánto dolor podría provocarme ella. De haberlo sabido, ¿habría saltado? La caída fue muy fuerte. ¿Es posible detener una caída así? ¿Es inevitable?

¿Es el dolor?

La cabeza de Blake se ladea hacia la mía en la cama y me mira.

—Eres caliente y fría a la vez, ¿verdad?

Pestañeo, porque la respuesta es *Definitivamente*, pero no creo que sea eso lo que ella quiere.

—No sé si estás a punto de reír o llorar —prosigue, y la sensación que se me enrolla en las entrañas es de culpa. Debo irme. Soy un desastre total, persiguiendo la distracción en cualquier forma, aunque la forma sea otra chica.

Pero soy débil, y simplemente me quedo ahí, en la cama llena de bultos de Blake, y miento.

—Tal vez estoy siendo rara —continúa Blake.

—¿No lo somos todos? —pregunto—. ¿Un poco?

Me mira pensativa.

—O mucho —añado, y su sonrisa le tuerce toda la cara de una manera dulce y cadenciosa. Como si no se dignara a darte más que una sonrisa ladeada.

—¿Qué pensaste cuando me conociste? —pregunta Blake.

—Pensé *¡Diablos, esta chica me va a detener por robo!*

Su risa es un chillido; demasiado fuerte, pero tan despreocupada que me quedo asombrada por un instante, preguntándome cómo será ser así de libre y espontánea.

—Eres chistosa, Coley —me dice.

Lo veo venir antes de que llegue. Es muy extraño, casi falso… como si estuviera viéndolo en el cine, y eso lo hace sentir aún más falso, porque las chicas no se besuquean unas con otras en las películas.

Blake se acerca y me besa. Unos labios resbalosos, torpes, con olor a marihuana, casi sucios. Yo también la beso. Me aferro a ella como si fuera una cuerda salvavidas condenada al fracaso. Me odio por la idea que me repta en el cerebro: que he borrado nuestro último beso. El de Sonya y mío. El que ni siquiera sabía que era el último beso.

Ella sí lo sabía.

Sonya lo sabía todo. Ella tenía todas las cartas y las jugaba como si fuera la única que conociera las reglas... porque era ella quien las imponía. ¿Por qué le resultó tan fácil alejarse? ¿No hay nada más que esto? Chicas usándote para ver si les gustas. Probándote como si fueras unos jeans, para luego decidir *No, mejor no.*

¿No es eso lo que tú estás haciendo? La idea me recorre el cuerpo como los dedos de Blake; la combinación me revuelve el estómago.

No por Blake: por mí.

Me aparto y disuelvo nuestro beso. Tengo que irme, tengo que huir. Igual que Sonya.

—Estoy muy drogada —digo, pero mis ojos se cierran mientras los dedos de Blake me acarician el cabello recién trasquilado. Se siente muy bien. Casi como...

No termines esa idea. No pienses en ella.

—Yo también —dice Blake, casi como si estuviera dándome permiso. Como si pase lo que pase, no es gran cosa, precisamente por eso. ¿Es un escape? ¿O una excusa?

Sus dedos se arrastran por mis sienes y trazan la forma de mis pómulos. Caricias suaves que evocan recuerdos de una chica que, según aprendí, de suave no tenía nada. Dios, sólo quiero que alguien me ame. Que me toque como si me amara, como si me valorara.

No. Quiero que *Sonya* me ame. Que me toque con amor, que me vea con devoción.

—Eres muy bonita —susurra Blake—. ¿Ya te lo han dicho?

Sonya sí, pero ya no sé si lo decía en serio o si era un juego.

Niego con la cabeza, como si eso fuera a hacer realidad la mentira.

Cuando Blake me vuelve a besar, cierro los ojos y me dejo llevar por sus caricias. Sus labios rozan todo mi cuerpo, seguidos de sus palabras, y si mantengo los ojos cerrados puedo imaginar que es alguien más.

Está mal, no es justo. Dicho claramente, está *jodido*.

En lugar de la voz de Blake, oigo la de Sonya. En lugar de los labios de Blake, siento los de Sonya, más carnosos. En mi mente, las uñas de Blake no están pintadas de negro, sino de violeta.

—Me gusta tu sonrisa —me dice Sonya, mientras pasa los dedos por mi clavícula de manera coqueta con la cabeza recostada en mi estómago como si ése fuera su lugar—. Y tu cerebro —continúa, levantándose para rozar su cuerpo contra el mío. Tengo que contenerme para no arquearme sobre ella—. La manera como piensas... Eres muy lista —ríe—. Bonita y lista. ¿Te das cuenta?

—Mmm...

—Me gustas —interrumpe, y yo me tambaleo al oírlo dicho así, sin rodeos.

Me saca de mi fantasía mientras me besa, porque Sonya... ella *no* lo diría. Nunca lo diría de manera tan directa.

Nunca lo *reconocería*. Ni siquiera ante ella.

Los labios de Blake se mueven contra los míos. Estoy en su cama, en su pequeña casa.

Y yo soy un pedazo de mierda que acaba de...

Me aparto, respirando fuerte.

—¿Estás...? —Blake me mira confundida.

Parpadeo furiosa, desesperada por contener las lágrimas que están a punto de brotar.

—Lo siento —digo—. Acabo de acordarme de que papá me espera para la cena. Si no llego...

—Entiendo —dice Blake—. También mi papá era un cabrón.

—El mío no lo es —añado casi en automático, y enseguida tuerzo el gesto ante el impulso de defender a Curtis, nada menos que a él. ¿Qué carajos me pasa?

Me estoy desmoronando por completo.

—Me voy a despejar y te llevo a tu casa —dice Blake—. Ven.

Pero cuando extiende la mano, no se la puedo tomar.

TREINTA

Ya es tarde cuando Blake me deja. La casa está oscura. Yo estoy a medio camino de mi cuarto, pensando que logré entrar sin ser vista, cuando se encienden las luces. Me paralizo al sentir la presencia de Curtis detrás de mí. *Carajo.*

—Coley —dice.

—¿Sí? —me doy la media vuelta y trato de poner la expresión más inocente y menos drogada posible.

Sé que apesto a hierba. Debí aceptar el ofrecimiento de Blake y darme una ducha, pero la idea me recordaba mucho aquella noche con la hiedra venenosa y Sonya. Detesto eso, que *todo* me recuerde algo que pasó con ella.

—¿Qué le hiciste a tu cabello?

—Cortarlo —digo, sorprendida de que se haya dado cuenta.

—Bueno, muy bien. ¿Y dónde estabas?

—En casa de una amiga.

Frunce el ceño.

—Creía que Sonya había ido al campamento de baile.

—Soy capaz de hacer más de una amiga —añado, a pesar de que no estoy tan segura. De lo que *sí* estoy segura es de que Sonya y yo no éramos sólo *amigas*, sin importar lo que ella dijera. No tengo idea de qué fue lo de Blake. Necesito averiguarlo para no sentir que soy tan mala como Sonya.

—Creo que tú y yo necesitamos un acuerdo —dice Curtis, deteniéndome en el pasillo—. Tienes que estar en casa antes de la medianoche.

—Eso no es un acuerdo: tú estás fijando una hora de llegada.

—Pues muy bien. Ésa es tu hora de llegada —dice—. Tengo que saber dónde estás y a qué hora vas a regresar. Para eso tienes un teléfono celular.

—El servicio es pésimo en casa de mi amiga —explico—. Vive en el bosque. No recibí tus textos hasta que ya estábamos entrando en la ciudad.

—Eso me lo puedes decir antes de irte.

—¿Por qué no me dejas vivir mi vida y yo te dejo a ti vivir la tuya?

—¡Porque soy responsable de ti, Coley!

—¡Mentiras! Yo soy responsable de mí. He sido responsable de mí *toda la vida*. Y no sólo de mí he sido responsable. Deja de actuar como si fuera una niña. Si de verdad supieras cómo era mamá cuando estaba deprimida… —me callo y respiro fuerte mientras él me mira fijamente.

—El hecho de que puedas cuidarte sola no significa que tengas que hacerlo —dice Curtis.

—Ay, vete al carajo —digo bruscamente, incapaz de callarme esta vez—. Tu primer instinto ha sido siempre ponerte *a ti* antes que a nadie más. Tú me abandonaste. Tú abandonaste a mamá. ¿Y todo porque no querías *mudarte*?

—Fue más que eso, Coley.

—Entonces explícamelo —las palabras salen de mi boca como armas—. Porque cuando las personas buenas terminan una relación, no por eso dejan de ser papás. Sólo los tipos malos piensan que puedes dejar de ser papá.

Se queda en silencio.

—Tú no luchaste por mí, ni siquiera lo intentaste. Nunca me visitaste en los veranos, nunca me llamaste por teléfono en Navidad, nunca me mandaste siquiera una tarjeta en mi cumpleaños —con cada cosa que enumero es como si abriera viejas heridas; derramo sentimientos en lugar de sangre—. Tú fuiste la primera persona en enseñarme que soy alguien a quien nadie va a extrañar —continúo—. Que soy desechable. Tu propio papá no debería considerarte desechable. ¿Sabes lo que significó crecer y darme cuenta de eso? ¿Entender que había este gran agujero donde tú tenías que estar?

Se queda ahí parado, aguantando, y yo me pierdo en la vorágine de estarlo *diciendo*. Las cosas que han estado sepultadas en mi cabeza por tanto tiempo porque cuando era niña solía decirme que no tenía ningún caso preguntarme por él si nunca más iba a verlo.

Excepto que ahora estamos aquí, juntos. La mala pasada más jodida que me haya jugado la vida. Pero ahora puedo gritar, llorar y acusarlo todo lo que quiera.

Y puedo presionarlo hasta que muestre su verdadero yo y no esta versión de perrito golpeado. Quiero conocer al hombre que nos abandonó. Quiero ver a ese Curtis y no a éste, quienquiera que sea.

Sólo necesito pulsar el botón adecuado. Sonya me enseñó a hacer eso. Sonya me enseñó muchas cosas sobre el dolor y el amor, y me hizo ver lo delgada que es la línea que los separa.

—¿Por qué no hacemos un trato? —digo—. Yo soporto tu mierda y tú soportas la mía. Como compañeros de departamento. Y el día que me gradúe me largo de aquí, tal como quieres.

No sé si alguna vez he visto a alguien palidecer tan deprisa.

—¿Es eso lo que quieres? —pregunta, en respuesta a mi provocación con tal rapidez que me sobresalto.

—Es eso lo que *tú* quieres —insisto.

—No —dice—. Eso es lo *último* que quiero. Estás a un año de convertirte en una adulta y hasta ahora ya me he perdido la mayor parte de tu vida. Puedo seguir diciéndote cuánto lo siento. Porque lo siento horrores. Pero también puedo cerciorarme de ya no perderme *nada* de tu vida nunca más. Lo único que quiero es que seas feliz y estés a salvo, y el modo como te has estado comportando me recuerda... —cierra bruscamente la boca y sus ojos se abren enormes ante el traspié. Es como si supiera que está mal decirlo.

Y sí está mal. Si mi rabia había logrado aplacarse un poco, en un instante termina por estallar.

—El modo como me he estado comportando te recuerda a mamá —termino la frase por él—, y eso no lo quieres ni pensar, ¿verdad?

—Coley...

Me doy la vuelta y al pasar junto a él lo golpeo tan fuerte que temo que se caiga. Entonces, de verdad me echaría de la casa, y estaría justificado. Azoto la puerta de mi recámara y la cierro con llave, pero incluso cruzar la habitación para llegar a mi cama es demasiado. Me dejo caer en el piso deslizando la espalda por la puerta. Me abrazo las piernas hacia el pecho y apoyo en ellas la frente.

Pero, desafortunadamente, Curtis ya está aprendiendo cómo ser papá, porque oigo sus pasos en el corredor y no se siguen de largo hacia su cuarto, sino que se detienen frente al mío. Toca la puerta.

Sigo con los brazos rodeándome las piernas.

—¿Coley? —dice desde el otro lado de la puerta—. ¿Me dejas entrar, por favor?

Niego con la cabeza, lo cual es estúpido porque no puede verme.

—Sé que me equivoqué —añade—. Ahora y en aquel entonces. Pero la única manera de superarlo es que hablemos.

Estoy harta de hablar. De sentir. De existir.

En cuanto asimilo esta última idea, la rechazo; todo mi cuerpo se estremece de pensarlo. *No*. No puedo pensar así. Ésa es la clase de cosas que le dan miedo.

Ésa es la clase de cosas que a *mí* me dan miedo. Ese despiadado filo al que mamá se acercó tanto, cuando su cabeza le decía que nadie la extrañaría… ¡y yo *sí* la iba a extrañar! ¡Yo *sí* la extraño! No sé hacer nada más que *extrañarla*. La extraño tanto que es difícil pensar en nada que tenga que ver con ella, porque cuando lo hago el dolor es muy fuerte. He corrido un velo sobre dos vidas (la suya y la mía antes de su muerte), y ahora soy un caparazón vacío: me han sacado todo el amor, los recuerdos y la sensación de pertenencia.

—Nunca pensé que sería así —me dice Curtis a través de la puerta, y suena tan deshecho como yo me siento—. Siempre pensé… Carajo, Coley, siempre pensé que ella algún día volvería. Que un día tocarían a la puerta y cuando la abriera, las dos estarían ahí. Y ahora me doy cuenta de que estuvo mal sentarme a esperar que algo pasara. Que cada vez que lo imaginaba (y sí lo imaginaba mucho, Coley), las dos estaban suspendidas en las edades que tenían cuando ella se fue.

—*Tú* te fuiste —gruño desde mi cuarto.

Hay un suave golpe contra la madera. Pongo la palma en la puerta preguntándome si su mano estará del otro lado. Quiero que sienta el ardor de mi enojo a través del tablón.

—Las dejé atrás —dice—. Las conservé, pero sólo en mi mente, donde tú tuviste la edad de tres años todo este tiempo. Eso es culpa mía. Es mi pérdida y también tuya, y lo siento. Fui un cobarde. Pero yo no dejé a tu mamá: ella me dejó a mí.

No puedo evitar preguntar, porque a ella no puedo preguntarle. Me ha estado rondando en la cabeza desde que descubrí que él hizo su dije de ojo de tigre.

—¿Todavía la amas?

Se tarda una eternidad en responder. Eso es lo que pasa con la verdad: es difícil hacer que salga.

—Siempre la amaré, Coley. Tal como siempre te he amado a ti, y siempre lo haré.

TREINTA Y UNO

Hay una especie de tregua tambaleante entre Curtis y yo desde la otra noche. Caminamos de puntitas cuando estamos cerca, igual que al principio. Pero, carajo, me siento muy sola: cada día se extiende sobre el siguiente, interminables ansias que no pueden saciarse, preguntándome qué estará haciendo Sonya, si alguna vez piensa en mí.

Cuando Blake me llama para que salgamos, otra vez estoy cayendo en la espiral de preguntarme *¿Y si...?*, y me prometí a mí misma que no lo haría, así que le digo que pase por mí. Esta vez, le digo a Curtis adónde voy, de hecho. Por la tregua y todo eso. Estoy tratando de ser responsable.

No quiero que tenga miedo de que yo vaya a precipitarme en la oscuridad como mamá. Enterarme de esto... no fue bueno. No debería importarme cómo se siente o si se preocupa. Pero él sigue esforzándose y no tengo a nadie más. Así que supongo que debería esforzarme un poquito también yo.

—Voy a salir, ¿está bien?

Me mira desde el sofá, donde está revisando discos.

—¿Adónde?

—A casa de mi amiga Blake, vive por el arroyo. Va a venir a recogerme.

—De acuerdo. Regresas antes de la medianoche.

—Diviértete con tus discos.

—¿Detecto cierto sarcasmo?

—O sea, es un poco anticuado, ¿no? —su tocadiscos tiene su propio estuche en la sala junto a sus guitarras.

—Clásico, Coley. Se llama *clásico*.

—Si tú lo dices.

—Te podría tocar unas...

—No, por Dios, no me vas a obligar a oír tu música de anciano, ¿o sí?

Ríe.

—Nunca me he sentido tan pasado de moda. ¿"Música de anciano"?

—¡Pues no sé lo que te guste!

Sacude la cabeza con expresión mortalmente ofendida y sumamente divertida.

Suena un claxon afuera.

—Es Blake —exclamo.

—Diviértete. Hablaremos de música en algún otro momento. Tú sí puedes dejarme oír lo que te gusta, ¿de acuerdo?

—No le vas a entender nada —le digo con toda sinceridad.

—Quizá te sorprenda —replica.

¡Por favor!, pienso, pero antes de salir le digo adiós con la mano para conservar la paz.

Blake abre la portezuela del copiloto desde adentro antes de que yo pueda alcanzar la manija.

—Hola.

Esta vez tengo un plan. He pasado algunos días pensando en eso: en lo jodida que me sentía por pensar en Sonya cuan-

248

do estaba con Blake. No puedo volver a hacer lo mismo. Necesito llegar a conocer a Blake más allá de que sea un poco rara y muy ruidosa. Eso es lo que se hace, ¿no? Simplemente pasar tiempo con una chica y conocerla mejor. Es como si ahora me corrigiera a mí misma todo el tiempo, pues todo tiene un dejo de Sonya. Para esto todavía no hay una hoja de ruta.

—¿Siempre has vivido hasta acá? —pregunto mientras nos dirigimos a su casa con las ventanillas abiertas; hay en el aire un fresco aroma de heno por la *pick-up* que va adelante con toda una carga.

—Sí, mamá heredó la casa. Ha sido de mi familia desde siempre. La única cosa que mi abuelo no perdió apostando.

No sé qué decir a eso. *¿Qué horrible?* Porque suena a que lo es. Pero... al menos aún tienen la casa. Son los giros de la vida, aun cuando algunos son buenos, otros son malos.

—¿Y sólo son tu mamá y tú? —pregunto cuando llegamos a su casa y otra vez estamos ella y yo solas.

—No, también papá, pero no contamos mucho con él —dice Blake con indiferencia, hurgando en el refrigerador y sacando una charola de pay. Mete dos tenedores en medio de los restos de pay de cereza y se desliza junto a mí para dirigirse a su cuarto. Yo la sigo, y ya está tumbada en la cama, con el pay equilibrado en una de sus grumosas almohadas mientras escarba en busca de su bong.

—¿Quieres una fumada?

Niego con la cabeza. Quizá parte del problema fue drogarme tanto la vez pasada. Mejor tener la cabeza despejada. Me siento en su escritorio y no junto a ella en la cama, para guardar alguna distancia.

—Ya se me está acabando —comenta Blake, y me sonrojo, preguntándome si no debí ofrecer... no sé, ¿conseguirle algo de hierba? No sé cómo sea aquí la etiqueta: hay mucha más marihuana aquí que en el sur.

Me apoyo en el escritorio y mi codo roza algo anguloso y como de papel. Miro y tuerzo el gesto; hay por todo el escritorio unos paquetes blancos. AGUJA GRADO MÉDICO 16 G.

—Blake —digo despacio—, ¿por qué tienes todas estas agujas?

—Drogas —dice alegremente mientras da otra fumada.

La miro fijamente, siento un cosquilleo en la piel... y... *carajo*...

Le sale humo de la nariz mientras vuelve a soltar esa risita chirriante.

—¡Ja! La cara que pusiste.

Siento algo de náuseas y se me calienta la cara.

—Es que el año próximo empiezo mi entrenamiento para hacer *piercings* —me cuenta Blake—. Sólo tengo que ahorrar un poco más.

—Eso... —me detengo, porque perfectamente puedo imaginar a Blake disfrutar hacerle agujeros a la gente para ganarse la vida— ...es apropiado —termino—. Y genial. Yo nunca podría.

—Eres aprensiva, ¿eh? ¿Quieres que te haga algo?

—¡¿Hacerme qué?! —pregunto, y me imagino toda clase de cosas.

Ríe.

—¡Mira!, te estás poniendo roja. Una perforación en tu cartílago, por ejemplo.

Me toco la parte superior de la oreja. Un pequeño aro o un broche de bolita ahí sería lindo, sobre todo con mi cabello corto.

—Sí, eso me gustaría.

—¡Así se habla! —exclama.

Nos instalamos en su baño y me impresiona lo preparada que está Blake. Tiene agujas, esterilizador y aros esterilizados empaquetados. Me deja elegir. Escojo mejor plateado que dorado, porque el dorado me recuerda a Sonya y quiero algo que sea mío. El plateado, como luna en cuarto creciente, me susurra sabiduría al oído. Estos días necesito toda la sabiduría posible.

—¿Y cómo te interesaste en esto? —pregunto mientras prepara mi oreja y marca con cuidado el punto para el *piercing*.

—Cuando era niña me perforé yo misma las orejas con una aguja de coser y hielo —dice—. Luego compré un montón de aretes en Claire's y les cobré veinte dólares a las otras niñas por hacerles lo mismo.

—Muy comprometida.

—Qué puedo decir, a veces la mutilación deja dinero —añade Blake—. Respira hondo.

Obedezco y siento el piquete de la aguja en mi oreja. Tiene manos firmes... ¿quizá precisamente *porque* está tan drogada? Antes de que me dé cuenta, ya hay un pequeño aro titilando en mi oreja. Limpia la zona diligentemente y me pasa una botella de solución salina y una tarjetita con los cuidados que debo tener.

—Sí que estás preparada —digo con sorpresa.

—Necesitas setecientas cincuenta horas de entrenamiento para que te den la licencia —dice Blake—, pero necesito ganar dinero para pagar el entrenamiento.

Regresa sin prisa a su recámara y yo me quedo viéndome en el espejo. Cabello corto, nuevo *piercing*. No es una Coley completamente nueva la que me devuelve la mirada en el reflejo, pero sí es algo. Al menos, estoy intentando salir de este interminable círculo de estar sintiendo odio y preguntándome si alguna vez vendrá algo bueno.

—Entonces, ¿vas a hacer tus cientos de horas para luego irte de aquí? —pregunto y me acerco para sentarme junto a ella en la cama. Toma el pay y le clava el tenedor. Ya empieza el hambre después de la hierba.

Hay algo en ella y su libertad que me llena de esta extraña mezcla de envidia y vergüenza. No creo que yo pudiera ser tan indiferente a todo como ella parece.

—Quiero irme a una ciudad más grande para aprender a tatuar —explica Blake—. He estado planeando mi primera obra desde los doce años. ¿Quieres verla?

Asiento con la cabeza. Deja caer la charola de aluminio sobre mi regazo, se levanta y rebusca en su estantería combada. Saca un cuaderno de bocetos desgastadísimo, con el lomo agrietado y unas ligas para mantener la cubierta en su sitio.

Quita las ligas y las hojas se desparraman. Mientras las revisa, voy viendo destellos de su arte, como si hojeara un folioscopio. Un cementerio; el carboncillo de las sombras en las piedras se desliza hacia el suelo. Varias manos surgiendo de la tierra. Hacia abajo de la página su apariencia se va volviendo cada vez menos humana y más zombi. Un autorretrato, mucho más crudo de lo que debería. ¿Así se ve a sí misma? Un gato, negro por supuesto, bufando. Finalmente encuentra el boceto que está buscando, lo saca y lo pone entre nosotras.

Es un ángel, pero sus alas no son sombras de carboncillo. Más que de plumas, parecen hechas de piel, y surgen de la espalda del ángel, ensangrentadas y dolorosas, y unas espinas brotan alrededor de las orillas. La cabeza de este ángel está encorvada, como si las alas fueran una carga demasiado fuerte para él.

—Parece triste —digo, rompiendo el súbito silencio entre nosotras. Acerco la mano antes de poderme detener. ¿Para tocar el dibujo, supongo? Pero Blake lo toma rápidamente y lo mete con cuidado entre las páginas de su cuaderno.

—Sí, bueno, es parte de los dibujos que hice después de haber dejado a mi ex, que es gay, y tuve un aborto —dice, encogiéndose de hombros—. Las hormonas del embarazo están endiabladamente jodidas. Me desordenaron la cabeza. No lo recomiendo.

—No recomiendas quedar embarazada de… espera —sacudo la cabeza tratando de juntar toda la información que acaba de echarme encima—. ¿Tu ex es gay? O sea, ¿un hombre homosexual?

—Sí, un hombre gay —dice Blake—. Aunque, no sé, ¿a lo mejor es bi? Tendría que preguntárselo, pero ya no nos hablamos. O sea, se portó bien con el aborto: pagó la mitad, como debe ser. Pero le conflictúa que le gusten los hombres —agrega poniendo los ojos en blanco—. Piensa demasiado. Ni que fuera para tanto.

—¿De verdad piensas eso de ser gay?

Me mira y por un segundo su mirada adquiere cierta furia.

—Cualquiera que te diga lo contrario es un maldito cabrón despreciable —exclama, y nunca le había oído a nadie una voz mortífera, pero en ese momento descubro cómo suena.

Suelto una carcajada.

—Eso es… Has pasado por muchas cosas duras. Lamento que haya sido difícil.

—Ay, por eso me caes bien —dice con dulzura inclinándose hacia mí y dándome un golpecito en la nariz—. Qué tierna eres. El mundo todavía no te ha hecho daño.

Trato de sonreír para disimular el golpe que representan para mí sus palabras. Esa relajada suposición. *Si supieras.*

Pero no se lo puedo decir. Dios, ¡*no* se lo puedo decir!

Yo confié en ella. Después de los besos en las vías del tren y las manos de Sonya untándome loción en la espalda en el suave silencio de su baño, con la cama al otro lado de la pared. Me permití confiar en ella y luego, ella lo hizo añicos. No sólo con ese estira y afloja con el que me atrajo hacia ella sólo para luego retraerse horrorizada como si no hubiera sido idea suya, para empezar. Pero el hecho de que les contara lo de mamá a todos sus amigos…

¿Cómo pudiste hacerme eso?

—Eres muy dulce, Coley —me dice Blake y me saca de mi ensimismamiento. Se acerca para besarme. Quiero creerle, quiero ser la chica que ella ve en mí, porque no lo soy: soy lo contrario.

Ahora soy yo la que trae puesta una máscara. Mis labios se deslizan sobre los de una chica, y yo me escondo mientras ella cuenta sus secretos. Ahora Sonya se reiría de mí. Diría *Fuiste una buena alumna.*

Supongo que los estudiantes siempre se convierten en maestros.

TREINTA Y DOS

Creo que deberíamos salir —digo.

Es la cuarta vez que me la paso con Blake en su casa. Llegué tarde, así que pronto va a oscurecer. Los días que no nos hemos visto se han alargado. Me gustaría decir que he perdido por completo la noción del tiempo desde que Sonya se fue, pero sería una mentira.

—No hay ningún lugar adónde ir —observa Blake con desdén.

—Podríamos ir al lago.

—De ninguna manera.

—¿Ir a comer algo?

—No tengo hambre —dice—. Hoy no he fumado. Anoche me quedé sin hierba.

—Mierda —respondo.

—Esto apesta —se queja—. Odio andar sobria por la vida.

Me enderezo.

—¿Quieres que me vaya?

—Claro que no, qué te pasa —dice—. Conozco a alguien que vende. Podemos ir por un poco.

—¿Tienes dinero?

—Me debe un favor. O algunos millones de favores, más bien —dice—. Después de todo, yo me aseguré de que no fuera un papá adolescente.

Ella se levanta y a mí se me ponen los ojos como platos.

—¿Tu ex es traficante de marihuana?

Toma las llaves de su escritorio y su cartera con incrustaciones.

—Qué escandalizada suenas, osita Coley —dice burlona—. Tú eres la que se ha estado fumando esta hierba los días que nos hemos visto.

Me sonrojo.

—Es diferente —replico.

—Tan dulce e inocente —ríe Blake—. Ven, vamos a corromperte un poco —extiende la mano y la tomo. Lo hago porque sé que la han herido y en el fondo sé que no le cuentas a nadie cosas como las que ella me ha contado a mí a menos que te importe. A menos que tengas heridas que buscas sanar.

Blake pone su música a todo volumen, mientras avanzamos treinta kilómetros por hora por encima del límite de velocidad, por carreteras llenas de curvas que deberíamos tomar despacio. La cabeza me está dando vueltas cuando se detiene frente a un grupo de casas móviles destartaladas que se extienden a lo largo de un terreno árido. Se han cortado todos los árboles de la zona; unos cuantos tocones son el único indicio de lo que hubo antes.

Blake se estaciona frente a una casa amarilla que tiene bloques de cemento a modo de escalones.

—Ésta es la suya —dice—. Voy a ver si está. Quédate aquí.

Sale y se dirige al frente. La observo por el parabrisas y siento algo raro formándose en el estómago cuando me doy cuenta de que no toca a la puerta, primero toca la perilla. Luego, en los escalones de bloque de cemento, gira sobre su propio eje, como si estuviera contando los autos.

Me entra una sensación de pavor en el pecho. Algo no anda bien. Bajo la ventanilla.

—Hey —la llamo entre dientes.

La cabeza de Blake se gira bruscamente hacia la mía y viene corriendo al auto.

—No hagas tanto ruido —dice.

—¿Está aquí? —pregunto, aunque conozco la respuesta.

—No creo.

—Entonces, ¿nos vamos?

Por favor, vámonos. Es como si unas uñas me estuvieran pinchando la nuca en advertencia. Mi corazón está tan acelerado como si hubiera corrido varios kilómetros.

—No —dice Blake—. Necesito fumar, y él está en deuda conmigo.

—¡Blake! —exclamo, pero ella ya va de regreso a la casa móvil.

Observo mientras se asoma por una de las ventanas y, para mi horror, la abre. Carajo. Carajo. En verdad está haciéndolo. Está *robándole* a su exnovio traficante de drogas. Es una locura, es peligroso. Curtis me va a matar, si es que alguien no me mata antes aquí mismo.

Agarro la manija de la portezuela con los muslos tensos y el corazón gritándome *Corre, corre, corre.* Pero no hay adónde ir, no hay nada en varios kilómetros a la redonda. Estoy atrapada. Y no sólo eso: soy una estúpida. Ella está loca de remate toma riesgos que yo nunca...

El crujido de la grava detrás de mí hace que mi pobre corazón me reclame a gritos y quiera salir en estampida. Presa

257

del pánico, veo por el espejo de retrovisor que una camioneta se estaciona detrás del auto de Blake. Ella desapareció dentro de la casa móvil. Yo me agacho, con la esperanza de que quien venga en la camioneta no me haya visto. Pero... ¿y si me vio? Las ventanillas están abiertas. No puedo cerrarlas ahora. Carajo. Carajo. Estamos condenadas. Nos van a matar a golpes.

Los faros de la camioneta iluminan el camino de la entrada. Me encojo de miedo al oír que la portezuela se azota. Alguien bajó de ella. Lentamente me asomo, lo suficiente para ver el espejo lateral. La misteriosa figura se dirige a mí y cuando veo el bate en su mano, mi cuerpo entero me grita que corra.

Ningún lugar adónde ir, nadie a quién llamar, otra vez sola.

Las pisadas suenan cada vez más fuertes y soy presa del pánico.

—Hola, ¿qué estás...? —dice una voz masculina. Me quedo un poco desconcertada, mi cerebro a toda prisa detecta señales de reconocimiento, pero no conecta del todo—. ¡¿Coley?!

Levanto la mirada y ahí está Alex, viéndome con expresión de confusión total. Mira las esposas de peluche que cuelgan del espejo retrovisor de Blake y luego la casa móvil.

—Carajo, ¡no puede ser! —dice—. ¿Está adentro de mi casa?

Antes de que yo pueda responder la maldita pregunta, lo hace Blake al elegir ese momento para salir por la ventana con una pequeña bolsa de hierba sostenida de los dientes.

Alex embiste balanceando el bat. Yo me quedo atrás, tratando de reconstruir todo en mi confundido cerebro. ¿Alex es el ex de Blake que quizás es gay?

—¡Blake! ¿Qué carajos estás haciendo? —grita.

—Cobrando, nene —ella suelta una carcajada y la bolsa de hierba se le cae de la boca. Alex se echa adelante para agarrarla al vuelo, pero se le cae el bate. Blake, que está demasiado cerca, se lanza al suelo, atrapa la bolsa y se aleja bailoteando. Ella le da una patada al bate para quitarlo de en medio, desternillándose de risa.

—Blake, devuélveme eso —dice Alex—. Son treinta gramos de índica.

—Ay, ay, ¿son treinta gramos de índica? —repite ella y su rostro se contorsiona en un horrible remedo de él.

Se me tuerce el estómago mientras los veo. ¿Esto es la vida? ¿Esto es el amor? ¿Que la gente te use a ti y que tú la jodas? ¿Esto es lo que tengo que vivir para estar con alguien?

Detrás de mí oigo que se azota la puerta de un auto.

Y ahí está: la persona que sin lugar a duda empeorará aún más esta situación. Trenton viene caminando hacia el auto, como si Alex no estuviera persiguiendo a una Blake que no deja de reírse por todo el patio y no necesitara su ayuda. Con las manos en los bolsillos, muy tranquilo, está totalmente centrado en mí.

Quiero cavar un hoyo y esconderme. No me da tiempo ni de subir las ventanas y él ya está inclinándose hacia el vehículo.

—Mírate nada más —dice, y su voz tapa las risitas de Blake y los gritos de Alex. Aún no la atrapa—. ¿Al final sales a pasear con la escoria?

Miro fijamente hacia delante. Si lo veo a él, temo que haré algo así como echarme a llorar de pura humillación.

—Trenton... ¿puedes... ayudarme... carajo? —brama Alex, que finalmente atrapó a Blake por la cintura. Ella trata salvajemente de zafarse, y Trenton corre a toda velocidad en el momento en que Blake suelta una fuerte patada que le da a Alex en la rodilla. Él se cae con un ruido de enojo y estupor.

—¡Carajo! ¡Blake, maldita cabrona! —grita Alex jadeando.

Con un bate en la mano, Trenton da un salto hacia Blake y ella sale disparada, esquivándolo, y va al auto al galope sin soltar la bolsita de hierba. Abre la puerta y se echa en reversa. Por poco golpea la miniván. Avanza con la sonrisa más grande del mundo mientras los chicos corren tras nosotras y Trenton intenta golpear el auto con el bate. Pero de nada sirve: ella se salió con la suya. *Nos* salimos con la nuestra.

Pero es como si mi corazón no lo supiera.

Blake sigue riendo cuando aceleramos por la calle flanqueada de árboles, y cuando voltea hacia mí con una enorme sonrisa, el gesto alegre se empaña.

—Ay, dulce osita Coley —me susurra—, ¿te asusté?

—Para el auto —le digo.

—¿Qué...?

—*¡Que detengas el auto!*

El auto avanza dando sacudidas por el camino desnivelado hasta que se detiene en el arcén. Me bajo. En este momento, no puedo estar ahí adentro con ella. Esos momentos antes de darme cuenta de que el traficante era Alex... Pensé... Diablos, pensé tantas cosas y ninguna era buena: todas eran *aterradoras*.

—¿Vas a vomitar o algo? —pregunta Blake.

La miro por encima del hombro.

—Súbete al auto —dice—. Fue *divertido*.

—No, no lo fue —replico.

Ella pone los ojos en blanco.

—Vamos, Coley.

—*No.*

Su rostro se endurece, aprieta los labios.

—Está bien. ¡Diviértete regresando a tu casa, perra! —y se va.

Saco mi teléfono. Una parte de mí espera que *no* haya señal. Claro, estamos como a veinticinco kilómetros del centro. Pero caminar veinticinco kilómetros para llegar a casa es casi mejor que la alternativa.

Pero tengo señal, lo que significa… *Carajo.*

Respiro hondo. Entonces, marco el número.

Cuando contesta me suelto a llorar. Lloro con tantas ganas que ni siquiera estoy segura de que oiga la mitad de la historia que estoy contándole ahí a un lado de la carretera. Pero sí sé que escucha la última pregunta, porque resuena en mi cerebro horas más tarde, cuando estoy más tranquila.

—Papá, ¿puedes venir por mí?

¿Esto es por lo que tengo que pasar para que una chica me ame?

TREINTA Y TRES

Estoy sentada a un lado de la carretera con las rodillas contra el pecho, el trasero en la tierra, los brazos envolviéndome las piernas. Coloco la barbilla en el hueco que forman mis rodillas juntas; aprieto los dientes para impedir que castañeteen mientras me balanceo adelante y atrás.

No hace frío, pero no importa.

Los ojos me duelen de tanto llorar. Ya están secos. Lágrimas pegajosas y mugrientas se acumulan a lo largo de mis clavículas. Pero no logro que mi corazón deje de latir como si fuera un conejo huyendo de un zorro.

Si dejo de apretarme las piernas, me iré corriendo. Saldré disparada como algo salvaje en busca de algún tipo de libertad.

Por eso me sostengo con fuerza. Una camisa de fuerza de mi propia invención tratando de contenerme.

Pero hay demasiado. Es demasiado.

Ser yo misma no me ha traído más que dolor. Traté de abrirme con Sonya y me dejó de lado como si yo no significara nada. Traté de conocer a Blake, pero todo lo que hacíamos me recordaba a alguien más, y ahora estoy aquí, abandonada junto a la carretera.

Dejada de lado.

Todos se van siempre. Curtis fue el primero, cuando yo era chiquita. Mamá perdió el control y no se pudo quedar. Sonya me besaba como si fuera la primera, la última y la única, y luego me hizo trizas y me relegó como si no significara nada.

Como si yo fuera cualquier cosa.

Cuando llega Curtis, ya estoy llorando de nuevo. Detiene bruscamente el auto y *salta* como si le hubiera llamado para decirle que me robaron el auto con violencia.

—Estoy bien —le digo, pero no puedo dejar de llorar. Mientras más lo intento, más lloro. Lágrimas, mocos, humillación, miedo *y alivio* salen de mí a borbotones.

Vino por mí.

—Mi amor —me toma de los hombros y yo me tenso, pensando que va a *sacudirme* o algo. Pero no, sólo está *verificando*, asegurándose de que yo esté bien. Me da unas palmaditas en los hombros como para decir *¡Fin de la alerta!* Y el gesto resulta tan raro que en cualquier otro momento habría sido divertido.

Pero entonces me atrae hacia él, me abraza fuerte, y deja de ser raro.

De repente, es exactamente lo que necesito. Mis lágrimas le empapan la camisa.

—¿Nos vamos? —lo único que quiero es un buen baño y mi cama y nunca jamás volver a ver a Blake, Alex o Trenton. Sé que eso no va a pasar porque esto es un estúpido pueblucho y, claro, la escuela empieza en menos de dos meses. Me encanta cómo ya consolidé mi reputación de bicho raro antes de siquiera poner un pie en la escuela.

—Sí, vámonos a casa —dice.

Me abrocho el cinturón de seguridad y me pongo a juguetear ociosamente con los conductos de aire acondicionado mientras él se incorpora a la carretera.

Va callado mientras maneja. Kilómetros enteros. Yo estoy ahí sentada, con el estómago tamborileándome de la ansiedad, las mejillas mojadas por las lágrimas. Pero al fin deja de contenerse. Hay un hilito de orgullo cosido en mi corazón por no ser yo quien rompe el silencio.

—¿Quieres contarme lo que pasó?

Miro por la ventana porque verlo a él no es opción.

—Acabo jodiendo todo —las palabras, la verdad, salen a la luz antes de que yo pueda detenerlas.

—¿Por qué dices eso?

—Me odio. Lo odio *todo*.

—Coley —su voz suena más grave por la preocupación.

Me concentro en los árboles y los voy distinguiendo mentalmente conforme los pasamos. Pino. Pino. Secuoya. Roble.

—Me odia.

—¿Tu amiga? ¿Blake? ¿Qué hizo?

—No, ella no: Sonya.

Se queda callado.

—Yo soy la que debería odiarla —prosigo—. Y me odio por no hacerlo. ¿Eso es lo que es el amor? ¿Nunca odiar a la persona a pesar de que lo merece? Porque esto es montón de mierda, Curtis.

—Eh… —me mira de reojo, tratando de procesar. Yo sigo a la carga.

—No sé por qué no soy suficiente para ella. ¿Por qué no soy suficiente *para nadie*? Mamá me falló. Seguro que también ella me odiaba. Al final, no soportaba estar cerca de mí. A veces pienso que por eso se me fue el autobús ese día.

Para poder tener unos cuantos minutos más sin que ella me odiara.

—Oh, Coley —sin decir otra palabra, Curtis vuelve a pararse a un lado de la carretera. Un autobús que ha venido pegado a nosotros nos rebasa. Él se gira en el asiento y apoya la mano en mi respaldo, a unos centímetros de mi hombro.

—Tu mamá te amaba —me dice Curtis.

—No lo suficiente.

Se queda callado un largo rato, y la verdad de lo que he dicho se instala entre nosotros como una nueva cicatriz compartida por ambos.

—Quizá no en ese momento —dice al fin—. No creo que en ese momento estuviera pensando en nada más que en su propio dolor. Pero en general, todos los días, tu mamá te amaba. Luchó por ti, y sé que estaba orgullosísima de su hija.

—Tú no lo...

—Sí lo sé —me interrumpe—. Coley, yo soy quien empacó todas sus cosas. Sus diarios, sus cuadernos de bocetos.

—¿Los leíste?

Exhala largamente.

—Leí el último, el que abarcaba el último año antes de que...

Quisiera sentir alguna indignación, pero no puedo. Una parte de mí lo entiende. Una parte de mí quiere leerlos porque él está mencionado ahí. Una parte de mí no quiere ni tocarlos. *Nunca*.

—Quería entender una parte de cómo pasó esto. Cómo habían estado viviendo —explica.

—¿Su diario te dio respuestas?

—Me dio muchas preguntas —dice—. Preguntas que creo que sólo tú puedes responderme. A su tiempo.

—¿Y crees que tenemos tiempo?

—Tenemos todo el tiempo que estemos dispuestos a darnos el uno al otro, Coley —dice Curtis sinceramente—. Podemos volver a empezar. Tú y yo. Eso no significa que el pasado esté olvidado o incluso perdonado. Sé que el perdón y la confianza se ganan, pero mereces sanar, amarte a ti misma.

—No pienso poder hacer eso.

—Yo sí lo pienso.

Quiero creerle. No sé si sea posible tener esa esperanza... pero nunca lo averiguaré si no lo intento.

—¿Cómo puede mejorar algo? —le pregunto.

—Siendo honestos el uno con el otro en vez de cercarnos como si estuviéramos en un cuadrilátero —responde—. Estoy de tu lado. Quiero estar en tu equipo, no peleando contra ti. Quiero verte graduarte en la preparatoria y después en la universidad y, por qué no, quizá después hagas una Maestría.

—Mmm... ¿has visto mis calificaciones? —pregunto con escepticismo.

Ríe.

—Está bien, entonces quiero verte empezar tu carrera, elegir a tu pareja de vida, todo eso. Quiero ser parte de tu vida, Coley. Sé que ya me he perdido gran parte de ella, pero no tengo que seguir perdiéndomela. Podemos tenernos, estar ahí, en las buenas y en las malas.

—Con Sonya hubo cosas buenas —susurro— y luego me jodió. No sólo se fue —confieso—, sino que les contó a sus amigos sobre mamá.

—Ay, mi amor —se acerca y de pronto ya estoy entre los brazos de mi padre, que se inclina sobre el freno de mano; es un abrazo un poco torpe, pero lo necesitaba.

—Tú fuiste la parte buena de lo que hayas tenido con ella —dice Curtis duramente—. Tú eres la parte buena de *todo*, corazón. No podemos controlar lo que hace la gente, cómo nos traicionan o por qué, cómo se van de nuestras vidas. Mucha gente huye asustada. Algunas personas vuelven y recuperan nuestra confianza. Pero las que no regresan, o que no se esfuerzan en recuperar lo que perdieron de nosotros... a ésas tenemos que aprender a soltarlas.

—Qué difícil es —confieso.

—Pero cuando sueltas, puedes tomar todo ese amor que tenías, toda la energía, y encauzarla en ti misma. Porque en ti misma hay mucho que puedes amar, Coley.

—Ojalá pudiera verlo —digo.

—Lo harás —responde—; me voy a asegurar de eso, te lo prometo.

Sentada ahí con él en el auto, se siente como si lo dijera en serio. Y tiene razón. Él y yo nos tenemos el uno al otro. Eso es todo.

La confianza se gana. Y creo que, poco a poco, él se está ganando la mía.

TREINTA Y CUATRO

Usuario de LJ: SonyatSunrisex00x [entrada pública]
Fecha: 8 de julio de 2006

[**Humor:** eufórica]
[**Música:** "Maneater" – Nelly Furtado]

La siguiente vez que me digan que el baile no es un ejercicio extremo, quiero que se sometan a la sesión de estiramientos que acabo de tener. Oh, no, esperen: a los cinco minutos estarían chillando.

Tengo músculos que ni sabía que existían punzándome en protesta.

—Sonya

Comentarios: _____

T0nofTrent0nnn:
Yo también tengo algo que me está punzando.

MadeYouBrooke23:

¡TRENTON!

Usuario de LJ: SonyatSunrisex00x [entrada privada]

Fecha: 18 de junio de 2006

[**Humor**: enojada]
[**Música**: "Numb" – Linkin Park]

He estado reservando horas del estudio para mi práctica cada noche sólo para estar sola y alejarme de todo. Madame Rosard me dijo que necesitaba socializar. No puedo entregarme al trabajo y ya. Pero... ¿qué no es ése el propósito de todo este dinero que están pagando mis padres?

No le gustó que dijera eso. Casi me manda a encargarme del lavavajillas. Si recibo otras dos advertencias van a llamar a mamá. Entonces sólo necesito cerciorarme de que nadie me vea hacer nada que pueda ameritar una advertencia.

La primera vez que reservé tiempo de estudio tan tarde fue sobre todo porque una compañera de cuarto invitó a Faith a nuestra cabaña y yo no podía soportar su sonrisa de sabelotodo. ¿Por qué a todo mundo le cae bien? Es muy petulante. Como si ya tuviera todo resuelto en su vida.

Yo no estaría tan orgullosa si fuera ella. Oí que su mamá ya no le habla. Sus padres se separaron por su culpa. Su papá se puso de su lado y su mamá...

El amor no es muy incondicional que digamos, por mucho que lo digan. Lo aprendí cuando mamá y papá se separaron. Una familia se divide y no deja una cicatriz: es una herida. A veces no sana.

Algunas cosas son difíciles de sanar.

No quiero que mi familia se divida. No quiero ser lo que la separe por completo sólo porque no puedo controlar...

¿Cómo puede soportarlo Faith? Sus padres *se separaron* porque ella no se pudo controlar.

¿O le duele y sólo esconde la herida?

Si la está escondiendo, quiero saber cómo.

Quiero aprender.

Lo necesito.

Porque yo la lastimé.

No a Faith. Ella no podría importarme menos.

A Coley.

Lo eché todo a perder. Bueno, como que al principio Coley lo arruinó primero, actuando toda...

¿Por qué Coley tenía que actuar así? ¿Por qué tenía que hablar sobre eso? Estaba bien hasta que ella quiso todo *eso*.

Debió haberlo sabido. Yo no soy Faith. Coley no es Faith. No podemos ser Faith.

Sólo toca ser Faith si estás dispuesta a perder cosas como a tu mamá o a todos tus amigos. ¿Por qué estaría Coley dispuesta a hacer eso cuando ya perdió a su mamá? No tiene sentido.

Por nada vale la pena ser la cosa que lo rompa todo en pedazos.

Y nunca podría.

¿O sí?

—Sonya

Usuario de LJ: SonyatSunrisex00x [entrada pública]
Fecha: 15 de julio de 2006

[**Humor:** sintiendo el amor!]
[**Música:** "A Thousand Miles" – Vanessa Carlton]

¡Hoy me llegó el paquete más tierno! @Sjbabayy, ¡¡¡muchas gracias!!! La pequeña bailarina está colgando de mi litera. A mis compañeras de cuarto al principio les dieron celos, pero compartí con ellas las galletas. ¡Qué linda eres! <3

Y T0nofTrent0nnn, ¿sabes en qué líos podrías meterme con esa tarjeta que me mandaste? ¿Penes de caricatura formando las palabras "Te extraño"? ¿En serio? ¿Tienes cinco años?

—Sonya

Comentarios:

SJbabayy:
¡Qué bueno que ya te llegó! La bailarina me hizo pensar en ti.

MadeYouBrooke23:
¡No puedo creer que le mandaste un paquete sin mí!

SJbabayy:
¡No te encontraba! Últimamente te la pasas desapareciendo.

T0nofTrent0nnn:
Sólo me quiero asegurar de que me extrañes, nena.

Usuario de LJ: SonyatSunrisex00x [entrada privada]
Fecha: 18 de julio de 2006

[**Humor:** ni siquiera sé]
[**Música:** "Chasing Cars" – Snow Patrol]

A veces, en la noche, cuando me acuesto en la litera, el cuerpo me duele.

Y no son los músculos o las horas de baile. Estirarme no lo alivia.

272

Es más profundo.

Está metido tan dentro de mí que no puedo sanarlo.

Alguien más tiene que hacerlo.

Ella tiene que hacerlo.

Coley entra a hurtadillas en las noches. Se mete en mi cabeza, en mi corazón, en mi cuerpo. Se desliza por mi piel, chispas que despiertan a la vida, y no puedo detenerla. No quiero.

Es todo lo que obtendré de ella ahora.

Es el único momento en que me siento viva. Acostada en la oscuridad, pensando en ella, en nosotras, besos en las vías del tren, murmullos en los baños, sus dedos subiendo por mi vientre. Pero en la oscuridad, sola en mi litera, mi mente vagabundea y sus dedos más bien bajan, junto con los míos en la vida real.

Duele desear tanto a alguien. Saber que nunca la volverás a tener. Te muerdes el labio, la sangre estalla en tu boca mientras llegas ahí un poco lastimada.

Esto es todo lo que me toca: recuerdos en la oscuridad, mi mano, ella...

Coley será como Faith algún día. Se sacudirá de encima nuestra ciudad y se mudará a Los Ángeles o San Francisco y conocerá en la universidad a una chica atractiva que estudie

Humanidades, lo apuesto. Una chica preciosa a cuyos padres no les importe. Una chica que la lleve a su casa y no lo piense dos veces antes de tomarla de la mano cuando entre con ella por la puerta principal.

Coley obtendrá todo lo que merece. Una chica que le dé el mundo entero. Y un día le dirá a esa chica: *¿Alguna vez te conté del verano después de que murió mamá? ¿Sobre la chica que conocí?* Y se reirá del recuerdo de esos besos a los que yo me seguiré aferrando como algo muy preciado, porque ya ha compartido mucho más con otra persona. Ya no serán tan importantes.

Yo seré sólo un recuerdo fugaz. Otra chica será su vida.

Tal vez si me quedo quieta suficiente tiempo me convertiré en piedra.

Tal vez eso hará feliz a mi mamá.

Tal vez entonces se detenga este dolor.

¿Por qué no puedo dejarla ir?

—Sonya

Usuario de LJ: SonyatSunrisex00x [entrada pública]
Fecha: 25 de julio de 2006

[**Humor:** dichosa]
[**Música:** "Dirty Little Secret" - The All-American Rejects]

Perdón por no actualizarlos desde mi lugar sagrado en el bosque. Acabo de divertirme de lo lindo. Esta temporada de competencia voy a ser imparable. ¡Tengan cuidado, chicas!

—Sonya

Usuario de LJ: SonyatSunrisex00x [entrada privada]
Fecha: 25 de julio de 2006

[**Humor**: furiosa]
[**Música**: "Bring Me to Life" – Evanescence]

Últimamente todos están encima de mí. Como mamá cada vez que tengo una llamada de la familia, aunque lo único que en realidad quiero es hablar con Emma. Sé que mamá y Madame Rosard hablan. Son amigas. Y se cuentan chismes, lo apuesto. Eso significa que mamá sabe que estoy jodiendo las cosas en clase.

Al menos puedo evitar a mamá, excepto por las llamadas por teléfono. A Faith no puedo evitarla y, Dios santo, no para. Hay una rutina no logro ejecutar en clase. Y entiendo: Madame Rosard se estaba frustrando conmigo. *No estás haciéndolo tan bien como de costumbre, Sonya.* ¡Eso me dijo!

Ay, Dios, ¿se lo irá a decir a mamá? A este paso, voy a llegar a casa a un nuevo programa de entrenamiento en el que me asignará cinco minutos de descanso cada tres semanas.

Madame Rosard estaba golpeando el suelo con su bastón como suele hacer, pero no estaba marcando bien el ritmo. Cuando pasa eso, significa que lo estás haciendo fatal.

Me llevó al frente de la clase y no dejaba de decirme *Sonya, tú puedes hacerlo mejor* hasta que, lo juro, me mareaba por mucho que me hiciera la tonta. Y todo el tiempo Faith estuvo ahí parada por los espejos observando junto con el resto de mi clase.

Y entonces, ay, Dios, fue espantosamente humillante. Madame Rosard trae a Faith para que me enseñe a hacerlo... ¡Y aún así seguía sin lograrlo!

Por eso no voy a esperar a Faith después de clases para que me lo vuelva a explicar. Como si tuviera cinco años y apenas estuviera aprendiendo.

El campamento debería ser divertido, de eso se trataba. Debería ser un descanso, ¡mi lugar sagrado! ¡Esto es *mi campamento*! ¡Mi lugar! Y Faith no deja de arruinarlo con su petulante sonrisita de "Conozco todos tus secretos". Agh. La odio. Ella es otro terrible recordatorio de este verano.

Debería llenar de papel de baño su cabaña. Darle una lección.

—Sonya

TREINTA Y CINCO

Usuario de LJ: SonyatSunrisex00x [entrada privada]
Fecha: 28 de julio de 2006

[**Humor:** ebria]
[**Música:** "Too Little Too Late" – JoJo]

Fue un accidente.

Eso quisiera poder decirle a Coley.

No era mi intención contarle a todos lo de su mamá. Sólo
le dije a SJ. Y tenía una buena razón, o eso pensaba, pero tal
vez no.

No sabía si había hecho lo correcto cuando Coley me lo contó.
No sabía si debía haber dicho algo diferente o mejor, y estaba
tan preocupada de arruinar las cosas que acabé haciéndolo.
Y SJ entiende mucho de asuntos emocionales profundos por
toda la mierda que le ha tocado vivir.

Pero Brooke nos alcanzó a oír mientras hablábamos de eso y se corrió la voz. Esperaba que Coley no lo descubriera.

Pero lo descubrió.

Y me odia. Y eso debería estar bien, ¿no? Yo debería estar contenta.

No puedo desear así a una chica.

No puedo.

—Sonya

Usuario de LJ: SonyatSunrisex00x [entrada pública]
Fecha: 30 de julio de 2006

[**Humor**: jubilosa]
[**Música**: "Hey Ya" – Outkast]

¡Oigan todos! Una semana más, y esta perra estará de *regreso*.

Espero que estén planeando algo fabuloso para darme la bienvenida.

Espero champaña. Serpentinas. Purpurina. ¡Un *stripper* saliendo de un pastel gigante!

Que me traten como reina. He estado fuera trabajando muy duro. ¡Merezco *irme de fiesta* cuando llegue a casa!

Usuario de LJ: SonyatSunrisex00x [entrada privada]
Fecha: 30 de julio de 2006

[**Humor:**]
[**Música:** "My Happy Ending" - Avril Lavigne]

Hoy me llamó mamá, no al revés. Así supe que estaba en problemas.

Tenía razón en que Madame Rosard le presenta informes sobre mí. Mamá empezó muy dulce, lo cual por supuesto me puso nerviosa, porque mamá no es dulce. Pero cuando fue evidente que no me lo estaba tragando, empezó a soltarme su perorata.

Dijo que está preocupada por mí. Todo el verano he actuado raro. "Desconectada", dijo. No dejaba de preguntarme si tenía problemas con los chicos o algo. Dijo que los chicos adolescentes son inconstantes, pero que sabía que a Trenton le importo en el fondo, aunque sea un coqueto, y yo quería dejar de escucharla porque, por Dios, por supuesto que tiene que tratarse de un chico, ¿verdad?

No puede tratarse de que mamá tenga dominio sobre mi vida y un plan detallado para mi futuro y ni siquiera me haya consultado nada al respecto. O de que yo vea a papá sólo a ratos y él se esfuerce tanto, pero no es lo mismo que vivir con él y desayunar juntos e irse a la cama en la noche sabiendo que está en la casa contigo.

He observado cómo se mira Emma al espejo en ocasiones. Es como si ya estuviera buscándose los defectos. Y es una bebé; no tiene ningún defecto. Y luego me pregunto cuándo empecé yo a hacer eso. ¿A su edad? ¿Más chica? Y me pregunto: ¿dónde lo aprendí? Y la respuesta no es agradable.

¿Cómo se supone que me quiera a mí misma cuando todo lo que me enseñaron me llevaba en la dirección contraria?

No hagas ruido, Sonya. Quédate quieta. Eso me decía mi mamá cuando era niña. Creo que a lo mejor por eso me metió al baile: pensaba que así quemaría toda la energía para poder ser su preciosa muñequita el resto del tiempo.

Pero no soy una preciosa muñequita. Soy una muñeca rota. Un maldito desastre.

Nadie me desea.

Nadie debería desearme.

¿Por qué Coley me deseaba?

¿Por qué yo no puedo dejar de desearla?

—Sonya

Usuario de LJ: SonyatSunrisex00x [entrada privada]
Fecha: 30 de julio de 2006

[**Humor:**]
[**Música:**]

Pasa de la medianoche y yo estoy escondida en la sala de cómputo como una especie de fracasada. Reservé el estudio para tarde, y luego no vino nadie a sacarme a las diez como de costumbre, así que seguí, porque Faith va a relamerse si sigo sin dominar la coreografía de Madame Rosard.

Cuando finalmente guardé mis cosas para irme, alcancé a oír algo más adelante en el pasillo, en el estudio C. Risitas. Pensé que alguien estaba teniendo una fiesta secreta o algo.

Supongo que el "o algo" era lo correcto.

Nunca había visto a dos chicas besarse.

¿No es extraño? Haber experimentado algo tan común como un beso antes de haberlo visto. Es una idea visualmente borrosa, hasta que deja de serlo.

Se estaban besando en el estudio C. Faith y Orión, la otra asistente de Madame Rosard. Contra el espejo, con los dedos entrecruzados, ambas sonriendo. "Estoy a punto de subirte a esta barra", parecían decirse. Ese tipo de beso.

No podía moverme. Ellas no me veían y me quedé ahí parada no menos de treinta segundos antes de que mis piernas volvieran a funcionar y corrí hasta aquí, al laboratorio de cómputo, y yo sólo... yo quiero...

¿Así nos veíamos Coley y yo ese día junto a las vías del tren? ¿Tan delicadas y tan contentas como si estuviéramos llenas de luz?

¿Se ve como se siente cuando está bien?

Porque Faith y Orión...

Se veían preciosas.

—Sonya

A: RollieColey87@aol.com
De: SonyatSunrise00X@aol.com
Asunto: [MAIL NO ENVIADO] Lo siento

Querida Coley:

Lo siento. Eso es lo primero que necesito decir. Siento haberle contado a SJ sobre tu mamá. No era mi intención, pero eso no es una excusa. Arruiné las cosas y necesito reconocerlo. Lo siento. No sabes cómo lo siento. Creo que no soy muy buena para perdonar... lo que significa que está muy jodido que yo tenga tantas ganas de que me perdones.

Te extraño. Pienso en ti todo el tiempo. No puedo dejar de hacerlo. Lo único que quiero es tocarte. Besarte. Acostarme en la cama contigo. Reproduzco momentos en mi cabeza: las pecas de tu espalda, la loción entre mis dedos... quería darme la vuelta esa noche, después de la fiesta, cuando estábamos solas. Quería darme la vuelta y pararme ahí y dejar que me vieras. Deseaba que me vieras tanto como yo deseaba verte a ti.

Deseaba más que eso. Deseaba todo. Sueño con eso: con despertarme enredada contigo, y cuando despierto y no estás ahí, es como si alguien me diera un puñetazo cada vez.

No sé cómo hacer esto. No sé cómo desear tanto a alguien y no tenerla y saber que te reirías. La pequeña Sonya consentida no obtiene lo que quiere.

Pero no puedo respirar, no puedo pensar.

Haces que quiera tirar mi vida a la basura, y no puedo.

No lo haré.

Pero, ay, vaya que quiero hacerlo.

—Sonya

Usuario de LJ: SonyatSunrisex00x [entrada privada]
Fecha: 2 de agosto de 2006

[**Humor:** furiosa]
[**Música:** "Hide and Seek" – Imogen Heap]

Con Faith no doy crédito. ¿Quién se cree que es? Debería reportarla. Ir con Madame Rosard y decirle que Faith es una *cabrona* invasiva y entrometida.

¡Y sabe que no puedo! Es lo que me enoja tanto de esto. Sabe que no lo haré. Porque tendría que decirles lo que dijo.

¿Quién le dice así a alguien? ¿Quién dice esas cosas? ¿Y las da por sentadas? Como si me conociera mejor que yo misma. ¡Sólo sabe cosas por lo que hizo!

Hoy me acorraló. Debí saber que se traía algo entre manos. Pensé que iba a venir a hablarme otra vez de la coreografía y a decirme que mis movimientos no son lo bastante creativos para la danza moderna. Pero en vez de eso dijo algo que me hizo querer morir.

Me dijo que tengo que ser cuidadosa cuando cerrara la sesión en la computadora del laboratorio. Dijo que lo había olvidado la otra noche; lento y con tacto, como si fuera una mala noticia. Como si yo no hubiera estado a punto de matarla porque lo veía en su cara.

Había leído una parte. A lo mejor mi email a Coley. A lo mejor hasta mi diario. Se supone que mis entradas privadas son *privadas*, y ahora...

Literalmente quería vomitarle en los pies. Pensé en eso. Se lo tiene bien merecido.

Pero ella seguía hablando. Yo casi no la oía hasta que lo dijo.

Muchas de nosotras pasamos por fases de odio a nosotras mismas y nos metemos al closet, Sonya. Está bien.

¡Como si fuera la lesbiana salvadora dándome permiso! ¡Como si yo fuera una *de las suyas*. ¡Como si yo de algún modo hubiera sido parte de un nosotras todo este tiempo y no lo supiera!

De verdad pensé que iba a vomitar, pero ella seguía hablando. Toda amable, como si estuviera preocupada por mí. Decía que quiere ayudarme, y que despreciarme no me va a llevar a ningún lado.

Muy falso, muy grosero, muy condescendiente. ¡No necesito su ayuda o sus repugnantes suposiciones! No necesito a nadie.

Le dije que se fuera y finalmente me escuchó, y entonces me precipité al laboratorio de cómputo a cambiar todas mis contraseñas, por si acaso.

Faith se lo toma con mucha naturalidad. Como si fuera *fácil*. Como si pudieras besar a chicas en estudios de danza cuando se te da la gana y tomarte con ellas de la mano caminando por la calle y llevarlas a tu casa y presentárselas a tu mamá como harías con un chico. Como si el amor fuera algo que puedes asir si alargas la mano. Como... como... como si fuera algo que puedes *tener y ya*.

No puedo ser Faith. Puedo tener los recuerdos de los besos en las vías de tren y los ojos de Coley brillando al verme como si fuera sólo suya, pero eso, eso ya no volveré a tenerlo. Alguien viéndome como si me conociera porque de hecho me conoce.

Y ahora lo sé: vivir cuando has tenido ya una probada del otro lado es mucho menos dulce que amargo.

Pero es lo que tengo. Es todo lo que tengo.

TREINTA Y SEIS

Curtis y yo hacemos una lista. Después de haberme recogido en la carretera y de todo el numerito con Blake, hacemos una lista. Suena cursi. Demonios, *es* cursi. Es cursi lo emocionado que está de sentarse aquí y hacer una lista. Y quizá sea un poco patético que a mí me guste el hecho de que esté emocionado. En todo caso, escribimos una lista de cosas por hacer.

Lo primero que anota es llevarme al restaurante japonés al que íbamos a ir cuando Sonya todavía estaba en la ciudad, una parrilla de hibachi. Pero hay más cosas en la lista. Él escribe *Presentarle The Cardigans a Coley* y yo escribo *Presentarle a Curtis un poco de música escrita en este siglo*. Cuando anota *Llevar a Coley a la muestra de piedras preciosas este otoño* yo tengo que preguntar qué es eso. Por lo visto, todos los años la gente vende cristales, piedras preciosas y otras cosas en la feria.

—Suena al escenario perfecto para una película de atracos —le digo, y suelta tal carcajada que pienso que está fingiendo, pero dura tanto que no hay manera de que no sea real. Cuando al fin termina, se seca los ojos y sacude la cabeza.

—Tu mamá siempre bromeaba con eso porque yo solía llevarla a rastras a esas muestras.

—No te creo.

—Una vez se aburrió muchísimo porque yo me estaba tardando una eternidad, y ella bosquejó en una servilleta todo un plan para robar diamantes.

—No creo que una vida de ladrones de diamantes sea apta para ninguno de los dos —le digo—, pero iré a la muestra contigo, si quieres.

—Tengo la sensación de que podría gustarte el puesto de la calavera de cristal.

—¿Hay calaveras de cristal? —pregunto animada, y él vuelve a reírse de un modo como, ya me estoy dando cuenta, lo hace cuando hago algo que le recuerda a mi mamá.

A lo mejor no se trata de enojarme porque él conociera una versión de ella muy diferente que yo. A lo mejor se trata de empezar a saber más de ella a través de él, y viceversa. Yo también enseñarle. Es lo único que nos queda a cualquiera de los dos.

Decidimos hacer lo primero de nuestra lista: ir esa misma noche a la parrilla de hibachi. Makoto es uno de esos lugares que bullen, cálido y lleno de ese ruido que se asocia con la familia. Risas, palmadas y el sonido afilado de los cuchillos y las espátulas contra las parrillas, mientras los chefs cocinan la comida para la clientela.

Curtis y yo nos sentamos en una de las parrillas con algunas otras personas: una sonriente pareja mayor que lo saluda por su nombre y una familia con una niña pequeña que está impresionada con la torre de cebollas que el chef le construye en la parrilla.

—¡Curtis! Tanto tiempo sin verte —dice el hombre mayor.

—Te hemos extrañado —dice la mujer, que sonriéndome a mí agrega—: Ésta debe de ser tu hija. Soy Myra, él es Dan.

—Les presento a Coley —dice Curtis.

—Mucho gusto —dice Dan.

—Igualmente —respondo.

—Myra es la dueña del taller mecánico del centro —dice Curtis—. Mi viejo auto no funcionaría si no fuera por ella.

¿Una mecánica?

—¡Qué genial! —le digo.

—Si un día quieres aprender a cambiarle el aceite a tu auto, ven conmigo —dice Myra—. Es algo que todo propietario de un auto debe saber.

—Por el momento, sólo soy una propietaria de bicicleta.

—Eso está muy bien —dice Dan—. Ir a todas partes en bici fortalece los pulmones.

—Tenemos que conseguir tu licencia antes del invierno —dice Curtis como si cualquier cosa, como si con eso, con la idea de tener esa libertad, el corazón no me diera un vuelco—. Yo te enseño a manejar, si quieres.

—¿Un loco del volante como tú? —resopla Dan—. Le conviene más tomar clases en forma.

—Shhh —lo regaña Myra, y yo sonrío.

—Tu papá y yo solíamos andar juntos en motocicleta —me dice Dan—. Definitivamente, toma clases en forma.

—Me encantaría aprender a andar en moto —digo.

—De ninguna manera —dice Curtis con firmeza.

—No es justo —replico, pero tomándomelo con calma.

—Quizá cuando tengas dieciocho —ofrece—, pero sólo si usas el equipo adecuado.

Después de que nos toman la orden, entablan una conversación familiar, pero eso no me hace sentir sola o ajena… quizá porque no dejan de hacerme preguntas.

Las parrillas de hibachi como Makoto están muy americanizadas y la comida nunca se va a parecer a la que mamá me preparaba cuando tenía un buen día, pero es muy rica y una linda manera de recordarla. Cuando nos levantamos para irnos, estoy gratamente llena y hasta me queda comida para mañana, así que pido que me la pongan en una bolsa. Empiezo a ver por qué Curtis tiene una tradición semanal en este lugar. Nos hace sentir más cerca de mamá. Cuando nos acercamos a la salida, pasamos por un letrero que no había visto al entrar al restaurante: SE SOLICITA AYUDANTE.

—¿Los veremos la próxima semana? —nos pregunta Myra mientras caminamos al estacionamiento.

—Aquí estaremos —dice Curtis.

—Suena bien —añado—. Fue un gusto conocerlos.

—Un placer conocerte, Coley —dice Myra—. ¡Adiós!

Se despiden con la mano antes de ir a su viejo Chevrolet.

—Son muy agradables —le digo a Curtis cuando caminamos a su auto.

—Me alegra que te hayan caído bien. Somos amigos desde hace mucho tiempo.

—Entonces, tú no eres de los tipos que arreglan su propio auto —añado, y él se ríe.

—Mis talentos siempre se han orientado a cosas como la música y la joyería. Tu mamá bromeaba diciendo que era más hábil que yo, pero era más una verdad que una broma.

—Una vez se nos ponchó una llanta en la carretera de Los Ángeles a San Francisco y la cambió ella misma, ahí, en el arcén inexistente —digo sonriendo al recordarlo, aunque en su momento me había dado algo de miedo—. Carros y tráileres pasaban zumbando a treinta centímetros de distancia. Mamá con un vestido blanco de tirantes y un sombrero de ala ancha, y para cuando terminó, no tenía una sola mota de tierra o aceite.

—Por supuesto que no —sonríe, enternecido con los recuerdos, y esta vez no me duele reconocer mi sonrisa en su rostro. No me duele que sonría al pensar en ella. Duele hablar y pensar en ella, pero las cosas que están sanando duelen tanto como las heridas abiertas.

—Hicimos una de mis cosas de la lista —dice cuando llegamos a su auto—. La próxima te toca a ti elegirla.

Tiene razón. Acordamos alternar. Pienso en las cosas que puse en la lista y luego miro hacia atrás, donde el letrero de SE SOLICITA AYUDANTE está pegado con cinta a la ventana. Una de las cosas que yo había anotado en la lista es *Conseguir trabajo*.

—Regreso en un minuto —anuncio.

Corro por el estacionamiento y me agacho para volver a entrar al restaurante. La recepcionista me mira desde su atril.

—Hola. ¿Se te olvidó algo? —pregunta.

—Cuando salimos, vi el letrero de que solicitan ayuda. Me preguntaba si podrían darme una solicitud para llenar.

—Oh, qué bien, claro —dice sacando una del cajón y entregándomela—. Nuestro gerente estará aquí mañana, por si quieres entregarla cuando esté aquí.

—Perfecto, gracias.

—Por nada. Buena suerte.

Cuando regreso, Curtis me está esperando en el auto.

—¿Qué fuiste a hacer? —pregunta.

Le muestro la solicitud.

—Si me contratan, a lo mejor hay un descuento para empleados.

—Eso sí que sería útil.

—Muy bien, ¿qué piensas de esto? —extiendo los brazos sabiendo que es totalmente ridículo estarle pidiendo nada menos que a Curtis consejos sobre cómo vestirme, pero nunca he ido a una entrevista de trabajo y no estoy segura de que ir con jeans y camiseta esté bien. Me aseguré de abotonar la blusa hasta arriba para que no se asome por arriba mi camiseta de tirantes de encaje, sólo por abajo.

—Creo que te ves muy bien —dice Curtis.

—¿Me veo como si pudiera ser una buena recepcionista?

—Una muy responsable —añade—. Pero tengo algo para ti.

—¿Sí? —camino a la sala y me siento junto a él. Me entrega una larga caja de terciopelo. La abro y por unos momentos me quedo observando.

—Me di cuenta de que te gustan esas gargantillas de tatuaje —murmura, tras mi silencio—, así que pensé que esto te gustaría.

—Tú la hiciste —paso los dedos por el alambre de plata finamente trenzado de la gargantilla, con óvalos perfectos con incrustaciones de ojo de tigre a lo largo de la delicada orfebrería.

—Todo el mundo necesita un amuleto de la buena suerte —dice—. ¿Sabes? La gente asociaba las piedras con diferentes cosas. En algunas tradiciones espirituales, el ojo de tigre es una piedra de protección. En otras, se dice que le brinda claridad a quien la lleva.

—¿Tú crees en eso?

—No sé —dice—. Mi filosofía siempre ha consistido en ser abierto y escuchar ese tipo de cosas. Creo que en el mundo todo está hecho de alguna clase de energía. Diferentes energías le dan a la gente diferentes vibras.

—¿Vibras? —no puedo contener la sonrisa—. Hablas como hippy.

—Creo que algunas creencias son lo que tú hagas con ellas. Si crees que el ojo de tigre te dará claridad, quizá lo haga.

Saco la gargantilla de la caja y presiono con el pulgar el centro de una de esas piedras. Necesito toda la claridad posible. Pero es mi corazón lo que necesita protección. Sonya volverá en unos días. La escuela empieza a fines de agosto. Cuando eso pase, no podré evitarla a ella ni a sus amigas.

Tengo que estar preparada. Distraerme. Por eso tengo tantas ganas de obtener este trabajo: es la distracción perfecta. Si puedo trabajar e ir a la escuela, estaré tan ocupada que nunca tendré que pensar en ella, a menos que me la encuentre. Y descubriré el modo de evitar también eso.

Encontraré una manera de arrancármela del corazón poco a poco.

—¿Te gusta? —me pregunta Curtis.

Sonrío y le digo la verdad:

—Me encanta.

TREINTA Y SIETE

A: RollieColey87@aol.com
De: SonyatSunrise00X@aol.com
Asunto: [MAIL NO ENVIADO] sin asunto

Quiero odiarte, ¿sabes? Gaia pasó vodka de contrabando y tomé un poco, y ahora heme aquí, en este laboratorio de cómputo de porquería, en lugar de estar en mi agradable litera con mis amigas, y es tu culpa, Coley. Todo es tu culpa. Yo sólo quiero odiarte; sería mucho más fácil. Tal vez no te importa. Dijiste que no me perdonarías. ¿Y por qué lo harías? Soy un maldito desastre, tal como dijo Faith. Sonya es un condenado desastre y nunca sabe dónde es arriba y dónde es abajo. Pero yo sí sabía. *Lo sabía.* Lo supe todo antes que tú. O pensé saberlo. Estaba segura. ¿Cómo puedes equivocarte tanto sobre ti misma? ¿Cómo puedes no saber algo tan...? No. Fuiste tú, yo no. Necesito odiarte. No es que lo quiera, sino que lo necesito. De lo contrario... Carajos, ¿qué hago si no puedo?

—Sonya

TREINTA Y OCHO

—La pareja de la parrilla dos pidió agua —me dice Kendrick mientras termino las bebidas para la parrilla cuatro.

—Enseguida —contesto, y pongo dos vasos de agua en la charola que estoy equilibrando sobre la palma de la mano. Los primeros días que trabajé en Makoto, todo el tiempo tenía miedo de que se me cayeran las bebidas, pero al cabo de una semana ya me siento como toda una profesional.

—Eres la mejor —exclama Kendrick desde atrás mientras imprime una cuenta.

Atravieso el restaurante y voy dejando las bebidas en las parrillas; primero en la más alejada de la cocina, y luego entrego los vasos de agua. Sobre la marcha, voy recogiendo platos vacíos. Disfruto el ruido de los chefs cocinando y ese ardor perfecto del olor a chile que indica que alguien ordenó un plato extra picante.

Me gusta el ritmo del restaurante. Desde mi primer día. Siempre hay algo que hacer, y sí, la mayoría del tiempo ese *algo* que hay que hacer es limpiar. Pero a veces es observar cómo preparan los ingredientes en el fondo o escuchar a Chef (no creo que tenga otro nombre, es simplemente Chef) hablando de sus viajes. Ese tipo ha estado *en todas partes*.

—Esa persona que llegaría máximo a las seis ya no debe tardar —me dice Jackie cuando me acerco al atril de la recepcionista para ver las reservaciones—. ¿Cómo te has sentido?

—Mucho mejor desde que me recomendaste estos zuecos —contesto, moviendo los pies.

—Están hechos especialmente para quienes trabajamos en la industria restaurantera —comenta.

—Nunca pensé que podían dolerme los pies hasta que entré a este trabajo —reconozco.

—¿De qué están hablando ustedes dos? —pregunta Kendrick.

—Zapatos —dice Jackie.

—Siempre son un buen tema —sonríe Kendrick—. ¿Te vas a quedar a la cena familiar de esta noche, Coley? Chef quiere saber cuántos seremos.

—¿Cena familiar? —pregunto confundida.

—Perdona, olvidé que has estado haciendo el turno de la comida —dice Kendrick—. En el turno de la cena, Chef sirve una comida para el personal después de que cerramos.

—Es muy divertido —comenta Jackie—. Deberías quedarte.

—¡Sí! —digo—, suena genial.

—¡Bien! —exclama Jackie aplaudiendo.

—Viene alguien —dice Kendrick, y entran los de la reservación de las seis que mencionó Jackie, y enseguida, como si nada, ya estamos trabajando de nuevo.

Al final de la noche, Kendrick y Jackie atenúan las luces que iluminan el restaurante y apagan el signo de neón que dice ABIERTO. Diez personas nos reunimos en torno a una de las mesas, donde Chef ha colocado tazones de sopa de miso, arroz y un curry de vegetales lleno de papas y zanahorias.

Mientras diez hambrientos trabajadores del restaurante se abalanzan sobre la comida, yo de repente entiendo por qué le llaman cena familiar. Es como tener ocho hermanos y hermanas, y todos, hambrientos. Chef nos observa como si fuera una especie de abuelo benévolo.

—¡No se acaben el curry antes de que Coley se sirva! —protesta Kendrick, acercándome un tazón.

—Gracias —digo, rociando un poco sobre mi arroz.

—Tengo que cuidar de mi aprendiza —dice solemnemente y me guiña el ojo, como si estuviera en una película antigua, para hacerme reír. De todos mis compañeros de trabajo, Kendrick es el más divertido.

—¿Va a venir Tye? —le pregunta Jackie a Kendrick desde el otro lado de la mesa.

—¡Sí! No debe tardar.

—Coley, ¿te gustó? —me pregunta un ayudante de cocinero.

—Está delicioso.

—Es lo mejor del turno de noche —dice Sam.

Suenan las campanas de la puerta de la calle y un hombre alto, como de la edad de Kendrick, entra con aire despreocupado cargando una caja.

—¡Tye! —varias personas lo saludan por su nombre al verlo.

—¡Hey!, ¿cómo están? Chef, aquí están tus hongos —le entrega la caja.

—Perfecto… —dice Chef—. Tu pago está allá atrás, para cuando estés listo. ¡Ahora a comer!

—Sí, Chef —contesta Tye. Camina hacia Kendrick, se sienta en el asiento vacío junto a él y le pasa el brazo por los hombros—. ¿Me extrañabas? —le pregunta.

—Todo el tiempo —responde Kendrick; toma a Tye de la mano y entrelaza sus dedos.

Yo miro para otro lado, y luego vuelvo a echar un ojo para cerciorarme de que estoy viendo lo que estoy viendo. Nadie más parece estar mirando siquiera cómo se toman de la mano. Los demás están comiendo y platicando, y Chef revisa la caja de hongos como si Tye le hubiera entregado una caja de oro.

—Veo que tenemos un rostro nuevo aquí —dice Tye sonriéndome—. Tú debes ser Coley.

—Te presento a Tye, mi novio —dice Kendrick—. Él cultiva los hongos para el restaurante.

—Mucho gusto —digo—. ¿Cómo se cultivan los hongos? —pregunto, y a continuación hago cara de vergüenza porque suena muy tonto, pero es mejor que quedarme viendo fijamente sus manos, que con tanta naturalidad están entrelazadas. Es tan normal.

Kendrick hace una mueca.

—¡No le des cuerda! —advierte, y Tye le da a su novio un empujoncito, riendo.

—Ay, tú, cállate —dice Tye—. Bueno, lo primero que necesitas saber sobre el cultivo de hongos es...

Ahoga sus palabras el resto de la concurrencia gritando:

—¡Regla número cuatro!

—¿Cuál es la regla número cuatro? —le pregunto a Tye, inclinándome hacia él mientras los demás siguen gritando.

—No hablarás de cultivo de hongos en ningún lugar que no sea la cocina —dice Tye.

—¿Así de intensa se ponía la charla sobre hongos? —pregunto—. ¿La gente tomaba partido? Espero que nadie apoyara a los del sombrero pegajoso, pero claro, algunas personas siempre están del lado de los menos favorecidos.

Tye tiene los ojos chispeantes, se ve que está divertido.

—Kendrick dijo que eras graciosa.

—Lo intento. A veces lo consigo.

—Coley es hija de Curtis —observa Kendrick.

—¿En serio? —dice Tye sonriendo—. Tu papá es genial. Él nos hizo éstos —alarga el brazo y me muestra un sencillo brazalete con franjas de madera de secuoya incrustadas en el aro de plata. Kendrick lleva uno parecido en la muñeca izquierda.

—Están preciosos... —exclamo—. Es muy bueno, ¿verdad? Yo no sabía que hacía joyería hasta que me mudé aquí.

—Un día le voy a pedir que nos haga unos anillos que hagan juego —añade Tye con cierta hermosa promesa en los ojos.

El rostro de Kendrick se suaviza al oír las palabras de Tye.

—Eres un sentimental.

—Alguien en esta relación tiene que serlo —responde Tye provocándolo, y luego se roba el tazón de curry de Kendrick y se pone a hablar del fino arte de cultivar hongos, a pesar de la regla número cuatro.

TREINTA Y NUEVE

—Coley, ¿estás aquí? —pregunta Curtis cuando llega a casa.

—Hola —grito cuando oigo desde mi recámara que se abre la puerta de la calle—. Estoy preparándome para ir a trabajar.

Curtis se asoma por la puerta de mi cuarto.

—¡Hola! Te extrañé esta mañana. ¿Cómo estás?

Optando por ser honesta, me encojo de hombros.

—Estaré mejor cuando llegue al trabajo.

Cada día que pasa significa que estamos más cerca del regreso de Sonya. En cualquier momento, habrá vuelto del campamento. Y yo lo he hecho tan bien: he evitado su LiveJournal y todos los sitios a los que suelen ir sus amigos. Me he concentrado en mis turnos y mis amigos del trabajo, y he ido a la cena familiar cuando tengo que trabajar en ese turno.

Se siente bien. Trabajar duro para después comer y reír con todos. Hacer bromas tontas sobre los clientes habituales o chismear sobre la primera cita de la mesa dos, que fue como una película de terror que nos tocó ver en primera fila.

Pero también se siente endeble. Es çomo tener en las manos una burbuja a la que la mínima presión podría reventar.

No puedo dejar que nada se reviente. Necesito este sentimiento de ser bienvenida, de ser fuerte.

—Me da muchísimo gusto que te esté yendo tan bien trabajando en Makoto —dice Curtis, sacándome de mi ensimismamiento. Llevo demasiado tiempo cepillándome los mismos mechones. Rápidamente me paso el cabello atrás de la oreja.

—Me encanta trabajar ahí —añado. Más honestidad. A este paso, voy a ser totalmente sincera con él. Es difícil de imaginar, pero supongo que en esas estamos. Ja—. Hoy mi turno es de cuatro horas. ¿Quieres que traiga comida a la casa? —pregunto.

—Siempre y cuando yo escoja la música de fondo.

—Está bien —digo, como si fuera una gran imposición. ¿Más verdades? Sí me gustaron un poco los últimos dos álbumes que ha puesto para mí. Lo sé, yo también me sorprendí.

—Tengo esto para ti —anuncia, sacando un folleto de su bolsillo trasero. Me lo entrega. Es un manual para conductores—. Para que luego puedas hacer el examen y obtengas tu permiso para aprender a manejar.

—Gracias —contesto—, aunque no estoy segura de poder ahorrar suficiente con el sueldo de Makoto para comprar un auto.

—Primero concentrémonos en que te den el permiso —dice—. Myra puede ayudarnos a encontrar algo seguro para ti cuando llegue el momento.

—Qué práctico ser amigos de una mecánica —digo, viendo la hora en mi teléfono—. Diablos. Ya me tengo que ir. ¿Quieres lo de siempre?

—Con edamame extra. Aquí está el dinero para la cena. Lo tomo.

—¡Hasta al rato!

Son como veinte minutos en bicicleta al restaurante y el último kilómetro y medio pedaleo rápido, así que consigo llegar diez minutos antes de que empiece mi turno. Me salpico agua en la cara en la salita de empleados. Kendrick se ata el delantal en la cintura y me arroja uno. También yo me lo amarro y coloco seis plumas en el bolsillo. El trabajo de recepcionista requiere escribir tanto como los meseros, y ellos *siempre* me piden plumas prestadas. Al final de la jornada sólo me quedarán dos plumas, si acaso.

Me pongo brillo de labios frente al espejo y me observo.

Algo tiene la ropa del restaurante que me hace sentir adulta. A lo mejor es porque la mayoría de mi ropa negra es de invierno, así que casi todos los días me he puesto una falda y un suéter con cuello en V. Necesito comprar más ropa negra. A lo mejor debería tomarle la palabra a Brooke con lo de la oferta del descuento de empleados. Me asalta esa idea y, con el brillo a medio camino hacia mis labios, hago un gesto de dolor.

—¿Y esa cara? —pregunta Kendrick.

—Estaba pensando en cosas que pasaron al principio del verano.

—¿Oh...?

Me enamoré de la chica equivocada. Dilo, Coley, tú puedes.

—Sí, como que me enamoré de una chica de quien no debía.

Kendrick ni se inmuta frente a mi confesión, y eso me emociona aún más que haberla hecho. Mis palpitaciones frente a su despreocupado interés son una experiencia completamente nueva para mí.

—¿Fue un amor no correspondido?

—En realidad no —contesto—. Más bien confuso, caótico... y a ratos maravilloso.

—¿Y ahora?

—Ella... —miro al techo de la sala de empleados buscando la respuesta—. No creo que esté en el mismo lugar que yo —digo al fin—. Ojalá lo estuviera. Pero ni siquiera reconoce... —me detengo—. Tye y tú... —digo—. Los he visto. No en plan acosador, no vayas a creer —agrego precipitadamente, y él ríe—. Pero cuando limpiamos después de la cena familiar, la manera como se mueven uno alrededor del otro... El uno con el otro... Como si fuera un baile que sólo ustedes dos conocen.

Kendrick sonríe.

—Supongo que así es cuando no te tienes que esconder.

—Da un poco de miedo —reconozco.

—Como muchas cosas buenas —dice, y luego entra Jacke, que sigue con su ropa del gimnasio, y en ese momento empieza la jornada.

—¿Quieres una malteada o algo? —pregunta Curtis cuando salimos del supermercado con nuestro carrito.

—No, gracias —digo—. Pero estaba pensando en entrar ahí —digo señalando al estudio de tatuajes y perforaciones en la esquina del centro comercial—. Quiero comprar un pendiente para mi *piercing* del cartílago.

—Yo voy por una malteada y tú ve por tu pendiente. ¿Nos vemos en el auto en diez minutos?

—Ahí estaré.

Camino al estudio y entro. Tienen muestras de sus diseños en las paredes y un gran mostrador de joyería en el fondo.

—Permítame un momento —dice una voz, así que voy a mirar la joyería. Muchas arracadas y barritas que parecen hechas para perforaciones de la lengua. Me pregunto por un segundo cómo sería besar a una chica con una… y me sacudo la idea de la cabeza. Me llama la atención una piedrita turquesa en la esquina del mostrador.

—¿En qué la puedo ayudar?

Me enderezo al oír las palabras y luego el estómago me da un vuelco, porque Blake está ahí parada, con su cabello decolorado peinado en moños estilo *space buns*.

—Coley —dice con mirada sorprendida.

—Eh… hola —diablos. Podría darme la media vuelta y salir de ahí, ¿no? Pero en vez de eso, respiro hondo. Jodidas ciudades pequeñas, son *lo peor*. Así es como va a ser todo el tiempo: cruzarme con Blake, con Trenton, con Alex, con Brooke y con SJ.

Cruzarme con Sonya.

Tendré que aprender cómo lidiar con eso.

—Hola —añade Blake.

Nos quedamos viendo la una a la otra y al principio creo que es mi imaginación, pero no: está sonrojándose ligeramente.

—Iba a preguntar por ese pendiente de turquesa en la esquina —digo señalando.

—Claro —lo saca del estuche y lo pone frente a mí—. Y bueno… —replica.

No contesto. Sólo levanto el estuche del broche y veo la etiqueta del precio abajo.

—Me lo llevo —exclamo.

—Genial —lo toma y va a la caja registradora.

—¿Dejaste el trabajo del 7-Eleven? —le pregunto dándole el dinero.

Asiente con la cabeza.

—Éste es mejor —me entrega el cambio.

—Me estás devolviendo de más —añado, después de contarlo.

—Te di mi descuento de empleada —dice con toda tranquilidad.

Me toma tan desprevenida que sólo parpadeo.

—Eh… gracias.

Vuelve a hacer un gesto de aprobación con la cabeza, pero ahora con un aire profundo, como si hubiera adquirido alguna sabiduría. ¿Cuánto habrá fumado?

—Alguien me espera, debo irme —anuncio—. Adiós.

Estoy a punto de llegar a la puerta cuando dice:

—Fui un poco mierda, ¿cierto?

Ni siquiera sé qué diablos contestar a eso, porque es obvio que sí.

—A veces soy así —continúa, y por su forma de decirlo parece una disculpa.

—Yo también lo siento —digo—. Estaba atravesando por un mal momento.

—Parece que todavía estás ahí —añade, y resulta incómodo que sea tan observadora. Sonríe mientras yo sigo ahí parada, moviéndome de un pie a otro—. Sigues siendo demasiado dulce e inocente, osita Coley.

No me tomo la molestia de decirle que no me diga así. Quizá se reiría.

—Mi papá me está esperando —digo—. Ya me voy. Adiós.

—Nos vemos.

CUARENTA

—**T**enemos un cumpleaños en la parrilla tres —me dice Jackie cuando viene por las bebidas de su mesa—. Voy a juntar a todos. ¿Ayudas a Kendrick en la cocina con la torre de piña? Él te dirá qué hacer.

—Sí.

El fondo de la cocina está dedicado sobre todo a preparar los ingredientes y picar, pero de todas formas es la parte más caliente del restaurante. El ruido ahí es diferente, pues el personal de la cocina se mueve y trabaja muy cerca uno de otro.

—Estoy atrás de ti —digo al pasar por el estrecho pasillo entre los refrigeradores y la mesa de trabajo. Kendrick está en el extremo, rebanando una piña para una torre de fruta especial de cumpleaños.

—¿Lista para cantar? —pregunta.

—¡Oh, no! ¡Dime que no!

—¿Todavía no te ha tocado un cumpleaños? —sonríe y empieza a acomodar en el plato los bastones de piña.

—Todavía no, pero mi primer día de trabajo me enseñaron la canción, antes de que me asignaran a ti para mi entrenamiento.

—Esta vez no te pediré que toques el tambor, porque para eso se necesita tiempo y destreza.

—No tengo sentido del ritmo —le advierto. Cuando me muestra cómo hacerlo, empiezo a ayudar a acomodar las rebanadas de piña en la fuente.

—Eso no es problema. Los demás ahogaremos el ruido que tú hagas.

—¿*Alguno* de nosotros tiene ritmo?

—Por eso no te preocupes —me tranquiliza sonriente. Terminamos de armar la torre de piña precisamente en el momento en que Jackie se asoma a la cocina.

—¿Ya está lista esa torre de piña? Aquí tengo a todo el mundo listo. Hay una niñita, así que los chefs le van a dar un espectáculo.

—Todo listo —digo.

Kendrick levanta la fuente con cuidado y voy detrás de él. Todos los meseros están reunidos afuera de la cocina. Por suerte, nadie me pasa un tambor, pero veo que Cameron, uno de los meseros, tiene uno. Empieza a tocarlo mientras caminamos en grupo hacia los clientes de la parrilla tres. Hay un montón de bolsas apiñadas en el suelo, entre los pies de la concurrencia, y se me hace un hueco en el estómago cuando levanto la mirada y veo a Sonya ahí sentada junto a Emma y el resto de su familia.

Kendrick coloca la fuente frente a Emma, que mira con ojos como platos la torre de fruta y la vela de Bengala que está clavada en en la parte superior.

Sonya nos mira y luego sus ojos se detienen en los míos con una sacudida, reacción digna de ser recordada toda la vida y que debería hacerme sentir victoriosa, pero sólo me provoca la sensación de que alguien me retorció las entrañas.

Se cortó el cabello. Ahora le queda por arriba de los hombros y no por abajo. ¿Cuándo? ¿Por qué? ¿Tomó las tijeras en un baño, enojada y tratando de desterrar de sí lo que teníamos, tal como hice yo? ¿Ha sentido siquiera *una fracción* de lo que yo he estado sintiendo todas estas semanas lejos de ella?

Todos a mi alrededor empiezan a aplaudir al ritmo del tambor. Apenas si puedo oirlos. Todo lo que puedo ver es a ella. Pero los cocineros están cantándole a Emma y cuando Kendrick me da un ligero codazo yo los imito.

Emma grita entusiasmada y le sopla a la vela a instancias de sus padres. Sonya abraza a su hermana, pero sigue viéndome fijamente.

Tengo que salir de ahí. No puedo salir huyendo del restaurante, pero puedo ocuparme en algo.

—Voy a ver las reservaciones —le digo a Jackie cuando nos dispersamos.

—Muy bien —replica—. ¿Puedes limpiar los menús cuando estés ahí?

—Claro que sí —contesto, agradecida de tener un pretexto para mantenerme lejos de las parrillas el mayor tiempo posible.

El atril de la recepcionista es la cosa más hermosa que haya visto: un aplazamiento, un respiro. Necesito un segundo, sólo un segundo para ordenar mis ideas.

Enrosco los dedos en el atril de madera; siento el corazón latiéndome en la garganta. *Era inevitable*, me recuerdo. *Pero ya pasó.*

—¿Coley? Hola.

Pero no, no fue así. Carajo, *por supuesto* que no. Por supuesto que ella me siguió.

Me quedo viendo el teléfono, rogando por que suene, pero no. Entonces tomo una pluma y me concentro en el libro de reservaciones que tengo frente a mí.

—Hola —contesto, levantando la mirada por un instante para regalarle una sonrisa fugaz antes de volver al libro y anotar un nombre. Ya después lo tacharé—. ¿Necesitas algo? ¿Que lleven más agua a la mesa?

—¿Qué estás haciendo aquí? —pregunta Sonya.

—¿Trabajando?

—¿Desde cuándo?

—Un mes, más o menos.

—Tu cabello —dice, señalando sus hombros—. Te lo cortaste.

—Ah, sí, hace muchísimo.

Kendrick se acerca cargando una pila de menús.

—¿Te puedo dar éstos?

—Claro —añado, y los tomo.

—¿Te vas a quedar a la cena familiar? —pregunta.

—Sí —contesto, plenamente consciente de que Sonya nos está observando.

—Perdona, los viernes siempre estamos muy ocupados —le digo a Sonya mientras coloco los menús en el atril y empiezo a acomodarlos para que todos tengan el frente hacia el mismo lado—. Felicita a Emma de mi parte —esbozo una leve sonrisa, pero no temblorosa, aunque así se sienta. Me flaquean las piernas detrás del atril de la recepción. Si alarga su mano y me toca, estoy acabada. Se dará cuenta de que la entereza que muestro no es tan sólida como parece. Pero tampoco es falsa, y eso me hace sentir más fuerte.

Tuerce el gesto ante mi rechazo.

—Deberíamos ponernos al día —insiste.

—Tengo trabajo —exclamo.

—¿Y después?

Ese puchero que me es tan familiar empieza a dibujársele en los labios y, por un instante, me embeleso recordando lo bien que se acoplan a los míos.

—¿En verdad crees que tenemos algo de qué hablar?

—Ay, Coley, no seas así.

Siento un picor en la nuca. No, ella no quiere que *sea así*, o sea, que hable con honestidad. No puede con eso.

—Está bien —digo—. Salgo a las once.

—Te veo a esa hora. ¡Será maravilloso!

Regresa con sus padres y con Emma y yo la veo por un instante y me pregunto si algo con ella en verdad podría ser maravilloso. Entonces suena el teléfono y yo vuelvo al trabajo, tratando de no hacer caso del reloj que segundo a segundo se va acercando a las once.

Cuando el personal va saliendo hacia el estacionamiento después de la cena familiar, ella está ahí, esperándome. Apoyada en el auto que su mamá a veces le presta, me observa. Faltan como diez minutos antes de que Curtis venga por mí. No le gusta que vaya en bici a la casa de noche.

—Hoy no me tienes que acompañar —le digo a Kendrick, que por lo general se queda conmigo hasta que llega Curtis—. Mi... —me detengo, porque ¿qué es Sonya? No somos amigas. ¿Alguna vez lo fuimos? No. Siempre fue algo más. Algo que ella no quería nombrar y de lo que huyó. Algo que me cambió y al final me impulsó hacia delante y no hacia atrás, como pensaba que pasaría. Supongo que por eso puedo estarle agradecida. Algún día, por lo menos. Cuando el dolor disminuya.

Si el dolor disminuye.

—Tengo que hablar con ella —le digo a Kendrick, y hace un gesto afirmativo con la cabeza como si entendiera, porque supongo que entiende.

—Eres maravillosa —añade Kendrick en voz baja—. No lo olvides, ¿de acuerdo?

—Sí, sí —replico, diciéndole adiós con la mano mientras él se va. Sólo entonces voy hacia donde está ella.

—¡Hola! —dice alegre.

—Hola.

Se acomoda el cabello detrás de las orejas, nerviosa.

—Me gusta tu corte —dice.

—Ya lo habías dicho antes.

Sus ojos cafés descienden, me miran los pies y luego se vuelven a elevar.

—Sí, supongo que sí.

Silencio. No lo soporto.

—¿Cómo va todo? —*Acabemos ya con esto, Coley.*

—Me da mucho gusto verte —me dice con sinceridad.

—De acuerdo —inhalo, tratando de no dejar que me afecte la manera como me recorre con los ojos, como si hubiera tenido hambre de mí todo este tiempo.

—¿Puedo...? ¿Podemos abrazarnos? —se le quiebra la voz en la última palabra y eso a mí *me desmorona*. Me molesta ceder tan fácilmente. Doy un paso adelante y ella hace lo mismo, y de pronto ahí estamos.

Sus brazos envolviéndome, la curva de su cintura y largas líneas musculares debajo de mis manos... Soñaba con esto cada noche, detesto admitirlo, pero ella se sentía como mi hogar antes... y todavía.

Cuando nos apartamos, ella no se separa, sino que desliza su mejilla sobre la mía, dolorosamente lenta, y me pone la mano en la nuca, mientras nuestras frentes descansan una contra la otra. Huele a peonía, ese aroma tan familiar, tan añorado y tan temido a la vez. A la luz del estacionamiento, su piel resplandece. Mis dedos quieren perseguir la luz por sus brazos, sus clavículas, por la ceñida extensión de sus jeans. Mientras me aferro a la tela de su blusa, susurra en el breve espacio entre nosotras:

—Te extrañé muchísimo.

Eso rompe el encanto. No sé por qué, quizá porque es exactamente como yo me sentí todo este tiempo. Es un recordatorio del hueco que dejó en mí.

Suavemente me aparto de ella en el momento en que sus dedos me recorrían los hombros. Abre mucho los ojos ante mi rechazo.

—¿Por qué me dices esto? —le pregunto.

—No hemos hablado…

—¿Y de quién es la culpa?

Aprieta los labios.

—Tú eres la que ahora pidió que habláramos —le digo tratando de ser amable porque… carajo, porque tengo que serlo. Porque tienes que ser amable con la gente que…

Pensé que esto sería más fácil, pero supongo que tendré que practicar para no volver a caer.

—Entonces, habla —exclamo, aborreciendo esa pequeña chispa de esperanza que me hace pensar que a lo mejor esta vez no sale con evasivas.

—Me gustas —me dice, y es como reactivar mi corazón de golpe—. Me asusta cuánto me gustas —continúa—, y no sé lo que significa —dice meciéndose para atrás y para adelante—.

No sé si significa que soy… —hace una pausa y se pasa la mano por el cabello, con ese gesto que me mata, pero esta vez nervioso y errático—. ¿A lo mejor sólo eres tú? Eso es lo que he estado pensando. Que tú eres, digamos, una excepción. Sólo tú me atraes. Es decir, sé que tú estás mal, pero esto se siente bien…

—¿Qué dijiste? —interrumpo; sus palabras se estrellan como bulldozer en las esperanzas que empezaba a albergar—. ¿Crees que yo estoy *mal*?

Se pone tensa, sus hombros se cuadran a la defensiva.

—Bueno, sabes a lo que me refiero.

—No, de hecho no lo sé. ¿Por qué no me lo explicas, Sonya?

Sonya se encoge. El enojo que hay detrás de mis palabras sigue sibilante entre mis dientes.

—Estás jodida si eso es lo que crees —añado, rozándola al pasar junto a ella. No me importa si Curtis no ha llegado, pero yo ya voy hacia la calle por la que sé que llegará—. No hay nada malo en mí —replico, ella viene detrás de mí.

—Yo no… Espera…

Me toma del brazo. Me paralizo, y entonces estamos ambas ahí paradas, ambas mirando sus dedos rodear mi muñeca como si fueran la soga más fuerte del mundo.

Pero supongo que el amor es la soga más fuerte, ¿no?

—Lo siento —dice Sonya—. No quería… —se humedece los labios; la desesperación se arrastra por su voz y por sus ojos. Se me va el alma al suelo de la peor manera. Está dolida. Está en negación. Va a odiarse si sigue haciendo esto, pero no está en mis manos que se ame a sí misma. Lo único que puedo hacer es amarme a mí y desear que ella algún día llegue ahí.

—No sé qué hacer —dice con los ojos llenos de lágrimas—. Cambiaste todo mi mundo. Nunca pensé… Yo no era… ¡Yo no era *así* antes de ti! Me has confundido más que nadie a quien haya conocido.

—¿Y crees que yo no estaba confundida? —le pregunto—. ¿Crees que yo no cambié? —me suelto, y ella comienza a sollozar.

—Yo también tengo sentimientos —digo, y me molesta la manera como se eleva mi voz—. Tú me cambiaste. Y me lastimaste. *Me traicionaste.* Te conté algo de mi vida, de mi mamá, de mi dolor, ¡y tú lo trataste como si fuera un chisme para tus amigos!

—Lo siento —exclama entre sollozos—, lo siento mucho. No tienes idea de cuánto. Coley, me importas muchísimo...

—Yo no te importo —digo—. Si así fuera, me dejarías seguir adelante en lugar de tratar de regresar a mi vida como si nada hubiera pasado, para recibir la atención que tú quieres.

—No se trata de que yo reciba atención —insiste—, pero la idea de que estés con alguien más... Carajo, Coley, eso *me mata.*

—¿Estás hablando en serio? ¡Tú me dejaste a mí!

—Quiero que seas feliz —dice, humedeciéndose nerviosamente los labios—. Aunque no sea yo la razón, quiero que seas feliz.

—Entonces, déjame en paz —insisto con firmeza, deseando sentirme tan segura como sueno.

—¡Pero quiero ser yo la razón de tu felicidad!

Estoy callada, esperando.

—No puedo dormir por las noches —dice Sonya—. Estuve tan distraída en el campamento que mis maestras de baile se la pasaban llamándome la atención. Lo único que podía hacer, sentada en mi cabaña, en clase o donde fuera, era pensar en ti. No podía librarme de eso, y lo intenté. Vaya

314

que lo intenté. Pero no puedo hacerlo, Coley. Eres lo único que quiero.

—Basta —digo temblorosa, porque está diciendo las palabras correctas, pero, ay, demasiado tarde—. ¿Por qué estás diciéndome esto?

—Porque quiero estar contigo —dice.

—¡¿Y por qué no *estás* conmigo?! —grito, incapaz de detenerme.

—¡No puedo!

Dos palabras. Estrujándome. Pero son suficientes para arrancar la verdad.

—¡Entonces, déjame sola!

—¡No puedo! —vuelve a decir, y empieza a llorar tan fuerte que tiene que apoyarse en el cofre de su auto. Me rompe el corazón. Quiero tenderle la mano, quiero ser un consuelo para ella.

Pero, Dios, ¿qué clase de tonta le tiende la mano a alguien que la acaba de lastimar?

—No soy sólo yo —dice entre lágrimas—. Mis amigos. Mi familia. ¿Y si mamá no me deja volver a ver a Emma? ¿Y si me odian?

Aborrezco que le importen tanto las opiniones de sus amigos, pero no puedo culparla de que le preocupe su familia. La conoce mejor que yo. Y sé muy bien cuánto quiere a Emma.

—Estamos dando vueltas en círculo —exclamo—. Nos acercamos. Enloqueces. Me rechazas. Luego me extrañas y regresas. Me quieres, pero no puedes quererme. Yo estoy mal, pero nosotras estamos bien. Nada de esto está consiguiendo mejorar nada. Solamente *lastima*.

—No quiero lastimarte —susurra—. No quiero... Ay, Dios, no quiero que duela más.

Quisiera poder ser la persona que se asegurara de que ya no le doliera más, pero no puedo: ella no me lo permite.

—Por favor, no renuncies a mí —me suplica Sonya tomándome de las dos manos.

Se las estrecho, deseando poderle dar lo que quiere. Pero ya no voy a hacer esto. No si hacerlo me lastima.

—No puedo seguir esperando a nadie para vivir mi vida —digo suavemente—. No puedo hacerme eso. No voy a desperdiciar la vida dejando que me traten como una mierda. No voy a ir detrás de alguien que está demasiado asustada de corresponder a mi amor.

Sus dedos se retuercen entre los míos como si supiera que estoy a punto de soltarla. ¿Llegó la hora? ¿Es ésta la última vez que nos tocamos? Necesito recordarlo todo.

—No es que me dé miedo amarte —confiesa—. Lo que me da miedo es el hecho de que *te amo*.

Si mi corazón no estuviera ya roto, esas son las palabras que lo harían.

—No quiero perderte —añade cuando yo empiezo a soltarme; mis dedos se arrastran por su palma, reacios a dejarla ir.

—Entonces, no me pierdas —añado con suavidad, mientras las puntas de nuestros dedos se deslizan y finalmente se separan, abatidos.

—Tengo que irme.

Se endereza y se abraza, como si necesitara ese consuelo.

—Espera —dice—, ¿cuándo te volveré a ver?

—En la escuela, supongo —respondo.

—Todavía falta una eternidad. ¿En ningún otro lado? —pregunta nerviosa.

Me quedo callada porque no lo sé. No sé si yo sea capaz, no sé si ella sea capaz.

Le acomodo un mechón detrás de la oreja, trazando la forma con los dedos hasta que se estremece.

Última vez, me dijo a mí misma, mientras me inclino hacia ella.

La última vez que los labios en su frente y mis manos sostienen su cabeza.

La última vez que me alejo de ella.

—¿Coley?

Me doy la vuelta.

La última vez que ella me mira así, como si yo fuera el mundo, la luna y todo el universo que se le está yendo.

—Algún día seré tan valiente como tú —me dice.

La última vez que me hace añicos con sus palabras.

CUARENTA Y UNO

En mi día libre del restaurante, voy al lago. No porque espere verla ahí; voy temprano, esperando llegar antes que ella y sus amigos, si es que tienen planes de nadar y broncearse en la orilla.

Voy porque el agua no es sólo para limpiarse. No necesito limpiarme de ella. Eso sería pensar como ella, como si el amor que nos tenemos fuera sucio o estuviera equivocado. Aborrecí cómo se le escapó esa confesión, sin darse cuenta de que se había puesto una trampa ella sola. Sin darse cuenta de que se estaba lastimando a sí misma más que a mí.

Voy porque el agua es para renacer.

Meto los pies. A estas horas de la mañana, el agua está helada. No hay niebla, pero de todas formas es casi místico: los árboles y las nubes esponjosas se reflejan en el lago. El agua me lame los tobillos, luego las pantorrillas, las rodillas. Titubeo. Los dedos de mis manos producen ondas en la superficie en constante movimiento.

¿Soy lo bastante valiente para esto?

¿Para amarme?

¿Para soltarla y esperar que algún día encuentre su verdad?

Respiro hondo.

Sólo hay una manera de descubrirlo.

Me zambullo.

Estoy desencadenando mi bici del rack que está en el extremo del estacionamiento cuando oigo el chisporroteo de un motor. Es como un *déja vu*, esa miniván que se va parando cerca del sendero que lleva al lago. Trenton y Alex se bajan, seguidos de las chicas. Miro para otro lado cuando baja Sonya. El agua de mi cabello escurre por mi espalda. Enrollo la cadena en mi bici. Bajan por el sendero, pero ella vuelve la mirada y nos vemos a los ojos.

Sin escondernos. Sin apartar la mirada.

Sólo ella y yo y lo que existe entre nosotras ardiendo luminoso. Intercambiamos sonrisas agridulces.

Luego, doy la media vuelta y me voy. No miro atrás. No puedo soportar saber si me está viendo irme.

Salgo del estacionamiento, cruzo la calle y ya llevo un trecho andado cuando oigo el golpeteo de unas sandalias detrás de mí.

—¡Hey, Coley!

Me doy la vuelta y veo a SJ atravesando el estacionamiento hacia mí.

—Hey. ¿Qué pasó?

—Quería invitarte a una fiesta esta noche en mi casa.

—SJ, no tienes que hacer eso —le digo.

—Pero quiero hacerlo —insiste.

No puedo evitar que se me note el escepticismo.

Ella respira hondo.

—Mira, ya oí que se corrió la voz de lo de tu mamá...
—se detiene—. Lo siento, Sonya me lo contó porque estaba preocupada de no haberlo manejado bien. Quería mi consejo. Pero Brooke nos oyó hablando por casualidad. Así es como terminó sabiéndose en otros lados. Quiero que sepas que yo no hablaría de eso como si fuera un chisme. La razón por la que Sonya me preguntó a mí es porque yo... —se humedece los labios y mira sus sandalias con piedritas brillantes—. Porque viví algo parecido en mi familia.

El corazón me da un vuelco al oírla hablar lento y en tono grave, como si eligiera cuidadosamente cada palabra. Esto significa algo para ella.

—Hace unos años mi hermana estaba muy deprimida e intentó quitarse la vida. Mis padres pudieron conseguirle la ayuda que necesitaba y ahora tiene un diagnóstico, medicamentos y una gran terapeuta y está mucho mejor. Pero siento mucho lo de tu mamá y siento mucho que se haya corrido así la voz. Si alguien hubiera chismorreado sobre mi hermana, yo habría querido arrancarle los ojos. Si me odias, lo entenderé. Pero quería que supieras que Sonya no pretendía hacer un chisme: pretendía saber cuál era la mejor manera de ayudarte, y acudió a mí para asegurarse de no estar metiendo la pata. No es una excusa: debimos haber cerrado la puerta para que nadie pudiera oírnos. Pero ella... —SJ se muerde el labio—. Sonya lleva una semana en casa y se nota que está tristísima. Eso es raro en ella. Le pregunté y me dijo que había jodido la amistad entre ustedes. Entonces pensé que quizá si te explicaba...

—Te lo agradezco —la interrumpo con delicadeza, tratando de asimilarlo. ¿Es la verdad? Tiene que ser. SJ tendría que ser un monstruo para mentir sobre algo así.

—Vivo en la casa de la calle Luna que se quedó atrapada en los setenta —dice SJ—. Ven si así lo deseas. Tú decides.

—Lo voy a pensar.

—Espero verte ahí. Sé que a Sonya la haría feliz.

—¿Y eso es lo que quieres? —pregunto, curiosa sin querer. Me pregunto si sospecha. Si ha leído entre líneas y ha notado las miradas, la añoranza. ¿Le importa? ¿Lo aprueba? A mí no me importa, pero sé que a Sonya sí.

—Es mi mejor amiga —dice SJ—. La quiero. Y tú eres la clase de chica que cuida a los demás. Es bueno tener cerca a una persona así.

—Me alegra que te tenga —es lo único que digo—. Adiós, SJ —me subo a la bicicleta y me alejo.

Lo decido incluso antes de llegar a casa: voy a ir a la fiesta. Quiero demostrarme que puedo hacerlo. Que puedo estar cerca de ella y no sufrir con cada paso y respiración que da.

Mi salida de todo esto está clara, pero debo probar todos los caminos.

Todas las opciones tienen *y si*...

CUARENTA Y DOS

Cuando llego esa tarde a la calle donde vive SJ, ya estoy necesitando darme ánimos y convencerme.

Quizá no sea la mejor idea, pero ya estoy aquí. Puedo ver al final de la calle la casa con aspecto de los setenta que tiene que ser la suya, así que voy hacia allá y dejo mi bicicleta recargada en la fuente de la entrada de autos. ¿Quién diablos tiene una *fuente* en su entrada?

Desde aquí puedo oir el sonido de los bajos y el murmullo de voces.

Puedes limitarte a hacer acto de presencia, me digo mientras camino hacia la puerta. *Ve si puedes hablar con ella. Luego te largas.*

Toco el timbre y la puerta se abre demasiado pronto. No tuve tiempo de prepararme. Y ahí está. Es como si la luz inundara los ojos de Sonya, que momentos antes no eran sino oscuridad.

—Viniste —dice, respirando aliviada. Avanza, como yendo por un abrazo, y luego se detiene con los brazos a medio extender por unos instantes incómodos antes de regresarlos a su lugar.

—Sí. Mmm… gracias por invitarme.

—Todos están en la sala —exclama cuando entro.

Al acercarnos, alcanzo a ver el sudoroso espectáculo veraniego de cuerpos y cerveza.

—¿Quieres algo de tomar? —pregunta.

—Hoy no —contesto, negando con la cabeza.

Sonríe.

—Yo hoy tampoco tengo ganas —dice sonriendo—. ¿Quieres sentarte?

Acepto y me siento a su lado en el sofá de dos plazas; con la rodilla sobre los cojines y trato de dejar todo el espacio posible entre nosotras. Éste no es el lugar indicado para hablar con ella. Necesitamos estar en un sitio más tranquilo. La sala está llena de gente.

La música cambia de estruendosa y rápida a lenta y lánguida, y la gente que está bailando se mezcla para cambiar de pareja. Sonya ríe y señala con un gesto de la cabeza a la pareja de baile más cercana a nosotras.

—No podrían contra nosotros —dice.

Río. No puedo evitarlo. Pero pronto se extingue la risa, porque una voz retumba en toda la sala y destroza el momento.

—Sonya, nena, ¡ven!

Su rostro se enturbia al instante cuando escucha la casiorden de Trenton, que viene hacia nosotras, se sienta en el descansabrazos del sofá y se cierne sobre ella. Le pasa la mano sobre el hombro y ella se lo sacude de encima.

—Vamos —exclama él de nuevo, agarrándole la mano y jalándola hacia él.

—Trenton —le gruñe—, estás ebrio.

—¡Tú también deberías estarlo! Anda, hay tequila —la lleva a rastras en medio de sus protestas.

Yo también me levanto del sofá. Me niego a sufrir *otra vez* la decepción de ver cómo pasa lo mismo de siempre. No voy a ser parte de este interminable círculo de mierda. Traté de hablar con ella y no funcionó. Significa que es hora de irme.

Salgo de la sala y voy al vestíbulo, que está casi igual de abarrotado. Pienso en buscar a SJ y agradecerle antes de irme, pero decido que no importa mucho. Ya salí por la puerta principal y estoy casi a salvo cuando oigo...

—¡Hey! —grita alguien detrás de mí. No pienso hacer caso, pero entonces—: ¡Coley!

Me doy la vuelta y veo que Alex cierra la puerta y corre por las escaleras hacia donde estoy. Me retuerzo al recordar el humillante numerito frente a su casa y me pongo roja al caer en cuenta de que sé sobre Alex mucho más de lo que él pueda quizás imaginar.

—Hey —digo—. Ya me estaba yendo.

—¿Tan pronto?

Me encojo de hombros mirando el suelo.

—No me encantan las fiestas, ya sabes.

—Sí, lo sé —dice—. Sólo quería... —se detiene—. Sé que ha pasado como un mes, pero te veías muy asustada ese día que Blake entró a mi casa. Quise llamarte después, asegurarme de que estabas bien, pero no tenía tu número. Sé que las cosas se pusieron intensas...

—*Intensas* se queda corto —digo—. Viniste hacia mí con un bate...

—No sabía que eras tú —replica—. Y Blake... un día de éstos le robará a la persona equivocada. Y no quiero que le pase nada. Tiene muchas cosas que resolver.

—Yo también —reconozco.

—Sólo... ya nada de andarla incitando y secundando, ¿eh?

—Nunca más —prometo—. ¿Te veo en la escuela?

—Oh, sí, los que no nacimos en cuna de oro tenemos que mantenernos unidos —dice con una sonrisa antes de meterse otra vez a la casa.

Cometo el error de ver a mi derecha, hacia la alberca.

Ahí está Sonya sentada, completamente sola, remojando los pies en el agua. Debería irme, pero la oportunidad que buscaba está aquí frente a mis ojos.

Y entonces me encuentro caminando de regreso, cruzando la casa por el vestíbulo y la sala, abriéndome paso entre la gente, hasta llegar a las puertas corredizas que llevan a la alberca.

La música retumba y, en el momento en que salgo y cierro la puerta, se amortigua. No me mira mientras camino para sentarme a su lado, pero en cuanto lo hago se apoya en mí, como si desde el primer paso hubiera sabido que era yo. Su cabeza desciende en el hueco entre mi cuello y mi hombro, como piezas de rompecabezas que se ajustan, y aspiro ese peso; desearía que me acompañara siempre.

—Estoy cansada de vivir así —dice con suavidad—. Todo duele, pero lo único que quiero es estar contigo. Y no hago más que huir.

—Podrías dejar de hacerlo.

Su peso me abandona. Ladeo la cabeza y encuentro su mirada.

—Podrías dejar de huir —repito—, podrías estar conmigo.

¡Ella está tan cerca! Una larga línea de calor contra mi muslo y mi brazo. No apoyo la mano sobre el concreto, ansiando extenderla.

—Podría —dice, sin tono interrogatorio en la voz—. Quiero —susurra mientras se inclina hacia delante.

Cierro los ojos y siento cómo me recorre, cosquilleante, la anticipación. Un segundo más y...

Sonya grita mi nombre. Parpadeo, me duele la parte posterior del cráneo y parpadeo de nuevo: mi aturdido cerebro está tratando de entender qué pasa. ¿Por qué me duele la parte de atrás de la cabeza?

Entonces, siento los dedos de Trenton enroscarse con fuerza en mi cabello, me da un tirón hacia arriba y enseguida, gritando, me arroja de nuevo al suelo.

Siento el sudor goteando por mi frente. Me suelta y se vuelve contra Sonya.

—¿Cómo pudiste hacerme esto? —le grita en la cara—. ¿Con *ella*? ¿Qué clase de broma enferma es esto?

Me toco la cabeza y se me manchan de rojo los dedos. Uh. No era sudor. Mierda.

Veo frente a mí unos puntos negros que bailotean y por unos instantes pienso que van a borrarlo todo. Se pondrá todo negro y ya no me dolerá porque, *carajos*, cómo me duele la cabeza.

Pero él está gritando y mi mente se aferra a sus palabras en lugar de deslizarse hacia la oscuridad.

—¡Mírame! ¡No la mires a ella! —le clava los dedos a Sonya en la mandíbula y sacude violentamente su cabeza hacia él. Ella da un grito de dolor.

El sonido es como un gancho afilado en mi vientre. Todo se pone rojo. Ya estoy de pie. Y me abalanzo hacia él con las manos en puños y preparadas. Nunca he golpeado a nadie, pero no importa. El amor y la furia están de mi lado, y si vuelve a tocarla lo voy a matar.

Después de tres golpes él está en el piso, pero no me detengo. Lo inmovilizo con las rodillas y sigo pegándole. Tal vez se me destrocen los nudillos, pero valdrá la pena. Vaya que sí.

Alguien me toma por atrás y me levanta de un jalón. Quedo con los pies despegados del piso. Pego un grito, lista para defenderme, hasta que veo que es Alex. Hay una multitud parada en el porche, observándonos.

—¡Coley! —exclama Alex con los ojos muy abiertos—. ¡Tus manos! Estás sangrando.

—¿Qué carajos pasa? —Brooke viene corriendo hacia Trenton y se agacha para limpiar su nariz sangrante—. ¡Dios mío! ¡Eres una psicópata!

—Él la golpeó primero —dice Sonya en voz baja, casi aturdida—. Él se le abalanzó... Se le abalanzó y... —se balancea con los ojos llenos de lágrimas.

—¡¿Él la golpeó?! —pregunta SJ con voz estridente—. ¿Qué demonios haces, Trenton? ¿Golpear chicas? —se gira hacia mí, con mirada de preocupación—. Dios mío, Coley, tu cara.

—¡Ella me atacó! —gime Trenton—. ¡Creo que esa perra me rompió la nariz!

—Te lo merecías —replico. Vuelves a ponerle las manos encima a Sonya y te irá peor.

—¿De qué está hablando? —pregunta SJ, con voz cada vez más destemplada—. Sonya, ¿también a ti te hizo daño?

—Vete de aquí —le dice Alex a Trenton con voz gélida—. Esta mierda es inaceptable.

—¿Y el pacto entre amigos? —gime Trenton con la boca llena de sangre.

—Al *carajo* eso —gruñe Alex.

—Por Dios, ¿cómo les vas a creer a estas psicópatas? —lloriquea Brooke, estrechando a Trenton en actitud protectora—. ¡Trenton necesita un médico!

Me alejo de sus gritos. La adrenalina se está disipando y siento un dolor punzante en la cara y en las manos. La piel de uno de mis nudillos está abierta y dos más están poniéndose morados. Los amigos de Sonya parecen dispuestos a seguir peleando, así que yo sigo retrocediendo. Llego a la salida antes de que nadie se dé cuenta de que me fui.

He hecho todo lo que he podido. Ahora depende de ella.

Recojo mi bici y la llevo rodando a la calle. Me retuerzo de dolor al agarrar el manubrio. Me humedezco los labios y saben a cobre. No tengo un espejo, pero estoy segura de que a Curtis le va a dar un ataque cuando llegue a la casa y me vea.

La casa de al lado tiene encendidos los aspersores y me agacho para quitarme la sangre de los nudillos, sin hacer caso de cómo duele el agua a presión contra las heridas.

Cicatrices de guerra. Todos las tenemos. Éstas las llevaré como un orgulloso recordatorio.

La amo lo suficiente como para luchar por ella, protegerla, ser su refugio si ella desea.

Levanto mi bicicleta y estoy a punto de montarla.

—¡Espera!

Su voz se abre paso, una lanza a mi corazón. Una que, una vez lanzada, siempre dará en el blanco.

Está descalza, corriendo hacia mí, con el cabello alborotado, la cara llena de lágrimas. Corre hacia mí a toda velocidad, como si temiera que esta vez fuera yo quien huyera.

Pero no.

Corro hacia ella.

Chocamos, y por poco caemos al pasto mojado. Su cuerpo contra el mío, sus manos en mi cabello, sus labios apretándose contra los míos, el sabor fuerte del cobre mezclándose con el del brillo de fresa y el de nuestras lágrimas.

Esta vez, no son fuegos artificiales: es alivio. Mi corazón extrañaba el suyo y ahora aquí está, toda ella, jubilosa entre mis brazos. Sin máscara, sin pretensiones, sin juegos.

Sólo *ella*.

Se aparta sólo un poco para acercarme más. Su barbilla se engancha con suavidad en mi hombro mientras me estrecha tan fuerte como yo a ella.

—Voy a dejar de huir —me dice al oído con determinación—. Quiero estar contigo. Te amo, Coley.

El aire que dejo salir contra su cuello en mi exhalación la hace sonreír. Aunque no vea la sonrisa, la siento contra mi cabello.

—Yo también te amo —susurro—. Muchísimo.

Esta vez la beso, le sostengo la cara con delicadeza, limpio con el pulgar el sitio donde Trenton la sujetó, como si pudiera borrar ese recuerdo. Sus dedos trazan suavemente las heridas de mis manos y mi rostro; me acomoda el cabello atrás de las orejas antes de pasar sus manos como un suspiro por toda mi cabeza.

De repente se apagan los aspersores y, sorprendidas, nos alejamos, pero apenas lo suficiente para que se toquen nuestras frentes.

—¿Tienes que irte? —pregunta.

Le acaricio los brazos. No quiero irme.

—No creo que sea buena idea seguir besándonos aquí en medio del jardín —observo.

Suspira.

—¿Me prometes que me mandarás un mensaje cuando llegues a tu casa? —pregunta—. A estas alturas, ya te memorizaste mi nombre de usuario, ¿verdad?

—Así es —digo, y pongo los ojos en blanco. Ella tiene una sonrisa radiante.

—Bueno, entonces me voy —anuncia—. De todas formas, si no lo hago, SJ vendrá a buscarme en cualquier momento.

—Es buena idea —digo—. ¿Vas a estar bien sin mí?

Asiente con la cabeza.

—Brooke se fue con Trenton. Ya sólo están SJ y Alex.

—Va a estar bien —le digo.

—Lo sé —sonríe brillante, hermosa. Carajos, cómo la amo—. Te tengo a ti.

La beso una vez más. Es un beso dulce y simple; nunca nos habíamos dado uno así. Es el beso de cuando no estás triste, preocupada ni apesadumbrada por nada malo. El beso que dice *Hola* y *Te amo* y *Te extrañé* y *Siempre estaré a tu lado*.

Me monto en mi bici y miro hacia atrás una vez más. Ahí está ella, observándome como si fuera un retrato en un museo, algo invaluable que rara vez se tiene oportunidad de contemplar.

—Más te vale no romper tu promesa y mandarme un mensaje —advierte—. Sé dónde vives y te encontraré.

Carajos, amo a esta chica salvaje, boba y a veces temerosa.

—Cuento con eso —digo.

Su risa es lo único que oigo mientras me alejo en la bici.

AGRADECIMIENTOS

En Los Ángeles nunca llueve, pero cuando llueve es el pandemonio. Los angelinos salen corriendo. "¡Miren, está lloviendo! ¡Miren, miren, hay agua cayendo del cielo!". Se vuelve una escena muy caótica.

Pero ese día lluvioso en particular, en lugar de manejar a veinte kilómetros por hora por el *freeway* en medio del aguacero, estaba en un estudio de grabación.

Lily: "¿Hay algo que nunca le hayas contado a nadie?"

Hice una pausa.

Yo: "Bueno, esto nunca se lo he contado a ninguno de mis compañeros escritores o compositores, pero soy gay".

Lily: "¿Hay algo sobre lo que siempre hayas querido componer?"

Yo: "Sobre ser muy gay".

Ese día compusimos una canción llamada "Girls Like Girls".

Hice que mi amigo James Flannigan volara del Reino Unido a Los Ángeles para producir la canción en el garaje de mis padres. No me alcanzaba para una mezcla en forma, así que James mezcló toda la canción en uno de esos altavoces de iHome donde conectas tu iPod. Eran malísimos, pero aun así la canción sonaba maravillosa, así que seguimos adelante. Soñaba con crear una gran obra narrativa para el video, pero mucha gente encontraba el éxito pidiéndoles a unos DJ que les hicieran remixes. Me arriesgué y gasté mis últimos cinco mil dólares tratando de hacer realidad el video de mis sueños. Rodamos el video de la canción con una ayuda enorme de mis amigos y de Austin Winchell, mi codirector. Todas las personas lo hicieron como un favor, porque les importaba la historia.

La noche anterior a que publicáramos el video, estaba yo aterrorizada, pensando en las incontables noches en que me había sentido sola, anhelando el contenido *queer* esperanzador que tanto necesitaba; nos hacía falta más representación. Así, el 24 de junio de 2015 lancé el video musical en YouTube. Yo tenía como nueve mil suscriptores. Era una artista independiente que sólo deseaba que el video viera la luz.

Pasaron las semanas: 400 mil vistas, 500 mil vistas, 1 millón de vistas. Luego 2 millones, luego 3 millones, luego 4 millones. No tenía idea de lo que estaba pasando o de dónde salía toda esa gente. ¿Quién estaba compartiendo el video? ¿Cómo se topaban con él? Lo único que yo quería era encontrar una comunidad de pertenencia, sentirme digna y suficiente. Y de pronto había ahí millones de personas que me recordaban que yo no estaba sola en mi condición *queer*. Mis fans, tú.

Gracias, Owen Thomas y Lily May-Young, por crear un espacio seguro para expresar mi verdadero yo y por componer conmigo la canción "Girls Like Girls". Fue el principio de algo que nunca habría imaginado. Gracias, James Flannigan, por producir la canción y crear la icónica subida de sintetizador con que abre nuestro video musical. Gracias a mis estrellas: Stefanie Scott, Kelsey Asbille y Hayden Thompson, por sus indiscutibles interpretaciones y por hacer que esta historia cobrara vida. Se ganaron, y sanaron, el corazón de muchísima gente. Gracias a Austin Winchell, Chris Saul, y a todo nuestro reparto y nuestro equipo de filmación por creer en esta historia cuando no era sino una idea. Gracias, Chris Brochu, por dejarnos filmar en tu casa.

Chloe Okuno y Stefanie Scott, gracias por estar ahí desde el principio y ayudarme a crear el mundo de GLG.

A Sylvan Creekmore, mi anterior editora: el apoyo que me diste desde un principio, tu cuidado extremo y tu seriedad llevaron este libro a otro nivel.

A Sara Goodman, mi editora: gracias por siempre proteger la integridad y la pasión que para mí están tan hondamente arraigadas en este proyecto. Estoy agradecida contigo y con todo mi equipo de Wednesday Books / Macmillan, que han trabajado con tanta diligencia y paciencia para lanzar este libro junto conmigo.

A Katelyn Dougherty, mi agente literaria: has sido mi roca de apoyo mientras navegaba por este proceso creativo y por los entresijos del mundo editorial. Gracias por defender mi historia y sostener mi mano durante el proceso.

Virgilio Tzaj, gracias por presentarme a Cade Nelson, que creó la ilustración perfecta para la de la edición en inglés y para Xènia Ferrer por la de la edición en español. Y a Cade, gracias por honrar de manera tan impecable el mundo y mi visión.

A Fabienne Leys, mi mánager musical. Pensar que todo esto comenzó en un desayuno a principios de 2015, mientras tratábamos de elegir entre rodar un video musical para

GLG o pagar por un remix excesivamente caro. Gracias por ayudarme a construir este mundo de GLG a través de tantos medios. A mi mánager literaria, Quincie Li, gracias por proteger mi visión y hacerte eco de ella. Gracias, Ingrid Shaw, por estar ahí en los altibajos que sólo Hollywood puede brindar.

A Ghazi Shami, en Empire, quien creyó desde muy temprano en mi talento como solista y me dio los recursos para crear el video musical que llevó a una mayor asociación con Atlantic Records. Gracias, Julie Greenwald y Crai Kallman, por ver e invertir en la visión todos estos años. Gracias, Brooks Roach, Chelsey Northern y Andrew George, por defender tan temerariamente mi voz y mi comunidad.

Marla Vazquez, gracias por siempre recordarme que debo crear arte que se sienta como mi yo más auténtico. A Lawrence William IV y Valerie Franco, compañeros de banda: tocar "Girls Like Girls" con ustedes en el escenario todas las noches de gira sigue siendo uno de los mayores honores de mi vida. Monica, Victoria, Arielle y Gabby, mis mejores amigas: gracias por traer tanto apoyo y tanta risa a mi vida. Gracias a cada amigo, cada amor y cada colega de mi viaje que me ha escuchado en tiempos difíciles, me ha alentado a creer en mí y me ha dicho "Tú puedes".

Gracias, mamá y papá, por permitirme soñar hasta donde alcanzaba la mirada. Gracias a mi hermano Thatcher por apoyarme siempre y a mi hermana Aysse por dejarme notitas Post-it por toda la recámara en mi infancia: "Tú eres suficiente. Tú vales". Estuviste ahí en todos mis desengaños y mis dolores; estoy contigo más que agradecida.

A Becca, el amor de mi vida: gracias por mostrarme lo que es el verdadero amor. El amor está profundamente arraigado y es siempre paciente. Aparece a través de la adversidad: es mágico y va más allá de las palabras.

Y, por último, a mis admiradores: los Kiyokians. Gracias por crear un espacio al que pertenezco y donde puedo en verdad celebrarme. Han creado una amorosa comunidad de fans que me ha dado su apoyo y me ha dejado seguir adelante. Su pasión y su corazón me han dado la oportunidad de continuar la historia de "Girls Like Girls". Escribir este libro ha sido una de las experiencias más satisfactorias que jamás haya vivido. Me hacen sentir libre para ser mi auténtico yo y siempre estaré ahí para recordarles que hagan lo mismo. Los quiero muchísimo. Sigamos escalando.

Algunos de los años más difíciles de mi adolescencia me llevaron a encontrar fuerza, valentía, autoestima y una comunidad. Estés viviendo lo que estés viviendo, te prometo que la situación va a mejorar.

Tú puedes.

Tú vales.

Mereces encontrar todo lo mágico.

Esta obra se imprimió y encuadernó
en el mes de mayo de 2023, en los talleres
de Impregráfica Digital, S.A. de C.V.
Av. Coyoacán 100-D, Col. Del Valle Norte,
C.P. 03103, Benito Juárez, Ciudad de México.